KB009123

밥은 묵고 가야제!

편지 아재 류상진의 우리 동네 사람들

밥은 묵고 가야제!

봄날의책

추천의 글

이 책은 집배원 류상진의 우편배달 풍경화이자, 당대 농촌의 풍속화이다

공선옥(소설가)

류상진은 우체부다. 다른 세련된 이름이 따로 있는지 모르겠지만 나는 굳이 그를 우체부라고 하고 싶다. 농부, 어부 등 '부'자 돌림 직업군들이 흔히 그렇듯이, 우체부는 우편집배원보다는 우체부라고 해야 더 친근감 있다. 이 책은 시골우체부 류상진의 우편배달 풍경화이자, 당대 농촌의 풍속화로 손색이 없다. 이만큼 가까이에서 이만큼 세밀하게, 이만큼 생생하게 당대의 풍경화 내지는 풍속화를 그려낼 수 있는 사람은 많지 않다. 그럴 수 있는 것은 사람과 사물과 풍경을 바라보는 우체부 류상진의 눈이 세심하기 때문일 것이다. 그 세심함이 이렇게 아름다운 글꽃으로 피어났다. 류상진의 펜 끝에서 피어난 사람들의 이야기는 빨강, 노랑, 초록의 천조각들이 서로 잇대어져 현란한 아름다움을 이루는 조각보 같기도 하고, 채송화, 과꽃, 봉숭아 같은 꽃들이 한데 어우러진 꽃밭 같기도 하다. 이 조각보, 이 글꽃밭은 삭막하고 서러운 세상을 살아가는 사람들에게 그래도 살아가자는 토닥임이 되고 어루만짐이 될 것이다. 눈물 닦아주는 손수건이 될 것이다. 까실까실하고 엄마 품속 냄새 배어들고 파마늘 냄새도 나는 손수건. 우체부 류상진이 들려주는 시골 할매, 할배들의 이야기는 서러운 눈물 닦고 먹는 이야기밥이다. 그 이야기밥심으로 나는 또 이 한세상 어떡하든 살아낼 수 있을 것 같다.

작가의 말

언제나 그리운 빨간 자전거

오늘도 빨간 오토바이와 함께 시골마을에 우편물을 배달하다가, "여러분이 기다리던 만물상이 왔습니다. 라면, 식용유 있어요. 고등어, 꽁치도 있습니다." 하며 물건 팔러 다니는 차를 만났다.

"수고 많으십니다. 오늘 많이 파셨어요?"

"날씨가 추워서 그런지 마을에 사람이 별로 보이지 않네요."

"그러면 회관으로 가보세요! 지금은 농한기라서 모두 거기 모여 계실 겁니다."

"아~아! 그렇구나! '이상하게 사람이 안 보인다!' 했는데 왜 내가 그 생각을 못했을까요?"

1975년 7월 어느 날, 집배원을 시작한 지 보름밖에 되지 않은 새내기 집배원이었던 나는 깔끔하게 다려 입은 회색빛 정복에 동그란 모자를 쓰고 빨간 자전거 핸들에 우편물이 든 큰가방을 걸고 우체국 문을 나섰다. '읍내에 나가면 사다 달라!' 고 마을 사람들이 부탁한 물건을 구입하러 가까운 가게에 들러 2*l*들이 소주 한 병과 라면 다섯 봉, 그리고 약국에 들러 뇌선이라는 약을 사서 자전거 뒤에 고무줄로 잘 묶은 다음, 하늘에서 쏟아지는 강렬하고 뜨거운 태양볕을 받으며 땀을 뻘뻘 흘리면서 마을과 마을을 길게 이어주는 좁디좁은 시골길을 자전거 페달을 힘차게 밟으며 달려갔다. 얼마쯤 달렸을까? 갑자기 등 뒤에서 "어이! 우리 집 편지 읎는가?" 소리에 뒤돌아보다 그만 길 아래 고랑으로 빠지고 말았다. 그 순간 자전거가 넘어지면서 고무줄이 풀리더니 소주병은 깨지고, 라면은 고랑으로 떨어져 흙에 처박히고, 뇌선이라는 약도 봉지에 흙이 묻어 쓸 수가 없게 되었다. 깨끗하게 다려 입은 회색빛 정복은 물론 흙 범벅이 되었는데, 정작 나를 불렀던 사람은 어디로 갔는지 보이지 않았다. 그리고 오랜 세월이 흐른 지금, 그런 심부름은 아주 오래된 희미한 기억 속에만 존재할 뿐, 이제는 마을을 찾아다니며 물건을 판매하는 상인들의 몫이 되었다.

"아자씨! 혹시 태래비 고칠지 알아?"

"왜요? TV가 고장났나요?"

"이상하게 언저녁부터 태래비가 안 나오네!"

그래서 안테나선과 전원을 살펴봐도 어디가 고장인지 알 수가 없었다.

"할머니! 제가 TV를 고칠 수 없어 서비스센터에 전화했더니 기사가 내일 오후에 온다고 하네요. 그러니 심심하시더라도 그때까지만 참고 계세요!"

"알았어! 고맙소! 잉!" 하시는 할머니의 얼굴에는 고마움과 아쉬움이 교차하고 있었다.

"우체구 아재! 우리 집이 전깃불이 안 들어온당께! 그것 잔 봐주고 가문 좋것는디!" 하셔서 방문 앞에 있는 전구를 빼내고 새것으로 갈아 끼웠더니 환하게 불이 들어온다.

"아이고! 아재 고맙소! 잉! 요새는 촌에가 젊은이는 읎고 맨 노인들만 살고 있응께 머시 고장나도 얼렁 와서 고쳐줄 사람이 읎당께! 바쁜 사람 붙잡어서 미안하요! 잉!" 하시는 할머니의 푸념이 오늘날 시골마을의 형편을 잘 말해주는 것 같아 가슴이 아파온다.

내가 처음 집배원을 시작할 때만 해도 시골에는 많은 사람이 살고 있었고, 그 시절에는 희미한 초롱불 밑에서 연필이나 볼펜으로 기쁘고, 슬프고, 아름답고 예쁜 사연을 밤새도록 종이에 손으로 꾹꾹 눌러 쓴 다음 봉투에 넣고 밥풀로 우둘우둘하게 붙여 보낸 편지들이 많았다. 그 편지들을 큰가방에 가득 담아 시골마을로 달려가 대문 앞에서 빨간 자전거로 '따르릉! 따르릉!' 소리를 내면 "우메! 우리 아들한테 편지왔제~잉!" 하시며 맨발로 달려 나와 반기던 시절이 있었는데……. 그러나 오랜 세월이 흐른 지금은 휴대폰과 인터넷의 발달로 편지는 사라지고 세금고지서, 청첩장, 부고장을 배달하고 있으니 옛날에 비하면 인기가 많이 떨어진 느낌이다. 하지만 아직까지도 시골의 인심은 하나도 변하지 않았고 집배원들을 언제나 가까운 형제며 한가족이라고 여기신다.

이 책에 실려 있는 글들은 내가 40여 년 동안 집배원 생활을 하면서 겪은, 기쁜 일은 함께 기뻐하고, 슬픈 일은 함께 슬퍼하며, 때로는 싸우고, 때로는 화해하고, 때로는 서로 도우면서, 아름답게 살아가는 시골마을 사람들 이야기를 편하게 나누고 싶은 마음으로 진솔하게 적은 것이다.

차례

봄

여름

가을

겨울

봄

두 잔뿐이 안 묵었어!

우수(雨水)가 지난 하늘에서는 밝고 잔잔한 햇살이 부드럽게 비치고 포근하고 따스하게 불어오는 봄바람은 이제 막 겨울잠에서 깨어난 도로변 가로수들을 편안하게 감싸 안으며 간지럼을 태우는 듯 보이는데, 어디서 날아왔는지 하얀 나비 한 마리가 날개를 팔랑거리며 양지쪽에 피어난 조그맣고 하얀 꽃 주위를 왔다 갔다 맴돌고 있다.

"하얀 나비야! 아직도 꽃샘추위가 한두 번은 더 남았다고 하던데 너무 빨리 겨울잠에서 깨어난 것 아니냐?" 그러나 나비는 아무 대답 없이 어디론가 멀리 날아가버린다.

빨간 오토바이와 함께 우편물을 배달하며 해변가에 있는 마을을 지나 녹차밭으로 길게 이어진 회천면 양동마을 입구에 들어서자 시간은 벌써 오후 5시가 넘어서고 있었다.

양동마을의 골목길로 길게 이어진 높은 집에 우편물을 배달하려고 마당으로 들어가 빨간 오토바이를 세우고 적재함에서 우편물을 꺼내들고 막 뒤돌아섰는데 할머니가 토방에 쓰러져 계신다.

'아니! 왜 저기에 쓰러져 계시지?' 하고 깜짝 놀라 얼른 곁으로 달려가 큰소리로 "할머니! 정신 차리세요!" 부르자 벌떡 일어나시더니 아무 힘없이 풀죽은 목소리로 "잉! 아저씨 왔어? 아이고! 쩌 건너 밭에 쪼끔 갔다 왔는디 기운이 한나도 없어 죽것네!" 하신다.

"그래도 서너 걸음만 더 걸으시면 마루나 부엌방으로 들어가실 수 있는데 아무리 기운이 없더라도 하필 차가운 토방에 누워 계셨어요? 그러면 갑자기 몸이 마비될 수도 있어 위험하니까 앞으로는 차가운 곳에 함부로 눕지 마세요!" 하였더니 마루 쪽으로 눈을 흘기던 할머니는 "봄이라고 영감 반찬이 읍어서 밭에 가서 시금치하고 쪽파 잔 뽑아갖고 들고온디 징하게도 멀대! 그란디 영감이 집에 있응께 쬐깐 받으러 나올지 알았는디 암만 지달려도 안 와! 그래서 할 수 없이 내가 여그까지 갖고 올라온디 을마나 심이 들든지 아이고! 죽것네!"

"어르신은 어디 가셨는데요?"

"으디 가기는 어디 가? 그새 술 취해갖고 말레 가 드러누워 자고 있구만! 그라니 내가 화가 안 나것어?" 하며 마루 쪽을 사정없이 째려보신다.

"어르신! 집에 계시면 할머니 마중을 나가셔야지 그렇게 술을 드시고 주무시면 어떻게 해요?" 하였더니 마루문이 '드르륵' 열리면서 이미 술에 취해 얼굴이 벌게지신 채 고개를 내민 영감님은 활짝 웃는 얼굴로 "내가 술을 묵으문 을마나 묵은단가? 동네 사람들 모타갖고 막걸리 딱 두 잔뿐이 안 묵었어!" 하시는데 목소리가 술에 많이 취하신 듯 자꾸 발음이 헛돌고 있었다.

"에이! 거짓말! 제가 보기에는 여러 잔 드신 것 같은데요!"

"아니랑께 그라네! 참말로 딱 두 잔뿐이 안 묵었어!"

"그리고 술을 드셨더라도 할머니가 밭에 가셨으니 얼른 마중을 나가셔야지 마루에서 주무시고 계셨어요?"

"아니 그란 것이 아니고 한숨 자고 일어나 마중 나갈라고 했는디 할멈이 그새를 못 참고 와부렇단 말이시! 그러니 내가 으짜껐인가? 다시 밭으로 가라 하꺼인가 으짜껏인가? 그란디 무담시 나한테 썽(화)을 내고 난리여!"

"알았소! 알았응께 그만둡시다!" 하는 할머니는 어이가 없다는 표정이시다.

"할머니! 다음부터 밭에 가실 때는 어르신 손을 꼭 잡고 함께 가세요!"

"왜? 영감 손을 잡고 같이 가?"

"생각해보세요! 집에 아무도 없으니 영감님이 얼마나 외로우시겠어요? 그래서 술도 드시는 것이고요. 그러니 손을 잡고 같이 다니면 할머니도 힘들지 않으실 테고 어르신도 심심하지 않으시니 얼마나 좋아요!"

"그래~에! 참말로 담부터는 그래야 쓰것네 잉!"

따스한 봄날 늦은 오후. 노부부의 티격태격하는 소리에 서산을 향하여 부지런히 달려가던 빨간 해도 잠시 가던 길을 멈추고 환하게 웃고 있었다.

왜 그러세요? 할머니!

봄이 오기를 시샘하는 듯 어제까지 강한 바람이 불며 비가 내리던 날씨가 오늘 아침 맑고 밝은 햇살이 비치기 시작하더니 거짓말처럼 따뜻한 날씨로 바뀐다. 그리고 따뜻한 햇살이 비치면서 오늘도 우편물을 배달하러 빨간 오토바이에 우편물을 가득 싣고 시골마을을 향하여 달리고 있는 나에게 지난겨울 매섭고도 차가운 바람을 이겨낸 이름 모를 새싹들이 양지바른 언덕에서 천천히 머리를 내밀고 "아저씨! 새 봄이 왔어요!" 하고 빙그레 미소를 짓고 있는 듯 보였다.

회천면 마산마을 가운데 집에 라면 박스보다 약간 작으면서 묵직한 택배 하나를 빨간 오토바이 적재함에서 꺼내 마루에 내려놓으며 "할머니 어디 계세요?" 하고 부르자 얼른 방문을 열고 나오시며 "우메! 우리 이쁜 아재가 오랜만에 왔네~에! 오늘은 멋을 갖고 와쓰까?" 하며 반기신다.

"아드님이 택배를 보내셨나 보네요."

"그랬어? 우리 아들은 멋 보낸단 소리를 안 했는디!"

"그랬어요? 보낸 사람이 인천 김영식 씬데 혹시 연락 안 왔던가요?" 하였더니 갑자기 알 듯 모를 듯 이상한 표정을 짓더니 손으로 입을 가리고 '킥킥킥' 웃으신다.

"왜 갑자기 웃고 그러세요? 혹시 제 얼굴에 뭐가 묻었어요?"

"아니여! 그거시 아니고 김영식이가 아들이 아니고 딸이여! 따~알!"

"예~에? 따님이라고요? 이름으로 봐서는 영락없는 남자 이름인데 정말 따님 이름이었어요? 그런데 왜 따님 이름을 남자 이름으로 지으셨어요?"

"그랑께 옛날에 우리 영감이 여자라도 영식이란 이름이 좋다고 지어줬다 그라대! 그란디 지금도 우리 딸이 자꼬 남자 이름을 지어줬다고 그래싼당게!"

"그랬어요? 그러면 혹시 이름을 바꾼다고 하지는 않던가요?"

"부모가 지어준 이름인디 지 맘대로 바꾸문 쓰간디!"

"그래도 어디 가면 오해받기 쉽겠는데요. 그럼 할머니 안녕히 계세요!" 하고 옆의 석간마을로 들어가는데, 밭에서 거둬들인 폐비닐을 조그만 리어카에 잔뜩 싣고 폭이 좁은 길을 영감님께서 앞에서 끌고 할머니는 뒤에서 밀며 마을을 향하여 천천히 가고 계신다. 그 뒤를 오토바이로 따라가는데 할머니께서 영감님께 무어라 하시는 것 같더니 밀고 가던 리어카를 갑자기 뒤에서 힘껏 잡아당기신다.

그 바람에 깜짝 놀란 영감님이 "아니? 으째 리어카를 밀다말고 자부댕겨부러?" 하자, "아니, 뒤에서 오토바이 소리가 나문 얼른 비켜야제 안 비키고 간께 내가 미와서 자부댕겼제 어째!" 하신다.

"아! 그라문 오토바이 온다고 말을 해야제! 말도 안코 리어카를 자부댕겨?"

그 바람에 웃음을 참지 못해 "허! 허! 허!" 웃으며 "할머니~이! 그러다 어르신 다치면 어쩌려고 그러셨어요?" 하자 "바쁜 양반이 먼차 가야 쓴 거인디! 내가 오토바이 온께 비끼라고 암만 그래도 말도 안 듣고 기양 가고 있응께 미와서 그랬제 으째!" 하신다.

"다음부터는 그러지 마세요! 그리고 오늘은 별로 바쁘지도 않고 그래서 천천히 가고 있었는데 괜히 그러셨네요."

"아이고! 말 안 듣는 영감탱이는 다쳐도 괜찬해!" 하며 영감님을 향해 눈을 흘기신다.

어안이 벙벙해진 영감님은 멍하니 나를 쳐다보더니 "바쁜디 어서 가보소! 내가 질을 막어서 미안하시!" 하며 인자한 미소를 지으신다.

바쁜 사람에게 길을 비키지 않는다고 끌고 가는 리어카를 뒤에서 힘껏 잡아당긴 할머니의 화난 얼굴을 바라보며 나도 모르게 웃음이 터져 나온다. 그리고 배려에 큰 행복을 느낀다.

아저씨! 나 알아요?

회천면 회령리 5일시장에 도착하여, 비가 오나 눈이 오나 늘 그 자리에 서서 나를 기다리고 있는 빨간 우체통에 우편물이 들어 있는지 확인하려고 문을 열려고 하는데 초등학교 저학년 어린이 몇 명이 내 주위에 우르르 달려든다.

"아찌! 지금 뭐하고 계세요?" "우체통 문을 왜 열어요?" "우체통에 편지가 몇 장이나 들었어요?" "지난번 우리 언니가 여기다 편지 넣었는데 어떻게 했어요?" "우리 집에 편지 왔어요?" 하며 이것저것 물어본다.

"아저씨가 우체통 문을 열어봐야 안에 편지가 들었는지 안 들었는지 알 수 있겠지? 그래서 열어보는 거야! 그리고 편지가 있으면 어떻게 하겠니? 수취인이 받아볼 수 있도록 보내줘야 하겠지?" 하면서 열었는데 통 안에는 아무것도 없다.

"아저씨! 왜 우체통 안에 편지가 없어요?"

"그건 너희들이 편지를 써서 넣어야 하는데 그러지 않으니까 배가 고프다고 그러는 거야! 그러니 앞으로 편지 많이 써서 여기 넣어라! 그러면 아저씨가 너희들 고모나 삼촌 또 사촌언니에게 보내줄게, 알았지? 그런데 학교는 끝났니? 너는 몇 학년이냐?" 하고 한 여자 어린이에게 물었더니 "나는요! 이제 1학년에서 2학년으로 올라갔어~요! 그리고요! 우리 동생은~요! 유치원에서 1학년이 되었어요~오!" 하며 애교 섞인 목소리로 대답하자 옆의 다른 여자 어린이가 "아찌! 나는 올해 2학년 되었어요~오! 그리고 오늘 책도 새로 줬어요! 그런데 우리 선생님이 새로 오셨어요! 우리 선생님 정말 이쁘게 생겼어요~오!" 하며 선생님 자랑을 하자 또 다른 여자 어린이가 "그런데 아저씨 우리 아빠 이름 알아요?" 하고 묻는다.

"너의 아빠? 아저씨는 잘 모르겠는데 너의 아빠가 누구시냐?"

"우리 아빠는요! 이자(字) 득자(字) 열자(字)예요!"

"오! 그래! 이득열 씨가 너의 아빠구나! 그런데 자신의 성에는 자(字)를 붙이지 않는 거란다. 그러니까 다음부터는 '우리 아빠는 이 득자 열자 씨입니다.' 이렇게 대답하는 거야! 알았지?"

"예! 알았어요!"

어린이들과 이야기를 나누고 있는 동안 맨 뒤에서 나를 빤히 쳐다보고 있던 올해 초등학교 2학년 성식이가 힘찬 목소리로 "아저씨! 나 알아요?" 하고 묻는다.

그런데 그 순간 장난기가 발동한 나는 시치미를 떼고 "너? 아저씨는 잘 모르겠는데!" 하고 대답했다.

"아저씨가 어저께 우리 집 앞에서 할아버지 편지 주셨잖아요~오!"

"그랬어? 그래도 나는 잘 모르겠는데!"

"내 이름은 김성식이고요! 나는 쩌~어기 이문마을에서 살아요~오! 그리고 어저께도 아저씨가 우리 집에 오셨잖아요!"

"그랬어? 그래도 아저씨는 잘 생각이 나지 않는데 어떡하지?" 하였더니 갑자기 심각해진 성식이의 얼굴이 울상이 되더니 "이상하다! 어저께 아저씨가 나보고 이쁘다고 했는데!" 하더니 이내 눈물을 글썽이는 것이다.

"성식아! 이리 와봐! 아저씨가 너 예쁘다고 잠시 모른 척했던 거야! 그런데 눈물을 흘리면 되겠니? 그러면 씩씩한 남자가 될 수 없는 거야! 알았지? 자! 아저씨 보고 웃어봐!" 하면서 머리를 쓰다듬어주었더니 금방까지 울상이던 얼굴이 활짝 웃는 얼굴로 바뀌면서 다른 어린이들에게 보란 듯이 "아저씨! 그런데 우리 할아버지 편지 왔어요? 지금 우리 집에 안 가요?" 하고 묻는다.

"지금은 너의 마을에 갈 수 없고 이따 갈 테니까 비 쏟아지기 전에 얼른 집에 가거라! 알았지?"

"예! 알았어요!" 하며 씩씩하게 집을 향해 달려가는 성식이의 뒷모습을 보면서 '그녀석도 참! 내가 잠시 모른 척했다고 그렇게 서운했을까?' 생각하니 나도 모르게 웃음이 터져 나오고 말았다.

무채국이 머시여?

3월 중순으로 넘어서자마자 하늘에 떠 있는 밝은 해는 따스한 햇살을 시골의 넓은 들판에 골고루 포근하게 비춰주고 있으며, 살랑살랑 얼굴을 간질이며 불어오는 봄바람이 도로 건너 양지쪽에 웅크리고 앉아 추위가 물러가기를 기다리고 있는 이름 모를 잡초들에게 "봄이 시작되었으니 빨리 일어나라!" 재촉하였는지 오늘도 빨간 오토바이와 함께 시골마을로 우편물을 배달하러 달려가는 나를 보고 밝고 화사한 미소를 지으며 아주 조그맣고 앙증맞은 하얗고 푸른색의 꽃을 수없이 피워내고 있었다.

회천면 영천리 도강마을 맨 윗집으로 올라가 빨간 오토바이를 잠시 세워두고 적재함에서 '책'이라고 쓰인 택배 한 개를 꺼내들고 큰소리로 "할머니! 저 왔어요!" 하였으나 아무 대답이 없다.

'밭일하러 나가셨나? 오전에 사무실에서 전화를 드려도 받지 않으시더니……. 하루 종일 일을 하고 계시는 것 같은데 그러면 이 소포는 어떻게 하지?

우체국에 가지고 갔다 내일 다시 와? 그런데 내일 할머니께서 나를 기다린다는 보장도 없는데! 그럼 어떻게 하지? 옳지! 우편물에 손댈 사람도 없으니 우선 마루에 놓아두고 이따 우체국에 돌아가 전화 드려야겠다!' 하고 현관문을 열고 마루에 있는 조그만 빗자루 옆에 소포를 놔두고 나와 다른 집으로 향하였다.

그리고 우편물 배달이 모두 끝나 우체국에 돌아와 잔무정리까지 마쳤는데, "참! 할머니께 소포 확인하시라고 전화 드린다는 걸 깜박했네!" 하며 전화를 걸었다.

신호가 가고 잠시 후 "여보시요!" 하는 목소리가 들려왔다.

"여보세요! 거기 김영남 할머니 댁이지요?"

"잉? 머시라고? 여그는 영남떡 집이 아니고 율리떡 집이요!"

"그게 아니고 할머니 성함이 김영남 씨 아니세요?"

"금메 영남떡이 아니고 율리떡이랑께 그라네!"

"할머니~이 이름이 김영남 씨 아니세요~오?"

"영남이는 내 이름이 맞는디 그란디 으디여?"

"여기는 보성우체국입니다!"

"머시라고? 무챗국이라고? 무챗국이 머시여? 잘 안 들린께 크게 말해봐!"

"무챗국이 아니고 우~체~국이라니까요~오!"

"무챗국이 머신디 그래싸~아?"

"그게 아니고 여기는 편지를 배달해드리는 우~체~국이라고요~오!" 하며 고래고래 고함을 지르자 "오~오! 편지 배달하는 우체부 아재구만. 그란디 으짠다고 전화했어?"

"오늘 할머니 댁으로 책이 한 권 와서 마루에 놓아두었거든요."

"잉! 책? 우리 딸이 한 권 보낸다고 했어! 그랑께 낼이나 모레 오껏이여! 그라문 우리 집으로 갖고 와!"

"그게 아니고 따님이 보낸 책을 마루에 놓아두고 왔다고요!"

"우리 딸이 책을 가꼬 와서 말레가 있다고? 뭔 말인지 잘 모르겻응께 더 크게 말해봐!"

"오늘 따~님이 보~낸 책~이 와서 마~루에 놔~두고 왔다~고요~오! 아시겠어요~오?"

"우리 딸이 책을 보냈응게 알았냐고? 아이고 먼 소리가 먼 소린지 하나도 몰것네!"

"그게 아니고요~오! 할머니 댁 마루에 빗자루 있지요?"

"비찌락? 잉! 비찌락 있는디 으찬다고?"

"책을 빗자루 옆에 놔두었다고요!"

"책이 비찌락하고 같이 있다고?"

"그게 아니고 할머니 댁 마루에 빗자루와 쓰레받기 있지요? 그 옆에 책을 놔두었으니까 지금 마루 한번 살펴보세요!"

"오~오 그랑께 책을 물래에 비찌락하고 같이 놔뒀다고!"

"예! 그러니까 전화 끊지 마시고 한번 살펴보세요!"

"여가 있네! 여가 있어! 사람도 없는디 고생했소! 고맙소! 잉!" 그리고 전화는 끊겼다.

"어휴~우! 힘들다! 그런데 왜 이렇게 갑자기 목이 아프지?"

내 절 받은 사람이 누구여?

보성읍 주촌마을 우편물 배달을 마치고 내현마을 입구로 접어들었는데 외현마을에서 살고 계시는 할머니 두 분이 지나가신다.

"안녕하세요?"

"잉! 우체구 아재구만. 오늘은 여그서 만나네."

"그런데 어디를 다녀오세요?"

"날이 존께 쩌그 읍에 가서 멋을 잔 사갖고 오니라고."

"혹시 무거운 짐은 없나요? 있으면 제가 집까지 가져다 드릴게요."

"무건 것은 읍꼬 개보운께 괜찬해. 그란디 오늘 우리 집이 편지 온 것은 읍스까?"

"할머니 댁에는 건강보험고지서가 나왔던데 이따 집으로 배달해드릴게요."

"그라지 말고 이리 주고 가. 골목질도 쫍고 또 높은 디까지 올라댕긴께 항시 영 미안시럽드랑께!"

"괜찮아요. 그 정도 골목길은 오토바이가 지나다니기에는 넓은 편이거든요."

"그래도 한 걸음이라도 덜 걸어야제. 얼렁 이리 주고 가!"

"귀찮으실 텐데 괜찮으시겠어요?"

"그것이 무거문 을마나 무거우 것이여? 괜찬항께 그냥 주고 가. 그란디 머시 한 개가 더 있네."

"이것은 금년에 건강진단 받으라는 안내서거든요. 그러니까 잘 놔두셨다 나중에 병원에 가실 때 가지고 가세요."

그때 옆에 계시던 할머니가 묻는다.

"그란디 아재, 금방 쩌그 담안 앞에서 이짝 질로 들어왔서?"

"저는 저쪽 솔매마을 옆길로 다니는데 왜 그러세요?"

"아니~이! 내가 금방 담안 앞에서 우체구 아재가 지나가길래 손을 이라고 옆으로 붙이고 절을 항께 웃음서 지나가드만 금방 여그서 또 만났구만."

"담안마을 앞에서 저를 만났다고요? 정말 저 같아 보이던가요?"

"몰라! 입하고 코는 개리고 또 머리는 뻴간 오투바이 모자를 쓰고 눈만 내놓고 댕긴디 얼굴이 보이간디! 그래도 아재하고 똑같이 생겼드만 그래."

"그래도 저는 아닌데요, 아마 다른 집배원에게 인사를 하셨나 보네요."

할머니는 고개를 갸웃거린다.

"참말로 그랬으까? 그라문 무담시 절을 했네 잉! 그라문 으째야 쓰까?"

"왜요? 다른 사람에게 인사하신 것이 억울하신가요?"

"생판 모른 사람한테 절을 했응께 도로 물려주라든가 해야제. 그냥 말어불문 쓰것서?"

"그런데 한번 해버린 절을 어떻게 물려달라고 하지요? 더군다나 그 사람이 누구인지도 잘 모르신다면서요."

"그라문 조사를 해봐야 쓰겄구만!"

"무엇을 조사하시게요?"

"그랑께! 나를 잘 모름서 내 절만 받은 사람 말이여. 그 사람을 조사해갖고 절을 도로 뺏어갖고 오든가 해야제, 무담시 절만 한 자리 손해 보문 안 되제~에!"

할머니는 농담 끝에 껄껄 웃으신다.

"그러면 우체국 집배원들을 모두 모이라고 할까요?"

"참말로 모이라고 하문 모이까?"

"모이기는 하겠지만 할머니 댁으로 모이면 커피 끓여주려면 귀찮으실 텐데요"

"수가 몇이나 된디?"

"보성우체국 집배원만 모두 열일곱 명이요."

"이~잉? 그라고 많애? 그라문 안 되겄네! 내가 그냥 절 한 자리 손해 보고 말아야제!"

만 원은 벌었것네!

회천면 은행마을에 우편물을 배달하며 천천히 지나가고 있는데 갑자기 "어야! 동상! 여그 잔 왔다 가소!" 하는 소리가 들렸다.

'이 소리가 어디서 나는 소리지?' 하며 두리번거리고 있는데 마침 맞은편 살짝 열려 있는 대문 사이로 노부부의 웃고 있는 모습이 보였다.

"혹시 저 부르셨어요?" 물었더니 "그래 내가 불렀어! 그랑께 이리 잔 와서 쉬었다 가소!" 하셔서 마당으로 들어갔는데, 햇볕이 잘 드는 집 아래채 방문 앞에 앉아서 서로의 머리에 염색을 해주고 계셨다.

"부부가 나란히 앉아 머리에 염색해주는 모습이 아주 보기 좋네요."

"와따~아! 놈이 보문 여러운께(부끄러우니까) 여가 숨어가꼬 이라고 앙거 있구만 기연치 머라고 해싼가?"

"남도 아닌 부부가 나란히 앉아 서로 머리에 염색해주는 것이 뭐가 잘못됐다고 부끄럽다고 하세요?"

"에~이! 그래도 나이 묵어가꼬 이라고 머리에 멋을 볼르고 있으문 동네 사람들이 머시라고 하제 안 하것는가?"

"별말씀을 다 하시네요. 부부가 서로 머리에 염색해주는 것은 절대 흉이 아니니까 걱정하지 마시고 혹시 빠진 데 없나 잘 살피셔서 기왕에 하는 거 예쁘게 해주세요."

"그라문 자네는 머리에 염색 안 한가?"

"제 나이가 몇인데 안 하겠어요? 당연히 하지요."

"그라문 한 달에 몇 번이나 한디?"

"이발소에서 이발하고 한 번 하면 한 달은 넘어가던데요."

"그래 잉! 그란디 오늘 우리 집이 편지는 읎고?"

"오늘은 우편물이 아무것도 없네요." 하자 옆에 계신 할머니께서 "그란디 아재! 내가 멋을 잔 부탁을 해야 쓰것는디 괜찮하까?" 하신다.

"무슨 부탁을 하시려고요? 혹시 제가 들어주기 곤란한 부탁은 아니지요?"

"그것은 아니고 이따가 율포(면 소재지) 나가문 약국 가서 파스 몇 장 사다주문 쓰것는디!"

"파스요? 또 어디가 편찮으세요?"

"아니~이! 엊그저께 밭에 나가서 일을 잔 했드만 여그 허리하고 다리하고 안 아픈 디가 읎시 다 아프네! 그란디 누구한테 여그저그 아프다고 그라문 흉볼까미 말도 못하것당께!"

"아파서 아프다고 하는데 그걸 흉본다면 되겠어요?"

"그랑께 말이여! 그래도 여기는 촌(村)이라 놔서 일 안 하고 사는 사람이 읎응께 아프다고 그라문 별라도 엄살이라도 부린 것 같응께 함부로 아프다고 말도 못해!"

"그러기는 하겠네요! 그러면 파스는 어떤 걸로 사다드릴까요?

대형파스, 아니면 소형파스가 필요하세요?"

"여그 등꺼리에 부칠라문 큰 거시 있어야 쓰것제 잉! 그라고 여그 물팍에도 부쳐야 쓰고 그랑께 아재가 알아서 사갖고 와!"

"그래도 대형 몇 장, 소형 몇 장, 이렇게 말씀하셔야지요. 저보고 알아서 사오라고 하셔놓고 나중에 잘못 사왔다고 하실 수도 있잖아요."

"그란가? 파스 한 봉다리가 여섯 장 들어가꼬 있제? 그라문 큰 것으로 다섯 개 사갖고 와!"

"작은 파스는 사오지 않아도 될까요?"

"큰 파스를 짤라서 써도 된께 괜찬해!"

"알았습니다. 그러면 오늘 약국에서 사놓았다 내일 가져다 드릴게요." 하자 할머니께서 "오늘은 아재 땀새 6천 원 벌었네!" 하신다.

"예~에? 6천 원을 벌어요?"

"우리가 파스 살라고 율포 약국까지 갈라문 오고가고 버스 차비가 6천 원이여! 그라고 또 그냥은 못 온께 멋 좀 사묵고 차 지달리고 그라문 한나잘은 가불고 그랑께 만 원도 더 벌었것네!"

우메, 인자부터 태래비도 째깐씩만 봐야 쓰것네!

보성읍 동암 아랫마을, 햇볕 잘 드는 담장 밑 따뜻한 양지쪽에 할아버지, 할머니 몇 분이 모여 재미있는 이야기라도 나누고 계신지 입가에 미소가 가득하다.

"어야! 이리 잔 와보소!"

"안녕하세요? 오늘은 날씨가 따뜻해서 이렇게들 나와 계시나요?"

"엊그저께까지만 해도 추와죽것드만 오늘은 참말로 따땃하니 좋네. 그랑께 이라고 모타 앙거서 이야기 잔 하고 있네."

"그러면 맛있는 음식이라도 가져다놓고 드시면서 말씀을 나누셔야지, 그렇게 얼굴만 쳐다보고 이야기하려면 재미가 없잖아요."

"아재! 머시 자시고 시퍼? 내가 얼렁 우리 집이 가서 묵을 것 잔 맨들어 갖고께."

"아니요, 제가 배가 고파 그러는 것이 아니고요, 재미있는 이야기를 하시려면 하다 못해 막걸리라도 한잔 따라 마시면서 해야 제맛이 나지요, 안 그래요?"

"자네 말이 맞네, 맞어! 그란디 요새는 술을 살 수가 있어야제. 옛날에는 그래도 동네에 째깐한 점빵이라도 한나 있었응께 멋도 사묵고 그랬는디, 그것도 읍써져분께 영 아숩당께!"

"그러면 제가 오토바이로 읍내에 가서 막걸리 몇 병 사다드릴까요?"

"아이고! 바쁜 사람 심바람 시키문 쓰간디. 그란디 오늘 우리 집이 편지는 읍는가?"

"오늘 어르신 댁에는 유선방송 시청료가 나왔네요."

"어야! 그란디 이것 잔 뜯어갖고 자동납부가 우리 아들 통장에서 빠져나가게 되앗는가 봐보소."

"예! 아드님 앞으로 되어 있네요."

"그래에! 애기들이 즈그는 부모 생각한다고 돈을 내기는 낸디, 생각하문 영 미안하단께."

"물론 그러시겠지요. 그래도 어쩌겠어요. 이렇게 시청료라도 내줄 자제분이 계시니 집에서 심심하지 않게 텔레비전이라도 보시면 좋지요."

그러자 옆에 계신 할머니께서도 묻는다.

"그란디 우리 껏은 을마나 나왔는가 잔 봐줘."

"시청료가 8천8백 원 나왔네요."

할머니는 깜짝 놀란 얼굴이시다.

"잉? 8천8백 원이나 나왔다고? 머시 그라고 마니 나왔어? 우메 인자부터 태래비도 째깐썩만 봐야 쓰것네! 내가 방에 앙거서 심심하다고 자꼬 태래비를 틀어싼깨 세금이 마니 나와부렀는갑구만!"

"텔레비전을 오래 시청하셨다고 해서 요금이 많이 나오지는 않아요."

"그라문 으째 이라고 마니 나와쓰까? 전기도 마니 쓰문 세금이 마니 나오고, 전화도 마니 쓰문 세금이 겁나게 나온다고 그라드만! 그랑께 태래비를 오래 틀어놓고 보고 있응께 세금이 마니 나온 것 아니여?"

"시청료는 텔레비전을 오래 틀어놓고 보시든지 조금만 보시든지 어쨌든 정해진 요금이기 때문에 매월 8천8백 원씩 똑같이 나와요. 그러니까 마음 놓고 보셔도 상관없어요."

"참말로 그래? 나는 째끔만 틀어놓고 보문 돈이 째깐 나온지 알았드니 그것이 아닌갑네!"

그때 옆에서 듣고 있던 영감님께서 한말씀 하신다.

"와따~아! 지비 아들은 돈도 잘 벌고 그란디 머시 꺽쩡이요? 별것을 다 꺽쩡해쌌네! 그랑께 부자가 더 무섭단께!"

내가 대신 내줄라고!

"계십니까? 계세요?"

회천면 이문마을 마지막집 마당에서 카드회사에서 보내온 등기 우편물을 배달하려고 주인을 불렀지만 대답이 없다.

"계십니까? 계세요?"

다시 한번 큰소리로 부르자 현관문이 열리더니 할머니께서 밖으로 나오신다.

"우메! 우체구 아재가 불러쌌구만, 으째 대답들을 안 하까?" 하며 2층에 대고 "아이! 아가! 암도 읎냐?" 큰소리로 부르신다.

"금방 여그서 멋을 해쌌드만 으디 나갔는갑소! 그란디 으째서 불러싸~아?"

"아드님께 카드가 등기로 와서 그래요."

"금메! 금방 있는 것 같드만 으디 갔으까? 요새 차 갖고 댕김서 밭에 거름 내러 댕긴다고 하드만 거그 갔으까? 이상하네!"

"그러면 할머니께서 이 등기를 받아놓으셨다 이따 아드님 돌아오시면 전해주세요. 혹시 잊어버리면 안 되니까 잘 보관하셨다 꼭 전해주세요!"

"그랑께 잘 놔뒀다가 우리 아들한테만 주문 된다고? 알았어!" 하더니 "그란디 아재! 우리 집이 전기세하고 전화세가 한 달에 을마씩이나 나오고 있는지 알아?" 하신다.

"글쎄요! 그건 잘 모르겠는데요. 전기세나 전화세는 모두 봉투에 담아 배달되기 때문에 요금이 얼만지는 봉투를 뜯어봐야 알 수 있거든요. 그런데 그건 왜 물으세요?"

"우리 아들이 도시에서 직장 댕겼는디 영감이 죽고 난께 '내가 엄니 모시고 농사도 지슬라요!' 그라드니 직장 그만두고 식구들하고 촌으로 내루와갖고 옥상에다 2층 짓고 작년부터 소 키우고 농사 지슬란다고 저라고 댕긴디 멋을 하는 속인고, 그라고 바쁘단께. 그라고 농사를 지스문 머시 을마나 남은 것인지, 안 남은 것인지, 알 수가 없단께. 그래서 혹시 전기세나 전화세를 못 내고 있으문 내가 대신 내줄라고 그란디, 통 말을 안 한께 알 수가 있어야제!"

"할머니께서 그런 걱정은 안 하셔도 될 것 같은데요."

"그것을 아재가 우추고 알아?"

"마을에 돌아다니다 보면 들리는 이야기가 있어요! '젊은 사람이 농촌에 내려와서 잘 살아보겠다고 열심히 일하는 것을 보문 참 대견하다!'고 칭찬이 자자해요. 그리고 전기세하고 전화세를 할머니께서 내고 싶다는 이야기는 하지 마세요."

"으째 말을 하지 마라고 그래싸~아?"

"평소에 아드님이나 며느리가 할머니께 서운하게 하신 적 있던가요?"

"아니~이! 그런 것은 한번도 읍써!"

"그런데 갑자기 '전기세하고 전화세는 내가 낼란다.' 하시면 아드님이 '내가 뭘 서운하게 해드려서 그런가?' 하고 생각할 수도 있어요. 그러니 괜스레 그런 말을 꺼내 아드님이나 며느리 서운하게 할 필요가 어디 있어요?"

"아재 말을 들어본께 참말로 그라네 잉!"

오늘 하루 쪼깐 쉬어도 욕은 안 하것제!

시골집 담장 너머 매실나무에서는 꽃봉오리들이 탐스럽게 솟아오르고, 하릴없는 강아지 한 마리가 봄 소풍이라도 가는지 엄마개의 뒤를 졸랑졸랑 따라가고 있다.

회천면 서당리 연동마을 맨 마지막 집 마당으로 들어서자 할머니와 며느리가 사이좋게 마루에 앉아 쪽파를 다듬고 있다 나를 보고 환한 얼굴로 반기신다.

"아저씨! 어지께도 우리 집이 오셨다 가셨담서요?"

"예! 어제 대학교에서 등기 편지가 한 통 와서 들렀는데 아무도 안 계셔서 그냥 가지고 갔거든요. 그런데 학교에서 반가운 소식 보냈다고 하던가요?"

"우리 아들이 올해 대학교에 입학했는데 학교에서 좋은 소식이 올 거라고 오늘은 꼭 기다리고 있다 받으라고 그러더라고요."

"그랬어요? 학교에서 좋은 소식을 보냈다면 장학금을 지원해준다는 소식일까요? 그렇다면 아드님이 공부를 상당히 잘했나 보네요?"

"아이고! 촌에서 공부를 잘하면 얼마나 잘했겠어요? 그냥 남보다 조금 잘한다는 소리를 듣기는 했는데 그래도 모르지요!"

"그래도 학교에서 장학금을 준다면 성적이 좋으니까 주는 거지 아무에게나 준답니까? 아무튼 기쁘시겠네요? 축하드립니다. 그런데 오늘은 밭에 감자 심으러 안 나가셨어요? 왜 할머니 며느님 두 분이 다 집에 계세요?"

"아저씨가 반가운 소식을 갖고 온단디 지금 밭에 감자가 문제여?"

"아무리 그래도 그렇지 두 분이 함께 집에 계실 필요는 없는데 그러셨어요? 하루 일당이 얼마씩인데!"

"아이고! 암만 그래도 사람이 쉴 때는 쉬어야제. 요새 날마다 감자 밭에서 일을 했드니 심이 들어 죽것서! 그래서 오늘 하루라도 아저씨 지달린다고 핑계대고 쉴라고 이라고 있제!"

"하긴 그러시겠네요. 그러면 감자는 다 심으셨어요?"

"우리 집 감자는 진작 다 심어불었제! 지금까지 있으문 쓰것어? 그라고 동네 품앗이한 감자도 어저께까지 다 심졌어!"

"그러면 무엇이 남았는데요?"

"인자 노무 동네 감자가 남어갖고 있제~에! 그랑께 집이서 오늘 하루 쪼깐 쉬어도 욕은 안 하것제! 안 그래?"

"그런데 할머니 앞으로 부산에서 택배가 하나 왔네요! 부산에는 누가 살고 계시나요?"

"우리 딸이 살고 있는디 머시 왔다고?" 하며 오토바이 적재함에서 꺼내주는 택배를 받더니, "인자 본께 우리 딸이 목도리 짜서 보낸다고 전화왔드만 내가 깜박 이져부렇네!" 하신다.

"목도리가 들어 있는 박스치고는 상당히 큰 편인데 목도리만 보낸다고 하던가요?"

"우리 딸이 목도리 실을 사다 시간 있을 때마다 쪼깐씩 짰다고 그랍디다. 그래서 세 개를 보낸다고 엊그저께 전화가 왔드랑께!"

"그랬어요? 그러면 두 분이 하나씩 하시고 남은 하나는 저 주시면 안 될까요?"

"아저씨 한 개 주라고? 아이고! 안 되야! 여그 이 옆에 즈그 씨누이가 살고 있어! 그랑께 이져불지 말고 꼭 한 개 갖다주라고 신신당부를 하드랑께. 그란디 아저씨를 줘불문 쓰것서? 정 서운하문 내 껏이라도 주까?"

"할머니도 참! 그냥 농담으로 그랬어요!" 하며 가만히 바라본 두 분의 얼굴엔 이 세상에서 가장 행복한 미소가 피어나고 있었다.

멋하고 있는가?

노랑나비 한 마리가 하늘하늘 날개를 팔랑거리며 다가오더니 묻는다.

"아저씨! 어디 가세요?"

"시골마을에 편지 배달하러 가는 길인데 왜 그러니?"

"나랑 같이 예쁜 꽃 구경 가지 않으실래요?"

"예쁜 꽃이 어디 피어 있는데?"

"바로 저~어기 피어 있잖아요!" 하고 나비가 가리킨 쪽을 바라보았더니 시골마을 길가에, 아무도 살지 않는 빈집 마당에, 혼자 사는 할머니 집 울타리에 어느새 노란 개나리, 수선화, 민들레, 하얀 목련, 매화, 빨간 진달래꽃이 화사하게 피어 나를 반겨주고 있었다.

회천면 은행마을에 접어들었을 때 휴대폰 벨이 울리기 시작한다.

"즐거운 하루 되십시오! 류상진입니다."

"반장님! 지금 어디 계세요?" 하는 우체국 여직원 목소리가 들려온다.

"지금 은행마을에 접어들었는데 왜?"

"혹시 연동마을 지나셨나요?"

"거기는 20분쯤 뒤에 갈 수 있을 것 같은데!"

"그러면 박기호 어르신 댁 아시지요?"

"물론 알고 있지요!"

"아침에 등기편지를 보내야 하는데 우체국에 나갈 수가 없으니 어떻게 하면 되겠냐고 사무실에 전화하셨어요. 그래서 집배원님이 지나가면 그때 보내달라고 했는데 아침에 말씀드린다는 것을 제가 그만 깜박 잊고 말았거든요. 조금 귀찮더라도 이따 연동마을 가시면 어르신 댁에 들르셔서 편지 받아오세요! 오늘 꼭 보내야 한다고 하셨거든요. 잊으시면 절대 안 돼요! 부탁합니다."

"잘 알았으니 걱정하지 마세요!" 하고 전화를 끊었다. 그리고 은행마을에서 원산마을을 지나 얼마쯤 뒤 영감님 댁 대문 앞에 빨간 오토바이를 세우고 "빵! 빵!" 하고 클랙슨을 울리자 마당에서 "어~이! 왔어! 왔당께!" 하는 소리가 들려왔다.

'무엇이 왔다는 말씀일까?' 대문을 열고 마당으로 들어서며 "어르신! 등기편지 보내실 것이 있다고 해서 왔는데요!" 하였더니 토방 옆 조그만 의자에 앉아 새조개를 까고 계시던 영감님께서 반가운 얼굴로 "어이! 오셨는가? 안 그래도 지달리고 있었네!" 하며 방에 대고 "어이~이 왔단께 멋하고 있는가?" 하시는데도 TV 소리만 요란하게 들릴 뿐 아무 대답이 없다.

"아니! 사람이 왔다고 그라문 내다보든지 말든지 해야 쓰꺼인디 멋을 하간디 이라고 기척이 업다냐?" 하며 이번에는 마루의 미닫이문을 '드르륵!' 열고 큰소리로 "멋하고 있는가? 사람이 왔당께!" 하시는데도 여전히 아무 기척이 없다.

"혹시 할머니께서 밖에 나가신 것 아닐까요?"

"나가기는 으디를 나가껏인가? 금방까지 방에 있었는디!" 하더니 이번에는 마루에 올라가 방문을 '확!' 당겨 여신다.

"아! 멋하고 있는가? 사람이 부르문 대답을 해야제! 대답을!" 하며 큰소리를 지르시자 방안에서 도수 높은 안경을 쓰고 바느질하시던 할머니께서 깜짝 놀라며 "멋하기는 멋해요! 바느질하고 있제!" 하며 퉁명스럽게 대답하셨다.

"태래비를 자그만치 틀어놓제! 먼노무 태래비를 크게 틀어놓고 바깥에서 암만 소리를 질러도 모르고 있으문 쓰것어? 잉!"

"내가 은제 태래비를 틀어요? 당신이 아까 잘 안 들린다고 크게 틀어놓고!"

"아까 보낸다고 한 편지 으따 뒀는가?"

"금방 바깥으로 갖고 나가놓고 나한테 그것을 물어보문 쓰것소?"

"와따~아! 바쁜 사람 왔는디 이라고 세와놓고 있으문 쓰것는가? 얼렁 잔 찾아보든지 그라제!"

한결 부드러워진 영감님의 말씨에 "남이 으따 둔 것을 내가 우추고 찾으껏이요? 편지 놔둔 사람이 찾아보든지 해야제!" 하시는 할머니는 영감님이 미워죽겠다는 표정이다.

"할머니! 지금 어르신과 싸우는 중이세요?"

"싸우기는 내가 은제 싸와? 영감이 좋은 말로 해도 되꺼인디 무담시 성질을 내싼께 그라제!" 하더니 "담부터는 존 말로 하씨요! 잉!" 하고는 빙긋이 웃으며 슬그머니 편지를 내놓으신다.

12년간의 사랑

오늘도 빨간 오토바이 적재함에 행복이 담긴 우편물을 가득 싣고 시골마을을 향하여 천천히 달려가는데 어디선가 향기롭지 못한 냄새가 지나가는 바람을 타고 날아와 코를 자극한다. 그래서 건너편 밭을 보았더니 소형 덤프트럭이 김이 모락모락 피어오르는 잘 삭은 퇴비를 이리저리 돌아다니며 뿌려대고 있었다.

회천면 신촌마을 가운데 집에 서류봉투 하나를 배달하려고 마당에 빨간 오토바이를 세우고 "어르신!" 하고 큰소리로 불렀으나 대답이 없다.

'영감님께서 밖에 나가셨나?' 하고 현관 왼쪽으로 돌아가 방문을 두드리며 "할머니!" 하고 불렀더니 "누가 와서 불러싸~아! 거그 문이 잠가졌응께 이짝 유리문 열어봐!" 하신다.

그래서 창문을 열고 빙긋이 웃으며 "할머니! 반가운 손님이 왔으면 얼른 일어나셔야지 그렇게 누워만 계실 거예요?" 하였더니 "금메 나도 인날 수만 있으문 인나고 싶은디 그랄 수가 읍는디 어짜껏이여? 그란디 멋을 갖고 왔어?" 하신다.

"부산에서 편지가 왔네요!"

"우리 시아제가 주민등록증하고 도장 보냈다고 연락왔드만 그것인갑네. 그란디 도장 주라고?"

"아니요! 이건 일반 우편물이니 도장은 안 찍으셔도 돼요!"

"그라문 거그 책상 우그로 땡겨부러!"

"알았어요. 그런데 오늘은 하루 종일 방안에서 무엇하고 계셨어요?"

"날마다 눠 있는 사람이 할 것이 머시 있겄서? 기양 테레비 잔 보다가 라디오 좀 듣다가 하문 하레가 가제! 그란디 대문 앞에 우리 차 있어?"

"하얀색 승용차 말씀이세요? 안 보이는데요!"

"영감이 노인당에 놀러갔구만! 아이고! 내가 어서 죽어야 우리 영감이 째깐이라도 편하껏인디 어째 이라고 안 죽는가 몰것어!"

"할머니~이! 오늘따라 왜 그렇게 약한 말씀을 하세요? 지금이라도 벌떡 일어나시면 되잖아요!" 하였더니 한숨을 '푸~욱!' 내쉬더니 "금메 인날 수만 있으문 을마나 좋것어? 그란디 인날 수가 있어야제! 내가 혈압에 떨어져가꼬 다리하고 한쪽 팔까지 마비된지가 올해가 벌써 12년째 되얏는디 좋아질 기미가 읍응께 자식들도 그라고 영감한테 질로 미안해 죽것어!" 하신다.

"그래도 어떻게 하겠어요? 할머니께서 일부러 그러고 싶어 그런 것은 아니잖아요! 그런데 어떤 때가 제일 힘드세요?"

"사람 없을 때 대소변이 마려우면 그것을 참고 있을 때가 젤로 힘들어! 누가 옆에서 거들어줘야지 나 혼자서는 못한께! 첨에는 이것저것 묵고 이불에 싸불기도 했는디 인자는 음식도 째깐씩 묵고 했드니 사람 없을 때는 대소변도 안 매룹드만!"

"그렇다면 다행이네요! 그런데 제가 제일 궁금한 것이 한 가지 있는데요?"

"머시 궁금한디?"

"할머니께서는 방에 누워 있는 환자답지 않게 늘 깨끗하게 하고 계시잖아요? 냄새도 나지 않고요. 누가 병 수발은 들어주고 있나요?"

"우리 영감이 다 하제 누가 하껏이여? 아침이문 밥해가꼬 둘이 묵고 설거지하고 물 디어서 나 씻겨주고 빨래 세탁기에 넣고 돌려서 널어놓고 나문 한나절 가제. 그라고 나서 점심 묵고 나문 영감은 바람 좀 쐬고 올란다고 차 타고 노인당 가서 저녁 때까지 놀다와! 그래가꼬 저녁밥 묵으문 하레가 가제~에!"

"그런데 그걸 12년 동안이나 하셨단 말씀이세요?"

"그랑께 내가 영감한테 미안해서 얼른 죽었으문 좋것다고 그라제~에!"

"할머니는 좋으시겠어요!"

"좋기는 머시 좋아?"

"젊은 사람들이 본받아야 할 만큼 영감님 사랑을 듬뿍 받고 계시니 얼마나 좋아요! 그것도 12년 동안이나!"

잃어버린 지갑

회천면 석간마을 입구로 천천히 들어서고 있는데 마을 영감님 한 분이 멀리서 나를 보고 잠깐 기다리라는 듯 손짓을 하며 달려오신다.

"어르신! 여기까지 오시려면 힘드시니까 그냥 거기 계세요! 제가 그쪽으로 갈게요." 하였으나 무언가 조용히 할 말이 있다는 듯 손가락을 입 중앙에 대고 달려오신다.

'어르신께 무슨 일이 생겼나?' 생각하다 '참! 오늘 저 분께 조그만 택배가 하나 있었지!' 하고 얼른 빨간 오토바이를 세우고 적재함에서 택배를 꺼내려고 하는데 어르신이 가까이 다가오더니 "어야! 오늘 혹시 우리 집이 멋 안 왔든가?" 하신다.

"어르신이 택배 때문에 달려오시는 줄 알고 지금 찾고 있어요."

"그란가? 아이고 참말로 힘드네!"

"무슨 일이 있으셨어요? 왜 그렇게 힘이 드시는데요?"

"아니~이 엊그저께 보성 5일장에 갔다 오다 지갑을 이져부렀단 말이시!"

"어쩌다 잊어버리셨는데요?"

"금메! 나도 잘 모르것는디, 아무튼 장에 갔다 와서 옷을 벗어놨는디 나중에 본께 지갑이 읍어져부렀단 마시!"

"지갑에 신분증이랑 돈도 들었을 텐데 어떻게 하지요?"

"내가 지갑에 주민등록증은 안 갖고 댕긴께 그것은 꺽정이 읍어!"

"그러면 돈은 어떻게 하고요?"

"돈도 을마 안 들었응께 다행인디, 만약에 누가 그것을 주서갖고 우체통에 너문 나한테 갖다준가?"

"지갑이 우체통에 들었더라도 우체국에서 바로 분실하신 분에게 보내드리는 건 아니고 일단 경찰서로 보내면 경찰서에서 다시 분실하신 분에게 등기로 보내드리거든요."

"그래~에! 그라문 시간이 마니 걸리것네 잉! 차라리 우체국에서 이져분 사람한테 바로 보내주문 더 조꺼인디 그라네!"

"그러니까요. 그런데 그것은 저희들이 마음대로 할 수 있는 것이 아니고 규정이 그렇게 되어 있어 어쩔 수가 없어요."

"그래 잉! 그라문 혹시 내 지갑이 오문 우리 집 사람 모르게 나한테 카만히 갖고 오소 잉! 알았제?"

"잘 알았으니 그것은 걱정하지 마세요. 그런데 그 지갑이 확실하게 돌아올 수 있을지는 저도 장담할 수 없어요."

"누가 주서갖고 다행이 우체통에 넣기만 해주문 쓰것네만 참말로 걱정이시!"

"아니 그런데 지갑 하나 잊어버리셨다고 그렇게 걱정을 하세요?"

"그 지갑은 우리 집 사람이 나한테 생일 선물해준 것이란 마시. 그러니 만약에 그 사람이 알문 날리가 나꺼인디 으짜껏인가!"

"아무리 그렇더라도 그렇게까지 걱정을 하세요?"

"그래도 그거시 아니란 마시! 그래서 우리 막내딸한테 전화해갖고 그 지갑하고 똑같은 것 한 개 사서 보내라고 했드니 인자 왔구만! 이 택배는 내가 카만히 갖고가꺼잉께 자네는 모른 척해야 쓰네 잉! 그라고 혹시라도 지갑이 오문 절대 우리 집 사람한테는 갖다주지 마소 잉! 알았제?" 하고 신신당부를 하신다.

이럴 때는 어떻게 해야 하지? 비밀을 지킨다? 아니면 할머니께 일러바친다?

그건 웬 떡입니까?

오전 8시 30분경, 보성우체국 2층 우편실 문이 열리더니 예순에 가까운 서울떡집 사장님이 얼굴에 함박웃음을 지으며 큰 떡 박스 하나를 들고 와 "이것 어디다 놓을까요?" 물으신다.

"그건 웬 떡입니까? 저흰 주문한 적이 없는데요!"

"주문해서 가져온 것이 아니고 그럴만한 사정이 있어 가져왔어요. 그러니 우선 놓을 자리부터 말씀하세요!" 하셔서 휴게실 탁자를 가리키며 "여기에 놔주세요." 하였더니 박스를 조심스럽게 내려놓은 후 "제가 정성껏 준비하였으니 직원 여러분 모두 맛있게 나눠드십시오!" 하신다.

"아무리 고맙더라도 이유를 말씀하셔야지, 이렇게 떡만 가져다 놓고 고맙다고 하시면 어떻게 합니까?"

"여기 김성기 씨 계시지요?"

"그렇습니다만!"

"그분에게 물어보면 잘 아실 겁니다."

"그분은 어젯밤 당직하고 아침 식사하러 갔는데 무슨 일이 있었습니까?"

"김성기 씨가 어제 제 지갑을 찾아주었습니다. 그래서 감사의 뜻으로 가져왔습니다. 어제 오후 3시경, 제가 우산리 담안마을에 볼일이 있어 택시를 타고 갔어요. 그리고 내리면서 지갑을 꺼내 택시비를 계산하고 잠바 안주머니에 잘 넣는다고 했는데 나중에 집에 와서 보니 지갑이 없어져버린 겁니다."

"정말 황당하셨겠네요. 지갑 속에 들어 있던 것 중 분실된 것은 없습니까?"

"지갑 속에 현금 87만 원하고 은행카드, 주민증, 운전면허증과 전화번호, 명함이 들어 있었는데 갑자기 없어져버렸으니 얼마나 황당하던지요!

그리고 솔직히 요즘 사회가 너무 무서운 세상이 되다 보니 돈은 그렇다 치고 카드하고 신분증 때문에 이걸 어떻게 해야 하나 걱정을 많이 했습니다.

그런데 채 1시간도 안 되어 그분이 우리 가게를 찾아와 정말 거짓말처럼 고스란히 지갑을 돌려주었어요! 세상에 이런 일이 있을 수 있습니까?

어떻게 생각하면 꿈을 꾸고 있는 듯 생각이 들어 그분에게 고맙다고 사례를 하려고 했는데 온다 간다 말도 없이 사라져버렸어요!

그래서 무엇으로 보답할까? 생각하다 내가 떡집을 하고 있으니 정성을 다해 맛있는 떡을 넉넉하게 만들어 내일 아침 우체국 문 열기 전 직원들에게 선물해야겠다! 하고 가져왔습니다."

"그런 일이 있었습니까? 그런데 저희는 김성기 집배원이 아무 말도 안 해서 그런 일이 있었던 줄은 전혀 몰랐습니다."

"헛! 헛! 허! 그렇습니까? 그런 일은 자랑을 많이 해도 좋은데 어쩐 일인지 우체국 집배원들은 좋은 일을 해도 숨기는 경향이 많더군요. 하여튼 그분에게 고맙다고 전해주십시오. 그럼 수고하십시오!" 하고 떡집 사장님이 돌아간 잠시 후 김성기 직원이 아침 식사를 마치고 사무실에 들어온다.

"어제 자네가 좋은 일을 했다면서?" 하였더니 "그건 어떻게 아셨어요? 저는 아무에게도 이야기한 적이 없는데요!" 한다.

"방금 떡집 사장님께서 고맙다며 직원들 나눠먹으라고 떡 한 박스를 갖다놓고 가셨어! 그런데 그분 얘기로는 사례를 하려고 했는데 자네가 말도 없이 사라져버렸다고 하던데!"

"그게 무슨 대단한 일이라고 사례를 받고 그런답니까? 어제 제가 우산리 담안마을로 들어가려는데 커다란 대형트럭이 길을 막고 있어 옆길로 가려고 막 돌아서는 순간 길가에 조금 두툼하게 보이는 지갑이 하나 떨어져 있더라고요!

그래서 별생각 없이 주웠는데 지갑 속에 현금하고 신분증이 있어 누군가 보았더니 떡집 사장님이셨어요. 그 길로 사장님께 전해드리고 저는 배달할 우편물이 많아 그냥 돌아왔는데 혹시 뭐가 없어졌다고 하시던가요?"

"지갑 속에 현금이 얼마 들어 있었는데?"

"바쁜 시간에 남의 지갑 속의 현금은 세어서 뭐합니까? 어차피 제 돈이 될 것도 아닌데 빨리 주인에게 전해드려야지요." 하는 김성기 집배원의 얼굴은 당연한 일을 했다는 듯 별로 대수롭지 않은 표정이었다.

알고 본께 화낼 사람은 자네구만!

아침 7시30분, 평소처럼 우체국에 출근하려고 옷을 입고 있는데 휴대폰 벨이 울린다.

"즐거운 하루 되십시오, 류상진입니다."

"여보씨요! 거그 우체구여?"

"예! 보성우체국 직원입니다."

"그란디 으째 어지께 우리 편지를 그냥 갖고 가불었어? 으째 갖고 갔냐고~오?"

수화기 너머 커다란 고함소리가 들린다.

"여보세요! 누구신데 이렇게 아침 일찍부터 전화기에 대고 고함을 치세요? 화가 난 일이 있더라도 고정하시고 천천히 말씀해주시겠습니까?"

"머시라고? 나 여그 회동 김재갑이여!"

"아! 예! 어르신! 그런데 왜 화가 나셨어요?"

"내가 어지께 으디 잔 나갔다 집이를 들어강께 등기가 왔다고 멋을 써노코 가불었드만. 그란디 내가 촌사람이라고 무시하는 거여, 머여?"

"제가 어르신을 무시할 리가 있겠습니까?"

"그라문 어지께 우리 엄니도 집이가 있고 그란디 왜 갖고 가부렇서? 사람이 맨맛항께 그란 것 아니여? 그라고 갖고 갈라문 전화라도 해갖고 나한테 물어봐야제! 그냥 갖고 가부러?"

"물론 어르신께 전화를 했지요. 그런데 전화기는 꺼져 있고 연락이 안 되는데 어떻게 한답니까?"

"머시 으짠다고? 내가 전화 끈 일이 읎는디 머시 으째? 꺼져 있어? 인자 나한테 거짓말까지 하고 있네!"

"제가 왜 거짓말을 하겠습니까? 어제 전화했던 기록은 제 전화기에 남아 있을 겁니다."

그 순간 머리에 스치는 것이 있었다.

"어르신! 잠깐만요. 지금 집 전화로 저에게 전화하셨지요?"

"그랬는디, 으째서?"

"그러면 지금 어르신 휴대폰이 꺼져 있는지 켜져 있는지 한번 확인해보세요!"

잠시 후 어르신의 한결 낮아진 목소리가 들린다.

"그것은 미안하게 되얏네! 으째 전화기가 꺼져갖고 있구만!"

"그렇지요? 제가 금방 들통날 거짓말을 하겠습니까?"

"그라문 우리 엄니도 집이가 계신디 으째 등기를 그냥 갖고 가부렇는가?"

어르신의 말씨는 어느새 많이 부드러워져 있었다.

"집에 아무도 안 계시면 차라리 등기를 놔두고 올 수도 있는데 노(老)할머니가 계셔서 놔두고 오기가 그렇더라고요. 그래서 '우편물 도착안내서'를 써놓고 왔어요. 지금 노할머니의 연세가 아흔 살은 넘지 않습니까?"

"그란디 우리 엄니가 머시 으째서?"

"율포리 장목마을 강영구 씨 아시지요?"

"알제! 그 사람을 왜 몰라!"

"그분도 노할머니를 모시지 않습니까? 지난번에 약이 와서 배달했는데 할머니께서 약을 어디에 두셨는지 기억을 못하시더라고요. 그래서 야단이 났어요. 결국 할머니 장롱 깊숙한 곳에서 찾아냈는데, 문제는 당신 살림 뒤진다고 몹시 싫어하신다는 겁니다. 혹시라도 그런 일이 일어날 수 있으니까 그냥 가져온 겁니다. 등기로 온 중요한 서류를 찾지 못하거나 분실하면 큰일 아닙니까?"

"허헛! 그랬는가? 나는 자네 속도 모르고 을마나 화가 나든지. 알고 봉께 화낼 사람은 자넨디 무담시 내가 화를 냈구만. 미안허시. 이해하소 잉!"

어제 저녁부터 화가 나 계셨을 어르신한테 속을 뒤집어 보여드리고 화를 풀어드렸으니 오늘도 가뿐하고 즐거운 하루가 될 것 같은 예감이다.

인자 생각해본께 내 이름이 수남이여!

회천면 지등마을 네 번째 집 마당에 빨간 오토바이를 세우고 약으로 보이는 어른 주먹만 한 크기의 택배 하나를 적재함에서 꺼내 "계세요?" 하고 주인을 부르자 "누구요? 우리 아들은 으디 가고 나만 있는디 으째 그라요?" 하며 여든이 훨씬 넘어 보이는 할머니께서 현관문을 열고 대답하신다.

"아드님은 어디 가셨나요?"

"우리 며느리랑 밭에 갔는가 어쨌는가 안 보이구만. 그란디 으째 그래?"

"약이 왔나 봐요! 할머니 댁에 누가 편찮으세요?"

"야~악? 내 약이 왔는갑구만!"

"그런데 이건 택배라서 서명을 받아야 하는데 성함이 어떻게 되세요?"

"머시라고? 성이 으짠다고?"

"이름이 어떻게 되시냐고요?"

"내 이름? 가만있어, 그랑께 옛날에 나를 불렀든 이름 말이제?"

"예! 할머니 이름이요!"

"금메! 생각이 안 난디 으짜까?"

"그러세요? 그럼 이 약은 무슨 약인가요?"

"그 야~악! 지금 여가 우리 큰아들집이요! 그란디 먼자 참에 쩌~어그 인천 작은아들집이서 내가 몸이 안 좋아 병원서 약을 갖다 묵고 있다가 이리 왔어! 그랑께 우리 작은아들이 다달이 나한테 약을 보내고 있는디 그 약이 왔는갑구만!

내가 먼자 참에 마당에서 자빠져가꼬 다리를 다쳤어! 그래서 한 보름 동안을 병원에 입원해 있다가 어저께 퇴원했는디 우리 큰며느리가 아침에 목욕탕에 물을 받아놓고 나 목욕을 시키대. 그라고 속옷 갈아입으라고 그래서 속옷을 갈아입고 잠이 와서 한숨 자고 난께 둘이 쩌그 우게 밭에 갔는가 으쨌는가 암도 없단께!"

"그러면 할머니 성(姓)은 어떻게 되세요?"

"나는 박(朴)가여!"

"그런데 할머니 이름은 아직 생각 안 나세요?"

"금메 나도 이름이 있었는디 생각이 잘 안 난단께! 그란디 으째서 자꾸 늘그니 이름은 물어싸~아?"

"여기 할머니 성함을 적어야 하거든요!"

"그래에? 그란디 내가 발을 잘 못 쓴께 아들한테 갈 수도 없고 으째야 쓰까? 우리 큰아들이 촌에 살아도 나한테 영 잘한단 말이요! 그라고 우리 며느리도 나한테 잘해! 그란디 오늘은 바람 불고 추운께 나를 집에 놔두고 밭에 갔는갑구만!"

"그럼 어디 놀러 가실 곳은 없으세요?"

"으째 없간디. 쩌 우게 회관이 있는디 내가 걸음발을 잘 못한께 회관까지 못 걸어가! 딴 때는 아들이 차로 델다주고 그란디 오늘은 아들이 으디 가고 읎응께 혼자 집이서 이라고 있제~에!"

"할머니! 다리가 편찮으시면 서 계시지 말고 앉으세요!"

"아이고! 안 되야! 손님 세워놓고 나만 앙그문 되간디?"

"그건 걱정하지 마시고 그냥 앉아계세요!"

"근디 내 이름이 머시냐고 물어봤제~에!"

"예! 혹시 생각나셨어요?"

"인자 생각해본께 내 이름이 수남이여! 박수남이!"

시골마을로 우편물을 배달하다 보면 가끔 자신의 이름을 잊어버리고 사시는 할머니들을 만나게 된다. 결혼하고 나서 지금까지 사용하던 이름 대신 친정마을 이름을 딴 택호(宅呼)를 사용하다 보니 이름을 잊어버리고 살고 계신 건 아닌지.

가끔은 할머니, 어머니의 이름을 불러드리는 건 어떨까? 자신의 이름을 기억하지 못하는 일이 없도록 하기 위해서라도.

무담시 돈을 딛여! 금메에!

진달래가 활짝 피어 온 산을 붉게 물들이고 시골집 울타리 사이에 활짝 피어난 노란 개나리는 바람결에 이리저리 고개를 흔들며 지나가는 길손에게 환하게 미소 짓는 봄이다.

회천면 신리마을 맨 윗집 마당에 빨간 오토바이를 세우고 적재함에서 박스에 담겨 있는 제법 크고 묵직한 어린이 보행기를 꺼내 마루에 올려놓고 "할머니! 어디 계세요?" 큰소리로 불렀으나 대답이 없으시다.

'들에 일하러 나가셨나?' 집 주위를 둘러보아도 보이시지 않아 택배를 마루에 놓아두고 나오려는데 할머니께서 허겁지겁 달려오신다.

"우리 집이 멋을 가꼬 와쓰까?"

"밭에서 일하다 달려오시는 길이세요?"

"요새 날마다 비가 오드니 오늘은 해가 뜬께 참말로 좋네! 그래서 밭을 잔 매고 있는디 아재가 우리 집으로 들어가대! 그래서 와봤제!"

"그러셨어요! 서울에서 김미숙 씨가 보행기를 보내셨네요."

"나 밀고 댕기라고 우리 딸이 사서 보냈는갑구만! 아이고! 썩을 것이 이런 짓거리 잔 하지 마라고 몇 번을 말했는디 또 했구만 또 했어!" 하며 갑자기 화난 표정으로 역정이시다.

"지금 저에게 하시는 말씀이세요? 아니면 따님에게 하시는 말씀이세요?"

"내가 아재한테 그런 말을 멋하러 하겄어? 우리 딸한테 그라제."

"보행기를 사서 보낸 따님에게 왜 그렇게 역정을 내세요?"

"엊그저께가 내 생일날인디 우리 딸이 와서 보드만, '엄마! 보행기가 오래됐는디 내가 한나 사서 보내까?' 그라드라고. 그래서 '아니! 냅둬라!' 그랬는디 기연히(기어이) 사서 보냈단께! 내가 인자 살문 을마나 살 것이여? 그란디 무담시 돈을 딜여 이런 것을 사서 보내 금메~에!"

"그러면 내일 돌아가시게요?"

"아무리 그래도 낼은 안 죽제~에!"

"그러면 모레 돌아가시려고요?"

"암만 그란다고 낼 모레 죽을 사람이 으디가 있어?"

할머니는 내가 아주 얄밉다는 표정이시다.

"그런데 따님이 보행기 사서 보냈다고 화를 내시면 되겠어요?" 하자 토방 한쪽에 세워져 있는 아주 낡은 보행기를 가리키신다.

"아직 저것도 새것이라 좋은디 멋하러 돈을 딜여 이것을 또 사냔 말이여!"

"제가 보기에 저 보행기는 금방 고장이 날 것 같은데요?"

"아직은 밀고 댕기문 괜찮해! 옛날에 지팽이 짚고 댕길 때는 우째 그라고 힘도 많이 들고 허리도 아펐는지……. 인자는 보행기에 쬐깐한 보따리도 실코 밀고 댕기문 아조 편하드랑께! 허리도 덜 아프고."

"그런데 따님에게 화를 내시면 되겠어요? 따님이 알면 얼마나 서운하겠어요?"

"우리 딸이 있으문 화도 못 내제! 미안하고 그랑께 무담시 내가 한번 해본 소리여!"

자식들한테 받는 것은 그 어떤 것도 '우리 새끼 애잔헌 돈 무담시 축내는 것'으로 미안해만 하는 마음, 그게 부모님 마음인가 보다.

손자가 보낸 착불 택배

"안녕하십니까? 보성우체국입니다. 김경하 씨 휴대폰입니까?"

"김경하 씨 휴대폰은 아니고요 저는 여동생인데요."

"서당리 연동마을 아닌가요?"

"연동마을에는 저의 친정엄마가 살고 계시는데 왜 그러세요?"

"다름이 아니고 김경하 씨께 택배가 하나 도착했는데 착불이라서 4천5백 원을 준비해주시라고 전화 드렸습니다."

"보낸 사람이 누구인가요?"

"김길수 씨가 보냈네요."

"길수는 우리 조카인데 제 휴대폰 번호를 적은 것 같네요. 알았습니다. 제가 친정엄마께 말씀드려놓겠습니다." 하고 전화는 끊겼다.

그리고 오전에 전화했던 회천면 연동마을 할머니 댁 대문 앞에 잠시 빨간 오토바이를 세우고 조그만 택배를 들고 마당으로 들어서자 "우메! 아재가 오랜만에도 보이네! 으째 요새는 통 안 보였어?" 하신다.

"제가 안 보인 것이 아니고 요즘 할머니께서 계속 바쁘셨는지 집에 안 계시던데요."

"그랬어? 요새 나도 밭에 일하로 댕기니라고 그랬는갑구만. 그나저나 돈을 을마 주라고?"

"4천5백 원을 주셔야겠네요."

"째그만 받제, 으째 그라고 비싸게 받어?"

"제가 비싸게 받으려고 하는 게 아니고 착불 택배는 기본요금이 4천5백 원이니까 싸게 받으려고 해도 어쩔 수가 없네요."

"그래~에! 그라문 할 수 읍제 으짜껏이여!" 하며 꼬깃꼬깃 접어진 천 원짜리 넉 장과 5백 원 동전을 내놓으신다.

"그런데 김길수 씨는 누구세요?"

"우리 손지여!"

"손자가 할머니께 택배를 보내면서 어째서 착불로 보냈을까요?"

"우리 손지도 돈이 읍어 그랬제~에!"

"손자가 무엇을 하는데요?"

"광주서 학교에 댕기고 있어. 그란디 먼 돈이 있으꺼시여?"

"그러면 부모님과 함께 살지 않나요?"

"즈그 부모는 목포서 살고 있고 손지는 광주서 혼자 학교에 댕기고 있는디 인자 고등학교 3학년이여! 그랑께 지도 고생이제~에!"

"그런데 무엇을 착불로 보냈을까요?"

"내 약이여!"

"약이라고요? 그러면 손자가 약국에서 약을 지어 보냈나요?"

"아니~이! 그것이 아니고 엊그저께 내가 반찬을 잔 해갖고 광주 손지한테 찾아갔는디 허리가 아퍼 죽것드란께. 그래서 '아야!

내가 이라고 허리가 아퍼 죽것단마다!' 그랬드니 지가 묵든 약이 라고 묵어보라고 주대. 그래서 묵었드니 안 아프고 괜찮하드란께. 그래서 그것을 내가 옴시로 갖고 올라고 그랬는디 이져불고 안 갖고 왔는디, 손지한테 전화가 왔어.

'내가 약 부칠라네! 그란디 돈이 읎응께 착불로 보낼란께 할머니가 돈 주고 찾소 잉! 돈은 내가 나중에 벌어서 갚어주께!' 그란디.

아이고! 어린것이 먼 속아지가 있다고 지가 묵든 약도 안 묵고 나한테 보냄시로 이라고 생각한다냐 싶어 을마나 눈물이 나든지!" 하시는 할머니의 눈가에는 어느새 조그만 이슬이 맺히기 시작하였다.

"할머니! 이렇게 생각해주는 손자가 있는데 얼마나 좋아요? 한턱내셔야 되겠는데요!" 하였더니 "째그만 지달려 잉! 우리 손지 학교 졸업하고 취직하문 내가 한턱내께!" 하신다.

그것이 내 기때기여! 기때기!

어제 이른 새벽부터 내리기 시작한 봄비는 우편물을 정리하여 빨간 오토바이 적재함에 가득 싣고 우체국 문을 나설 때까지도 계속해서 내리고 있었다.

회천면 봉서동마을 끝에 살고 계시는 할머니 댁에 조그만 택배 하나를 배달하려고 마당으로 들어가 "빵! 빵!" 소리를 냈는데 대답이 없으시다.

'마실을 나가셨나? 왜 대답이 없지?'

다시 방문 앞에서 큰소리로 "할머니! 저 왔어요~오! 안 계세요~오?" 불렀지만 역시 아무 인기척이 없다.

'이걸 어떻게 하지? 그냥 마루에 놓아두고 가? 비가 이렇게 계속 오면 마루까지 빗물이 들이쳐 소포가 젖을 텐데……. 음……, 그럼 방안에 넣어두자!' 하고 방문을 '덜컹' 여는 순간, "누구여?" 하고 방에 누워계시던 할머니께서 깜짝 놀라 일어나며 고함을 치신다.

"할머니~이! 방안에 계시면서 그렇게 불러도 모르셨어요?"

"우메~에! 이라고 비가 와싼디 그것 한 개를 갖고 여그까지 왔으까~잉! 미안해서 으째사 쓰까?"

"이렇게 비가 내리는 날은 방이 따뜻해야 하는데 방에 불은 넣으셨어요?"

할머니의 대답은 엉뚱하다.

"그것이 내 기때기여! 기때기!"

"오늘 같은 날은 회관에 놀러가시든지 하지, 적적하게 혼자 방에 계세요?"

"그것이 자꼬 고장이 나싼께 성가시제만 으차껐이여! 그래도 고쳐서 써야제!"

할머니는 자꾸만 동문서답이다.

"그란디 내가 약을 으따 뒀는가 모르겄네! 약이 있어야 쓰꺼인디!"

"무슨 약을 찾으시는데요?"

"아이고! 내가 으째 이라고 정신이 업으까? 아까 약을 잘 놔둔다고 했는디 이라고 찾을랑께 성가시네!"

방안 이곳저곳을 들썩이다가 할머니는 택배를 가리키신다.

"아저씨! 그것 잔 끌러봐!"

"이게 뭔데요?"

그러자 할머니는 손가락으로 귀를 가리키신다.

"그것이 내 기때기랑께! 그란디 약이 있어야 쓴디 그것이 으디로 가불었는고 이라고 안 보인단께!"

울상인 할머니께 좀 큰 목소리로 여쭌다.

"전화기 옆에~에 조그만 빨간 그릇에~에 그게 건전지 아닌가요~오?"

"이잉? 이것이여? 이것이 기때기에 찡겨 쓰는 약이여? 하다 쬐깐해서 약이 아닌지 알았네! 그라문 이것 잔 찡겨봐!"

건전지를 끼워넣자 '삐~익!' 하는 금속성 소리가 들린다.

"이제 귀에 넣어보세요!"

보청기를 귀에 끼시기를 기다려 물었다.

"이제 잘 들리세요?"

"인자 들리네! 들려!" 하며 빙그레 웃으신다.

할머니는 지금껏 잘 들리지 않는 내 말에 대답을 하느라 애를 쓰셨을 텐데, 나는 그것도 모르고 동문서답을 하신다고 생각했으니 참!

서로 돕고 살아야제!

회천면 화동마을 가운데쯤 집에 조그만 택배 하나를 배달하려고 오토바이를 세우고 “계십니까? 김길영 씨 계세요?” 하고 집주인을 부르고 있는데 회관 옆에 살고 계시는 할머니께서 “아재~에! 나 잔 보고가~아!” 하며 부산하게 걸어오시더니 “그란디 그저께는 어째 우리 동네 안 왔다 갓서?” 하고 물으신다.

“예~에? 그제 여길 안 왔다고요? 저는 그런 적이 없는데 무슨 말씀이세요? 저는 매일 하루도 안 빠지고 이 마을을 다녀가는데 누가 그러던가요?”

“그랬어? 그라문 어지께는 으째 그라고 일찌거니 와따 가부렇서?”

“어제는 택배가 무겁고 큰 게 있어서 이 마을을 평소보다 조금 빨리 다녀갔는데 무슨 일이 있었나요?”

“아니~이! 쩌그 끄터리 집 노인이 으디 잔 갔다 올란다고 이것을 우체구 아재가 오문 바쳐주라고 하라 그란디 만날 수가 있어야제!”

“어제 제가 빨리 왔다 간 줄은 어떻게 아셨어요?”

"어지께 한 쟁일 지달리고 있었제~에! 그란디 누가 글드만. 아까 일찌거니 왔다 가부렇다고! 그 말을 들응께는 을마나 화가 나꺼시여!"

"그러셨어요? 미안하게 되었네요. 그런데 왜 화가 나셨는데요?"

"아재도 생각 잔 해봐! 한 쟁일 지달린 사람이 왔다 가부렇다고 그라문 화가 안 나것서?"

"화가 나실 만도 하네요! 그런데 그게 무엇인데 그렇게 할머니를 화나게 하였을까요?"

"나도 몰라! 즈그들이 하기 실응께 무담시 나한테 매껴서 나까지 성가시게 하고 있어!" 하며 마을 입구 쪽을 바라보며 눈을 흘기신다.

"할머니! 누구에게 그렇게 눈을 흘기세요?" 물었더니 깜짝 놀란 표정을 지으며 "내가 은제 눈을 흘겨?" "이것 잔 봐줘봐!" 하신다.

"이것은 저쪽 첫 집 김영순 할머니 댁 전기요금 고지서네요."

"그란디 을마나 나왔어?"

"1만 8천5백 원이 나왔네요."

"그라문 내가 2만 원을 주문 을마가 남어?

"그러면 천5백원이 남는데요."

"그래! 그라문 이것 잔 우체국에다 바쳐다주문 안 되까?"

"예! 그렇게 할게요. 그런데 영수증은 저쪽 김영순 할머니 댁에 가져다 드리면 될까요?" 하였더니 깜짝 놀란 표정으로 "으째 내가 심바람을 시킨디 저짝 지비다가 영수증을 갖다 줄라 그래싸?" 하신다.

"왜요? 고지서를 보니 저쪽 할머니 댁이 맞는 것 같아서요."

"그래도 내가 그것을 매꼈는디 나를 갖다 줘야제, 안 되야!"

"할머니께서 심부름 값 많이 드린다고 하던가요?"

"심바람 갑 준다고? 아이고! 생전 심바람 갑 주것네! 그것이 아니고 나보고 '돈 천 얼마가 남응께 그것 잘 챙겼다가 나중에 지 오문 갖다 주라!' 신신당부를 하드랑께! 그래서 내가 '돈 째깐뿐이 안 남구만 그것 나 줘불제 그란다!' 그랬드니 '절대 안 된다!' 글드랑께!"

"그러면 앞으로 그 할머니 심부름은 절대 안 하시겠네요."

"그라문 쓰간디!"

"왜요? 그러면 더 해주시게요?"

"지도 내 심바람을 해준디 서로 돕고 살아야제! 안 그래?"

큰아들과 어머니

오늘도 빨간 오토바이와 함께 시골마을을 향하여 천천히 달려가는데 도로 옆 산에는 붉은 철쭉꽃들이 활짝 피어나 오가는 길손을 반갑게 맞이하고 있다.

회천면 도강마을 가운데쯤에 살고 계시는 할머니께 자녀가 보내준 현금등기를 배달하려고 대문을 열고 마당으로 들어서며 "저 왔어요! 어디 계세요?" 부르자 방문이 열리면서 할머니께서 고개를 내밀고 "이~잉! 우체구 아재가 왔구만! 안 그래도 지달리고 있었어!" 하며 환하게 웃으신다.

"용돈이 왔나 봐요! 그런데 오늘은 돈이 백만 원이나 왔네요!" 하였더니 묘한 미소를 지으며 "이참에는 째깐 마니 보내라 했어!" 하신다.

"매달 용돈이 30만 원씩 오던데 이번에는 좋은 일이 있으신가 봐요!"

"아니 존 일이 있는 것이 아니고, 나보고 장에 댕기지 마라고 우리 큰아들이 보내준 것이여!"

"장에 다니지 마라니요? 무슨 말씀이세요?"

“내가 장날이문 푸정가리(푸성귀) 잔 해갖고 돈 살라고 장(5일장)에를 댕긴디 먼저 참에 큰아들 내외가 왔다 감서 나보고 ‘인자 장에 그만 좀 댕기고 편히 살라!’ 그러대. 용돈이 저그문 더 보내준다고! 그래서 내가 ‘한 달 용돈 30만 원 갖고는 작은께 더 많이 보내라!’ 그랬어! 그랬드니 ‘을마나 보내면 되것냐?’ 그래서 ‘한 달에 백만 원씩 보내라!’ 그랬어! 그라문 못 보낼지 알고 그랬는디 참말로 보냈구만!”

“큰아들이 부잔가 봐요?!”

“부자는 아니고, 며느리랑 같이 회사 댕김서 맞벌이하고 있응께 따른 아들보다 살기는 쨰깐 더 편하다 그러대!”

“그러면 이 돈은 어디에 쓰실 건데요?”

“쓰기는 으따 써~어? 모타놔야제!”

“할머니 몸도 좋지 않으신데 병원에 좀 다녀오시지 그러세요!”

“우리 큰아들이 보내준 귀한 돈을 갖고 병원에 댕기문 쓰간디! 내가 쨰깐 벌어논 돈이 있응께 그것으로 댕겨야제!”

“그러면 이제부터 정말 5일시장에 다니지 않을 생각이세요?”

“그라문 쓰간디. 내가 아들 6형제에 딸 하나, 그래서 모두 7남매를 뒀어! 그란디 아들딸이 모두 잘살면 좋은디 잘사는 아들도 있고 못사는 아들도 있고, 그래서 내가 쨰깐씩 모타놨다가 아들도 쨰깐 보태주고 딸도 쨰깐 생각해주고 그 재미로 살고 있는디, 우리 큰아들은 그 속을 몰라!

그랑께 집이만 오문 자꼬 ‘엄니! 이제까지 해오신 것으로도 고생은 충분히 하셨으니 지금부터라도 농사일 같은 건 모두 남에게 맡기시고 편히 살라!’ 야단이여! 내 맘은 그것이 아닌디! 그랑께 으째사 쓸란가 몰것어!”

"그러면 아드님 말씀처럼 일은 하지 마시고 편히 사시면 되지요!"

"아이고! 늙은이가 할 일 없이 집에 카만히 있을랑께 더 죽것서! 지난번에도 큰아들이 하도 서울로 가자 그래서 갔다 왔는디, 한 쟁일 방에만 갇혀 있다 본께 꼭 징역살이 한 것 같드만. 그래서 며칠 못 있고 도로 내루와부렁서!

그래도 여그 오문 내 집 있고, 논밭 있고 그랑께 이것저것 하다 보문 심심하도 안 하고 농사지어가꼬 이 아들도 째깐 주고 저 아들도 주고 그라문 시간 가는 줄 몰르고 재미도 있는디, 암껏도 안 하고 카만히 앙거 있으문 먼 재미로 사껏이여?"

"말씀을 들어보니 그렇기는 하네요! 그런데 제 생각에는 할머니께서 너무 힘들게 농사일을 하시니까 아드님이 안타까워 그러는 것 같아요. 그러니 이제부터는 너무 힘든 일은 하지 마시고 쉬엄쉬엄 소일거리로 조금씩 하시면 큰아드님께서도 이해하실 거예요!"

"참말로 째깐썩 하문 괜찬하까?"

"그럼요! 그러면 할머니 건강에도 좋지요!"

자식들 나눠주는 재미로 일을 하시려는 어머니, 그리고 고생을 시키지 않으려는 큰아들. 누구의 생각이 옳은가요?

소주와 장미

5월 하순으로 접어들면서 매일 초여름을 방불케 하는 섭씨 30도에 가까운 무더운 날씨가 이어지고 있으나 시골길 옆 밭에서는 많은 아낙네들이 지난 1월 차가운 날씨 속에 손을 '호! 호!' 불며 파종하였던 봄 감자가 무럭무럭 자라나 예쁜 꽃을 피우는가 싶더니 어느새 어린이 주먹보다 더 크고 먹음직스럽게 자란 감자를 땀을 뻘뻘 흘리며 수확하느라 여념이 없었다.

회천면 도강마을 입구를 지나가는데 맑은 하늘에 갑자기 어디선가 시커먼 먹구름이 몰려오는가 싶더니 '우루루! 쿵! 쾅!' 천둥소리와 함께 굵은 소나기가 퍼붓기 시작하였다.

'아이고! 큰일났다! 갑자기 소나기가 퍼부으면 어떻게 하나? 우선 비를 맞지 않을 곳으로 피하자!' 하고 얼른 할머니 댁 처마 밑에 빨간 오토바이를 세워놓고 집배가방에서 현금등기를 꺼내고 있는데 할머니께서 허겁지겁 비를 피해서 집으로 달려 들어오셨다.

"밭에서 일하다 비를 만나셨어요?" 하였더니 빙긋이 웃으며 "녹차 밭에 풀들이 징하게도 질어싸서 그것 잔 뜳달하고 있는디 비가 쏟아지네! 그란디 오늘 나한테 돈 왔제?" 하신다.

"서울에서 돈 10만 원을 보냈네요."

"엊저녁에 우리 막내며느리한테 전화가 왔대. 오늘이 내 생일인디 선물 대신 돈 쬐깐 보내꺼잉께 그것 갖고 술 사묵으라고!"

"예~에? 술을 사서 드시다니요? 지금도 술을 드세요?"

"내가 술을 좋아한께 애기들이 집이 올 때문 사오기도 하고 내가 사다 묵기도 하고 그래!"

"할머니 연세가 어떻게 되시는데요?"

"올해 여든일곱이여. 그란디 술을 좋아한께 많이 묵어!"

"하루에 얼마나 드시는데요?"

"날마다 소주 한 병씩!"

"정말이세요? 그러면 그만큼을 한꺼번에 드시나요?"

"아니! 그라고 안 묵고 한 병 갖고 세 번 나나서 묵어!"

"그러면 식사하실 때 반주로 드시나요?"

"반주로 안 묵고 밭에서 일하다 배고프문 새참으로 한 잔씩 묵어! 그라문 배도 안 고프고 일도 힘든지 모르고 그라대! 내가 젊을 때는 막걸리를 좋아했는디 그때는 밤 한시 두시까지 도구통(절구통)에다 보리방애 찧고, 힘들고 그라문 막걸리 한 잔 묵고, 그라고 나문 배고픈지도 모르고 그냥 쓰러져 자고, 또 아침에 일찍 일어나 밤에 찧어놓은 보리쌀로 밥해 묵고, 일하러 가고 했는디, 인자는 막걸리가 없응께 소주를 묵은디 소주도 괜찬하대!"

"그러면 술을 취하도록 드시나요?"

"아니 그라고는 안 묵고, 하루에 새참으로 두 번, 그라고 밤에 잠자기 전 한 잔 묵으문 몸 아픈지도 몰르것고 잠도 잘 오고 그라대!" 하더니 마당 건너편의 장미를 가리키며 "아저씨! 쩌그 꽃 보이제? 저것이 장미꽃이든가? 그란디 이삐제?" 하신다.

"정말 예쁘네요! 그런데 장미를 할머니께서 심으셨나요?"

"내가 이 집 짓고 나서 여그 아랫집에서 째깐한 가지 하나를 끊어다 심었는디 해가 갈수록 꽃이 더 많아지고 이삐게 피대!"

"할머니께서 정성을 들여 잘 가꾸시니까 꽃도 보답을 하는 것이겠지요."

"그란지 으짠지는 몰라도 요새는 꽃이 더 이쁜 것 같어! 내가 아침에 인나서 현관문 열문 저 꽃이 나보고 웃어준께 고맙고, 밭에 가서 일하고 저녁때 오문 암도 읎는디 나를 보고 웃어준께 참말로 고맙드랑께!"

"그러면 꽃에게 고맙다고 하셨나요?"

"아니! 안직 고맙다고 안 했는디 맘속으로는 늘 고맙게 생각하고 있제~에!"

"그러면 장미꽃이 할머니 친구겠네요?"

"몰라! 친군지 애인인지! 그란디 꽃이 안 져불고 항상 피어가꼬 있으문 좋것는디! 인자 을마 안 있으문 지고 말것제~잉!"

이야기를 나누고 있는데 강하게 쏟아지던 빗줄기가 점차 가늘어지더니 밝은 햇살이 빛나고 있었다.

'할머니 말씀처럼 언제나 장미꽃이 활짝 피어 항상 친구로 남았으면 정말 좋겠는데!'

500원의 무게

회천면 명교 아랫마을에 우편물 배달을 마치고 윗마을로 들어선 순간, 가운데쯤 살고 계시는 할머니께서 대문 밖으로 나오신다.

"아재! 잘 만났네."

무척 반가워하시던 할머니가 빨간 오토바이 적재함을 가리키며 말씀하신다.

"여그다 쌀 푸대 좀 싣고 가문 안 되까?"

"쌀 포대요? 무슨 쌀 포대인데요?"

"40키로짜리 쌀 푸댄디 오토바이에다 싣고 가문 좋것네."

"그건 좀 곤란한데요. 저쪽 마을 끝집에 배달할 무거운 소포가 들어 있는데 또 40킬로짜리 무거운 쌀 포대를 싣고 어떻게 다니겠어요? 그런데 무슨 쌀을 어디로 가져가시려고 그러세요?"

"아니, 뻴간 꼬치를 보낼라고. 우리 둘째가 낼까지 보내주라고 그란디, 그것을 내가 회령 장터까지 머리에 이고 갈랑께 암만 생각해도 안 되것어서 아재한테 보내주라 할라고!"

"그럼 쌀 포대에 들어 있는 게 쌀이 아니고 고추였어요?"

"꼬치를 40키로짜리 쌀 푸대에 꾹꾹 눌러 담으면 10근이 들어가드만. 그란디 개풋해(가벼워). 그랑께 아재가 우체국에 실코 가서 우리 아들한테 보내주문 안 되까?"

"그럼 그렇게 하세요. 그런데 고추는 어디 있어요?"

"우리 집에 있제 으디가 있것어?"

할머니와 함께 집으로 들어갔더니 40kg들이 쌀자루에 터질 듯이 가득 담긴 마른고추 자루 한 개가 마루에 놓여 있다.

"소포요금이 5천 원 정도 될 거예요."

"아이고 5천 원이나 되야? 징하게도 비싸네!"

할머니는 만 원짜리 지폐 한 장을 건네주신다.

"아드님 주소를 주셔야지요."

"그란디 내가 주소를 어디다 놔뒀더라. 가만있어봐, 잉!"

할머니는 방안에 있는 살림살이를 여기도 들썩 저기도 들썩거리며 주소를 찾고 다니신다.

"우메! 바쁜 양반 잡아놓고 미안해서 으째사 쓰까? 그나저나 내가 주소를 으따가 놔뒀으까? 참말 이상하네!"

그런데 방바닥에 놓여 있는 전화기 밑에 조그만 공책 한 권이 눈에 들어온다.

"오~참! 그러제! 여그다 놔두고 한참을 찾았네. 아재! 여그서 명섭이 주소가 있는가 찾아봐."

"포항 김명섭 씨 말씀이세요?"

"잉! 김명섭이한테 보내문 되야!"

"내일까지 고추가 포항에 도착되게 하려면 오후 4시니까 지금 바로 우체국에 가서 접수를 해야 오늘 출발할 수 있거든요. 그러니까 제가 주소 적힌 공책까지 우체국에 갖고 가서 접수하고 올

테니까 할머니는 여기 앉아 잠시 기다리고 계세요." 하고는 왕복 2km쯤 떨어진 우체국으로 고추자루를 싣고 가서 소포로 접수시켰는데 요금이 5500원이다. 잔돈 4500원과 소포 접수증 그리고 주소가 적힌 공책을 챙겨 할머니께서 기다리고 계시는 명교마을로 달려간다.

"와~따~아! 아재가 비행기보다 더 빠르네! 우추고(어떻게) 그라고 빨리 갔다 와불어?"

"할머니, 여기 주소 적힌 공책이요. 그리고 잔돈 4500원입니다."

"이~잉! 소포비가 그라고 비싸~아?"

"할머니! 아드님에게 보내는 거라고 포대가 터지도록 욕심껏 고추를 담으셨지요? 그래서 고추 무게가 6kg이 넘었어요! 그래서 요금이 500원 더 나온 거예요."

"아이고! 그란다고 500원씩이나 더 받어? 너무나 비싸게 받네! 그랄지 알았으문 내가 회령 장터에 있는 택배로 갖고 가서 부치껏인디!"

"참! 고추를 머리에 이고 회령 장터까지 가시면 거리가 왕복 3km가 넘잖아요. 그러다 몸이라도 아프면 약값만 해도 500원이 훨씬 넘게 나와요. 안 그래요?"

"그래도 500원을 더 받어분께 징하게도 비싸구만!"

"정 그렇게 아까우시면 제 돈 500원을 드릴게요." 하고는 주머니 속에 들어 있는 500원짜리 동전 하나를 꺼내 할머니 손에 쥐어 드리려는데 한사코 돈 받기를 사양하신다.

"아이고! 그냥 놔둬! 심바람까지 한 사람이 500원을 물어내문 쓰간디!"

내가 쪼깐 심이 들드라도 할 일은 해야제!

"우체구 아재! 이리 잔 와봐~아!"

회천면 봉천마을 옆 도로를 지나가고 있는데 할머니께서 부르신다.

"어디 나들이 가시나요? 오늘따라 옷을 곱게 차려입고 나오셨네요."

할머니는 묻는 말에는 대답은 않고 바쁘게 물으신다.

"거시기 혹시 잔돈 잔 이쓰까?"

"잔돈이요? 그걸 어디에 쓰시게요?"

"혹시 버스 운전수가 내가 만 완짜리 준다고 화내고 그라문 안된께 미리서 잔 바까갖고 갈라고."

"잔돈을 바꿔서 버스 타시게요? 어디를 가려고 그러시는데요?" 하자 할머니 얼굴이 갑자기 심각한 표정으로 바뀐다.

"우리 영감이 자빠져부렁당께!"

"예~에? 어르신이 넘어지셨다고요? 어디서 넘어지셨는데요?"

"우리 집 방에서 배깥으로 나올라다가 우추고 했는고 중심을 못 잡고 토방으로 궁굴어불었다고 그라대."

"저런 큰일날뻔하셨네요."

"그란디 토방에서 일어날라고 그라다가 또 마당으로 자빠져부렀는갑서."

"예~에! 그러면 어르신이 많이 다치셨나요?"

"마니 다쳤는가 으쨌는가 하이튼 '나 좀 살리라!' 소래기를 질러싼께 옆에 젊은 사람들이 듣고는 우추고 병원으로 데꼬 갔다 글드만."

"그러면 그때 할머니께서는 집에 안 계셨어요?"

"그때 나는 영감 반찬할 꺼이 읍서서 밭에 잔 갔다 왔는디 그새 사고가 나부렀는갑서."

"그럼 지금 어르신께서는 병원에 계시나요?"

"그라문 으짜꺼시여? 집이서 두 번이나 궁글어불었는디. 그란디 큰일이랑께!"

"무엇이 그렇게 큰일인데요?"

"요새 밭에도 그라고 논에도 일할 껏이 천진디 영감은 자빠져서 아프다고 병원에가 눠갖고 있고, 나는 일도 할지 모른디 으째야 쓸란가 몰것네."

"일은 지금 못하면 나중에 해도 되잖아요. 그런데 어르신 때문에 걱정이 많으시겠네요."

"그랑께 말이여! 내가 늙어서 영감 병수발을 들랑께 보통일이 아니랑께."

"그러면 식사는 어떻게 하시는데요?"

"밥 같은 것은 병원에서 준께 그것 잡수문 된디, 화장실을 갈라문 인나쳐야 되고 또 몸도 깨깟하게 씻꺼야 냄새도 안 나고 그라꺼인디 내가 심(힘)이 부쳐서 할 수가 있어야제."

"정말 그러시겠네요. 원래 병간호는 젊은 사람도 힘들다고 그러는데요."

"그래갖고 어지께는 화장실 갔다 와서 드러눌라다 머시 잘못되았든가 침대 옆구리에다 찍어불었든갑서! 그래갖고는 '나 죽는다!' 야단이 나고. 아이고! 나이가 만해진께 무장 애기가 되야간가 으짠가 엄살도 만해진단께."

"그래도 어떻게 하겠어요? 영감님이신데요."

"그랑께 말이여! 그라고 우리 영감이 등치까지 커논께 한 번썩 인나칠라문 내가 죽을 욕을 본단께."

"정말 그러시겠네요. 그러면 혹시 자녀분들께서 병간호한다는 말은 없던가요?"

"즈그들이 사람을 사갖고 아부지 간호한다고는 해싼디 내가 기양 냅두라 그랬어."

"왜 그러셨어요? 그렇게 하면 할머니가 편하실 텐데요."

"암만 그래도 내가 이라고 살아 갖고 있는디 내 영감 내가 보살펴야제 누가 보살필 껏이여? 그라고 사람 사서 간호할라문 돈도 마니 들어야 쓴갑드만. 그란디 그 돈을 누가 다 내껏시여?"

"자녀분들이 조금씩 나누어 내면 그렇게 많은 돈이 들지 않아도 될 텐데 그러세요."

"즈그 살기도 심든디, 아부지 아프다고 돈 내라고 그라기는 너머 미안하제. 그랑께 내가 쪼깐 심이 들드라도 할 일은 해야제 으짜끄시여!"

무슨 날은 아니고
김양님 할매 귀 빠진 날이여!

회천면 화당마을 가운데 집에 조그만 택배 하나를 배달하려고 대문 앞에 빨간 오토바이를 세우고 큰소리로 "할머니~이!" 하고 불렀는데 아무 대답이 없어 다시 한번 "할머니~이!" 하고 크게 불렀으나 역시 대답이 없으시다.

'어디 가셨지? 오늘따라 대문까지 굳게 잠가 놨으니 안에 갖다 둘 수도 없고.'

잠시 망설이고 있는데 마침 옆집 할머니께서 지나가시면서 "그 집 노인 만날라고? 그라문 쩌그 경로당에 가봐! 거그 사람들이 다 모타갖고 있으꺼시여." 하신다.

"오늘이 무슨 날인가요? 왜 경로당에 모두 모여 계세요?"

"먼 날은 아니고 그냥 모타갖고 있어."

할머니는 알 듯 말 듯한 미소를 지으신다.

"고맙습니다. 할머니!"

얼른 회관 앞에 오토바이를 세우고 경로당 문을 열었더니 마을 할머니들은 한창 음식 장만 중이다.

"김양님 할머니 어디 계세요?"

"나 여깄어!"

"오늘 택배가 있어 댁에 갔는데 안 계시더라고요. 그래서 이리 달려왔어요."

"그랬어? 잘했구만! 그란디 날도 춥고 그랑께 이리 잔 두루와. 어서!"

"왜 들어오라고 하세요?"

"기냥 이리 잔 들어와봐! 어런(어른) 말을 잘 들으문 자다가도 떡을 얻어묵는 것잉께 내 말 들으문 손해가 읍서."

할 수 없이 신발을 벗고 안으로 들어갔더니 커다란 상을 꺼내놓고 음식을 차리기 시작하신다.

"아니 그란디 으째 이라고 떡이 안 온단가? 어야, 질부! 얼렁 떡집이다 전화 잔 해봐. 펀지 아자씨 지달리게 하문 안 된께."

말 떨어지자마자 전화 통화가 이어진다. "여보씨요! 거그 떡집이요? 여그 화당마을이요! 그란디 으째 이라고 떡을 안 갖다 준다요? 잉! 알았어! 얼렁 잔 갖고 와야 쓰것단께! 시방 겁나 바쁜 양반이 지달리고 있응께. 금방 갖곤다고? 잉! 알았어!"

"오늘이 무슨 날인데 이렇게 음식 장만을 하셨어요?"

할머니는 대답 대신 김이 모락모락 피어오르는 돼지고기 접시를 들이민다.

"아재, 그라고 있지 말고 되야지괴기 잔 자셔봐! 그란디 으째 너머나 마니 쌀마져(삶아져) 갖고 물렁물렁하단께!"

배추김치에 싸서 입에 넣으니 꿀맛이다.

"고기가 잘 익었네요. 씹을 것도 없이 잘 넘어가는데요. 그리고 아주 맛있어요!"

"그래~에! 그라문 다행이고! 그란디 괴기가 너머 마니 안 쌀마

졌어?"

"이 정도는 돼야 이따 어르신들 드실 때 좋지 않을까요?"

"그란가? 그라문 술도 한 잔 해야제?"

"지금은 우편물 배달 중이라 술은 안 돼요."

"으째 안 된다고 그래싸?"

"오토바이를 타고 다니는데 위험하니까 술은 마시면 안 되거든요."

"그래 잉! 그라문 음료수라도 마셔."

"그런데 오늘이 정말 무슨 날인가요?"

"무슨 날은 아니고 김양님 할매 귀 빠진 날이여."

"그러면 엊그제 할머니 생신날이라고 자녀분들 왔다 갔다며 생일 떡 내놓으신 건 뭔가요?"

"그거엇? 그날은 가짜 생일이고 오늘이 진짜 생일이여. 일요일날 애기들이 모타갖고 미리 생일을 쇠야 줬어! 그라고 오늘은 진짜 생일날인디 그냥 넘어가문 써운한께 마을 사람들이 음식 장만 쬐깐 해갖고 밥이나 묵자고 이라고 한 것이고!"

"그러면 제가 생일 축가를 불러드려야겠네요."

"워따아! 노래는 안 불러도 괜찮항께! 카만히 앙거서 어서 이거시나 마니 잡사!"

배가 뺙 나왔네!

보성읍 빗가리마을 중간쯤을 지나고 있는데 갑자기 휴대전화 벨이 울리기 시작하였다.

"즐거운 오후 되십시오. 류상진입니다."

"여보씨요! 거그 우체구여?"

"예! 그런데 누구십니까?"

"나~아! 여그 평촌인디 아침에 나한테 문자 보냈드만!" 하시는 할머니의 목소리가 들려온다.

"평촌마을 누구신데요?"

"그란디 으째 지금까지 안 오고 있어?"

"평촌마을 누구신데요?"

"와따~아! 평촌 나도 몰라?"

"누구라고 말씀하기가 그렇게 힘드세요?"

"아니~이! 그란 것은 아니제만 내가 말하문 그냥 알아묵을지 알았제 어째!"

"그런데 무엇 때문에 그러세요?"

"아니~이! 문자에는 오후 16시 18분에 우리 집이를 온다고 그랬는디 으째 지금까지 안 오고 있어?"

"그러면 정현태 씨 댁인가요?"

"으째 이름은 안 갈쳐줘도 알고 있네!"

"할머니! 그것은요 오후 16시부터 18시 사이에 방문한다는 뜻이지, 16시 18분에 방문한다는 것은 아니거든요. 사람이 어떻게 정확하게 16시 18분에 할머니 댁을 방문할 수 있겠어요?"

"그란디 으째 문자는 그라고 보냈어?"

"저는 제대로 보냈지만 할머니께서 잘못 알고 계시니까 그렇지요. 제가 지금 빗가리마을에 와 있으니까 앞으로 한 20분 정도만 기다려주시면 안 될까요? 될 수 있는 대로 빨리 배달해드릴게요. 죄송합니다."

"잉 알았어! 그라문 천천히 와!"

전화를 끊고 나자 목이 마르기 시작한다.

'왜 갑자기 목이 마르지?' 하며 주위를 둘러보았더니 길 위쪽 집 할머니께서 마당에 놓여 있는 모판 위에 물을 뿌리고 계신다.

'옳지! 저기 할머니께 얻어 마시면 되겠다!' 생각하고 얼른 윗집 마당으로 들어가 "지금 그 물 마셔도 좋은 물이지요?" 하고 여쭤보았다.

"으째 물이 묵고 시퍼? 그라문 카만있어봐 잉!" 하더니 어디선가 바가지를 가져와 물을 가득 담더니 "아자씨가 이무룹고 그래서 물을 기양 바가치에다 담어갖고 왔응께 그란지 알고 마셔 잉!" 하며 건네주신다.

"물맛이 아주 좋네요. 그런데 아직도 모 심을 논이 많이 남았어요?"

"으째 그것은 물어봐?"

"마당에 모가 많이 남아 있어서요."

"우리 아들이 부지런히 심근다고 심거도 그라고 남어갖고 있네! 그래도 옛날에 비하문 요새 농사는 농사도 아니여!"

"요즘 옛날처럼 농사를 짓는다면 못 짓겠지요. 옛날처럼 사람이 없는데 어떻게 지을 수 있겠어요?"

"그랑께 말이여!" 하며 찬찬히 나를 쳐다보더니 "그란디 아자씨는 요새 돈을 잔 마니 벌었는갑네!" 하신다.

"에~에? 돈을 벌어요? 제가 무슨 돈을 많이 벌었겠어요?"

"그란디 으째서 배가 그라고 뽀옥 나와쓰까? 돈을 마니 벌문 배가 그라고 나오는 것 아니여?"

"제가 돈을 많이 벌어 나온 게 아니고 요즘 제가 담배를 끊었는데 이상하게 자꾸 배가 나오기 시작하네요."

"돈을 마니 번 것이 아니고 담배를 끈응께 그란다고? 하기사 옛날에 우리 영감도 담배 끈고는 배가 마니 나왔다고 그래쌓드만. 그라문 운동이라도 마니 해갖고 배가 들어가라고 해야제. 그래도 아자씨 얼굴은 옛날이나 지금이나 똑가치 이삐단께!"

"정말 제가 예뻐요?"

"옛날에 내가 사우 삼을라고 그랬는디 우리 딸이 너머나 애래갖고 못 삼고 말었는디 그래!"

"정말 저를 사위 삼으려고 하셨어요? 고맙습니다."

"고맙기는 머시 고마와! 내가 그냥 해본 소리제!"

여름

낙지와 핸드폰

6월로 접어들면서 본격적인 여름이 시작된 듯 햇볕 따가운 날이 매일 계속되고 있는데 산비탈의 감자밭에서는 농부들이 모여 수확이 한창이다.

회천면 우암마을 중간쯤에서 우편물을 배달하고 있는데 할머니 한 분이 "아저씨가 먼자 그 아저씨 아니여?" 하고 물으신다.

"먼저 그 아저씨라니 무슨 말씀이세요?"

"아! 그랑께 먼자 쩌그서 내가 전화 좀 빌려주라 그랑께 두말도 안 하고 빌려주드만. 그란디 그 아저씨가 아닌가 싶어서 물어봐!"

"어디서 빌리셨는데요?"

"쩌그 우게 상율동네 지나가꼬 차밭으로 올라간 길 안 있어? 거그서 '전화 째깐 빌려주씨요!' 했드만 두말도 안 하고 빌려주드란께!"

"그러면 지난번 산에서 고사리 꺾어 오신 할머니세요?"

"잉! 마젓서! 인자 나를 알아본갑구만!"

"그때는 수건으로 얼굴을 가리고 머리에 모자까지 꾹 눌러 쓰고 계셨잖아요! 그러니 제가 몰라볼 수밖에요!"

"오! 대차 그라겄네 잉!" 하더니 갑자기 "거가 잔 있어봐 잉!" 하며 손에 시꺼먼 비닐봉지를 들고 바로 옆 창고로 들어가신다.

'왜 갑자기 창고로 들어가시지?' 하고 안을 들여다보았더니 시멘트로 만들어진 수족관에서 낙지를 꺼내 비닐봉지에 담고 계신다.

그러니까 지난 4월 말쯤인가 5월 초쯤인가, 날씨가 아주 맑고 햇볕이 따뜻하여 여기저기 노란 개나리와 빨간 진달래가 아름답고 예쁘게 피어나던 날이었는데, 그날은 깊은 산속이 아니더라도 고사리가 많이 솟아올라 여기저기서 꺾는 사람을 만날 수 있었다.

그날 상율마을 우편물 배달을 마치고 위쪽 산 중턱에 있는 차밭으로 빨간 오토바이와 함께 열심히 올라가다 커브길을 막 돌았는데, 길 한쪽 나무 그늘 아래서 수건으로 얼굴을 가린 채 머리에는 모자를 깊이 눌러쓴 아주머니 세 분이 "아저씨~이!" 하며 손을 흔드는 것이 보인다. 잠시 오토바이를 멈추고 "왜 그러세요?" 물었더니 "우메! 첨 본 아저씨네! 미안하제만 핸드퐁을 잔 빌려주문 안 되겄소?" 하신다.

"그러세요! 그런데 어디에 전화하시려고요?"

"오늘은 꼬사리가 겁나게 많이 나왔드란 말이요! 그래서 무지하게 마니 끊었는디 무구와서 만날 머리에 이고는 못 가겄단께! 그래서 택시 잔 오라 할라고 그라요!"

"그러면 여기 핸드폰이 있으니까 제가 위쪽 차밭에 다녀오는 동안 전화하고 계세요!" 하고 휴대전화를 아주머니께 맡겨놓고 차밭을 다녀왔다.

"전화 다 쓰셨어요?"

"아이고! 아저씨 징하게 고맙소 잉! 그란디 생전 첨본 사람한테 전화를 빌려주고 다른 데를 갔다와? 그래도 괜찬하까? 내가 단띠다가 전화를 많이 해불문 우추고 할라고?"

"전화를 하시면 얼마나 하시겠어요? 그런데 택시는 온다고 하던가요?"

"잉! 전화했응께 인자 금방 오껏이여! 그나저나 고맙소! 잉!"

"그럼 천천히 가세요! 저 먼저 갑니다!" 하고 잊고 있었는데, 오늘 할머니께서 그 일을 기억하시고 비닐봉지에 낙지를 담아 나에게 선물하려는 것 같았다. 그러나 나는 창고 옆을 살그머니 지나오고 말았다.

낙지가 몇 마리 될지는 몰라도, 멀리까지 배를 타고 나가 힘들고 어렵게 고생하며 잡아온 낙지를 휴대전화 한번 빌려준 내가 차마 받아올 수는 없었기 때문이다.

딸이 최고여!

시골마을로 향하는 도로 위쪽 감자밭에는 하얀 감자꽃들이 피어나고 있는데 내 어린 시절에는 하지(夏至)감자라 하여 초여름이 되어서야 수확을 하였는데 이제 농업의 발달로 벌써 수확을 하고 있으니 '세상 참 많이 변했구나!' 싶다.

회천면 장목마을 세 번째 아담한 양옥집에 라면박스보다 조금 더 큰 반투명 플라스틱 상자 하나를 오토바이에 싣고 마당으로 들어가 "반가운 택배가 왔습니다." 하자 할머니께서 얼른 현관문을 열고 활짝 웃는 얼굴로 "우메! 방가운 아재가 오늘은 일찌거니 오셨네!" 하며 반기신다.

"따님에게 선물이 왔나 봐요!" 하며 적재함에서 상자를 꺼내려고 하였으나 무게 때문에 얼른 꺼내기가 쉽지 않아 "무엇을 보낸다고 하던가요?" 묻자, "내가 몸이 안 조아가꼬 일도 못 나가고 쉬고 있다고, 혼자 있으문 심심항께 과일 사서 보낸다고 그라대!" 하신다.

"그래서 이렇게 상자가 무겁군요!" 하며 상자를 번쩍 들어 현관 앞으로 가져가는데 "이리 줘부러! 내가 받어야제!" 하며 두 팔을 내미신다.

"택배가 너무 무거워 할머니는 못 드세요! 얼른 현관문이나 여세요!"

"그 속에 머시 들었간디 그라고 무구와?"

"내용물이 참외라고 하네요!"

"그래~잉! 우리 막내딸이 이라고 나를 생각한단께! 근디 아재는 딸이 몇이나 되야?"

"딸은 없고 아들만 둘인데요."

"그래~잉! 그래도 딸이 부모를 생각한 거인디 읍서서 안 되것구만!" 하며 찬찬히 내 얼굴을 들여다보더니 "아직 절문께 딸 한나 나서 키우제 그래!" 하신다.

"할머니도 참! 제 나이 벌써 오십이 넘었는데 이제 딸 낳아 언제 키우겠어요?"

"그러기는 그러네! 우리 딸이 등치는 째깐한디 무엇이든 하는 것은 영 야물어!" 하며 택배 상자 테이프를 뜯어내기 시작하신다.

"그래서 작은 고추가 더 맵다고 하잖아요!"

"금메 그란디 으짠다고 이라고 상자를 야물게 싸 보냈으까? 그나저나 아재! 이루 와 우리 딸 참외 한 개 깡꺼 자시고 가!"

"저는 바빠서 그만 가볼게요! 참외는 잘 두었다가 심심하시면 한 개씩 깎아 드세요!"

"와따~아! 내가 우체구 아재 참외 깡꺼줬다고 먼 일 나간디! 어서 들오란께!"

"그런데 어디가 편찮으세요?"

"내가 심장이 안 조아갖고 일만 째깐 할라 그라문 가슴이 벌렁벌렁 한당께! 지금은 많이 좋아졌는디 의사 선생이 일은 하지 말고 카만히 있으라 그랑께, 요새 일도 못하고 이라고 놀고 있단께!" 하시며 상자를 열어보니 노랗게 잘 익은 참외가 진한 향기를 풍기며 새 주인을 보고 빙긋이 웃고 있다.

"저 바빠서 그만 가볼게요! 안녕히 계세요!" 하며 막 돌아서려는 순간 "그라문 여기 바나나 있응께 한 개만 자시고 가!" 하며 어느새 바나나 한 개를 집어들어 껍질을 벗기더니 손에 쥐어주신다.

"할머니! 고맙습니다! 안녕히 계세요!" 하고 마당으로 나와 바나나를 입에 물고 오물오물 먹고 있는데, "거가 쨰까만 있어봐!" 하더니 어느새 참외 한 개를 더 가지고 나와 빨간 오토바이 적재함에 넣으며 "그래도 안직은 귀한 참외가 왔는디 아재도 한 개 맛을 봐야제~에! 그란디 아재는 딸도 읎어서 이런 재미도 못 보꺼인디 으짜까?" 하신다.

"앞으로 저의 집에 들어올 며느리를 딸처럼 생각하면 되겠지요!"

"아이고! 그래도 딸이 최고여!" 하신다.

오늘 귀한 참외 한 개를 저에게 꼭 주고 싶어하시는 할머니의 마음에 고마움을 느끼며 다음 마을로 향하는 내 마음속에 뭔지 모를 서운함이 생기기 시작한다.

'아! 딸이 있으면 정말 좋겠는데 이 나이에 낳아서 키울 수도 없고……. 이럴 때는 정말 어떻게 하지?'

와따~아 기왕에 멋을 줄라문

하늘에 짙은 먹구름이 가득하더니 우편물을 정리하여 빨간 오토바이 적재함에 싣고 우체국 문을 나서려고 할 때는 부슬부슬 비가 내리기 시작하였다.

'요즘 회천면에서는 감자 수확이 한창인데……. 이럴 때 비가 오면 썩을 수도 있는데…….' 걱정이 앞선다.

회천면 명교마을에 접어들었을 때는 오락가락하던 비가 그치고 먹구름만 가득하다.

"안녕하세요? 오늘은 밭에 감자 캐러 안 나가셨어요?" 골목길로 막 접어들려는 순간, 바구니에 깍지를 깐 풋콩을 담아가지고 오시던 할머니를 만나 반갑게 인사를 한다.

"으째 안 나갔것어? 밭에 나가서 감자 쪼깐 캐고 있는디 비가 와서 기양 와불엇제!"

"그럼 오늘은 비 때문에 쉬는 날이네요."

"아이고! 쉬는 것도 좋제만 어서 감자를 캐내뿔어야 허꺼인디 큰일이네! 인자 장맛비가 계속 와불문 캐도 못하고 밭에서 다 썩어불 것인디 꺽정이란께!"

"내일과 모레는 비가 오지 않는다고 하니 너무 걱정하지 마세요!"

"걱정하문 멋허껏이여. 다 하늘에서 시키는 일인디!"

할머니는 갑자기 무엇이 생각났다는 듯 바구니의 풋콩을 가리키신다.

"그란디 아재! 이것 좋아한가?"

"좋아하지요. 요즘 풋콩이 제일 맛있을 때 아닌가요?"

"그래~에! 그라문 내가 한 주먹 주껏인께 집이 갖고 가!"

"할머니 해드시지 왜 저를 주려고 하세요?"

"내가 항상 아재한테 심바람만 시켜싼께 미안하드만. 진작부터 멋을 잔 줬으문 좋것다 그랬는디 촌에서 줄 것이 머시 있어야제. 그란디 오늘 이것이라도 있응께 내가 한 주먹 싸주께 갖고 가서 자셔 잉!"

"밭에서 따와 힘들게 껍질 까고 하셨을 텐데 저를 주면 되겠어요?"

"와따~아 별소리를 다 해쌌네! 그라지 말고 여그서 쪼깨만 지달리고 있어 잉!"

할머니는 쏜살같이 마당으로 들어가신다. 그런데 집으로 들어가신 할머니는 5분을 넘게 기다려도 나오실 기미가 없다.

'이상하다! 잠시만 기다리라셨는데……. 오늘 우편물이 많아 바쁜데 그냥 가버릴까? 그러면 무척 서운해하시겠지? 어쩌지? 마냥 기다리고 있을 수도 없고…….'

'에라 안 되겠다!'

대문을 열고 마당으로 들어서니 할머니는 널찍한 평상 위에 널어놓은 풋콩을 까고 계시는 중이다.

"바구리에 있는 것만 싸줄라고 했는디 너무 째깨여서 여그 있는 것 아조 다 까서 싸줄라고!"

"지금 까놓은 것도 다섯 주먹은 더 되겠는데요?"

"와따~아! 암만 바뻐도 그것 쪼깐 지달리고 있을 시간이 읎서? 그라지 말고 쪼깨만 더 지달려. 금방 까주께! 그래도 기왕에 멋을 줄라문 한 끄니라도 묵게 줘야제. 안 그래?"

할머니는 부지런히 콩 껍질을 까더니 이번에는 마루 위로 올라가 두리번거리신다.

"내가 이것을 으따가 뒀으까?"

"할머니! 또 무엇을 찾고 계세요?"

"와따~아! 콩을 싸줄라문 비니루 봉다리가 있으야 쓸 것 아닌가?"

잠시 후 비닐봉지를 가지고 나온 할머니는 이번에는 풋콩을 가지고 수돗가로 가서 함지박에 붓고 맑은 물로 깨끗이 씻고 계신다.

"할머니! 그건 왜 또 씻고 계세요? 어차피 밥을 지으려면 쌀에 부어 콩도 함께 씻어야 할 텐데요!"

"그래도 기왕에 멋을 줄라문 묵것게 해서 줘야 쓴 것이여! 안 그래? 이거 작제만 집에 갖고 가서 애기 엄마한테 밥에 쪼까썩(조금씩)만 놔서 묵으라고 그래 잉! 알것제!"

씻은 콩을 봉지에 담아주시며, 그제서야 할머니의 얼굴에 편안한 미소가 떠오른다.

독 안에 든 소포

회천면 서동마을 가운데 집 마당으로 들어가 빨간 오토바이 적재함에서 소포를 꺼내들고 "안녕하세요? 소포 왔습니다." 하고 현관문을 열려고 하였으나 굳게 잠겨 있다.

'이상하다? 분명히 기다리고 계신다고 했는데 그새 어디 나가셨나?' 하고 마을 회관으로 갔으나 아무도 없다.

'오늘따라 왜 이렇게 회관에도 사람이 없을까?' 하고 할머니 댁으로 돌아와 다시 현관문을 열어보려고 하였으나 역시 굳게 잠겨 있다.

'어디 가셨지? 그나저나 소포를 어떻게 한다? 현관문이 안 잠겨 있으면 그냥 안에 넣어두면 되는데 그렇게 할 수도 없고. 그렇다고 도롯가에 위치한 집 현관 입구에 그냥 놔두고 갈 수도 없고. 옳지, 저기 창고에 넣어두면 되겠다!' 싶어 창고 앞으로 갔더니 커다란 자물쇠로 굳게 잠겨 있었다.

'창고문도 잠겼으니 어떻게 하지? 화장실에 넣어두고 가? 그런데 귀중한 선물을 냄새 나는 화장실에 놔두었다 혹시 오해라도 하시면? 그것도 안 되겠고!' 하다 소포에 적혀 있는 할머니 휴대전화 번호로 전화를 걸었다.

"우체국 집배원인데요. 소포를 가지고 왔는데 현관문도 잠겨 있고 할머니도 안 계시는데 지금 어디세요?"

"우메! 내가 깜박해부렀네! 우째야 쓰까? 나 지금 밭에서 일하고 있는디!"

"평소에는 현관문을 안 잠그시더니 오늘따라 잠겨 있고 창고문도 잠겨 있어 소포를 놔두고 갈 만한 곳이 없네요!"

"그라문 그냥 암디다가(아무데나) 놔두고 가!"

"할머니도 참! 따님이 보내준 귀중한 소포를 아무 곳에나 함부로 놔두면 되겠어요?"

"그라문 으짜까?"

"혹시 소포 놔둘 만한 장소 없으세요?"

"그라문 그 앞에 장꼬방 있제? 거그 독아지(항아리)가 여러 개 있는디, 콩이랑 폴(팥)이랑 들어 있는 데다 넣고 가!"

"정말 소포를 항아리 속에 넣어두어도 되겠어요?"

"와따~아! 걱정 말고 놔두고 가랑께!"

"그럼 이따 집에 오시면 확인해보세요!" 하고 전화를 끊었다. 그리고 항아리 뚜껑을 열어보았는데 간장, 된장, 김장김치, 물김치가 담겨 있을 뿐, 콩이나 팥이 들어 있는 항아리는 보이지 않았다.

'이상하다? 내가 잘못 들었나?' 하고 이번에는 작은 항아리의 뚜껑을 열어보았으나 고추장과 소금 등이 담겨 있을 뿐, 콩이나 팥이 담겨 있는 항아리는 여전히 보이지 않았다.

'아니 어떻게 된 거야? 분명히 콩이나 팥이 들어 있는 항아리가 있다고 하셨는데!' 하고 잠시 장독대에서 망설이고 있는데, 마침 옆집 할머니께서 지나가다 "남의 집 장꼬방에서 멋하고 있어?" 하고 물으신다.

"이 집 할머니께 소포가 왔는데 지금 밭에서 일하니 콩이나 팥이 들어 있는 항아리에 소포를 넣어두라고 하셨는데 아무리 찾아도 없거든요." 하였더니 할머니께서 빙그레 웃으며 "할망구가 별스런 데다가 소포를 넣어두라고 했는갑구먼! 그 독아지는 저것이여!" 하고 손가락으로 가리키신다. 장독대 바로 옆에 커다란 냉장고 박스를 거꾸로 뒤집어 씌워놓은 항아리였다.

박스를 걷어내고 뚜껑을 열자 그 속에는 할머니 말씀대로 콩이며 팥이 비닐봉지에 담겨 차곡차곡 쌓여 있었다.

'이 항아리가 바로 할머니의 보물창고였구나! 이 안에 소포를 넣으면 그야말로 독 안에 든 쥐가 아니라 소포가 되는 셈이로구나!' 하는 생각을 하니, 나도 모르게 터져나오는 웃음을 참을 수가 없었다.

제가 가수할까요?

6월 하순에 접어들면서 이른봄 농부들이 씨앗을 뿌려 땀 흘려 가꾼 옥수수가 어느새 어른 키보다 더 크게 자라 빨간 수염을 내밀고 하루빨리 수확하기를 기다리고 있다.

회천면 봉서동 윗마을로 접어들었을 때 마을 맨 위쪽 정자에서 어르신들이 재미나는 이야기라도 하시는지 "하! 하! 하!" 연신 즐거운 웃음소리가 끊이지 않아, 정자로 다가가 "오늘은 무슨 좋은 일이 있어 그렇게 큰소리로 웃고 계세요?" 하였더니 할머니 한 분께서 "아재! 이리 잔 와서 여그 앙거봐! 나하고 타협할 것이 좀 있네!" 하신다.

"무엇을 타협하시려고요?"

"따른 것이 아니고 천장에 빤짝빤짝한 것 있제? 그거 을마나 주문 사까?"

"천장에 반짝반짝한 것이라뇨? 그게 뭔데요?"

"와따~아! 뺑뺑 돌아감서 빤짝빤짝 불 써지는 것 말이여?"

"글쎄요? 천장에서 반짝반짝 돌아가는 게 뭔지 저는 잘 모르겠네요!"

"젊은 사람이 그것도 몰라? 저기 도시에 남자랑 여자랑 손잡고 춤추는 데 가문 천장에서 빤짝빤짝하니 뺑뺑 돌아가는 것 안 있어! 그것 말이여!"

"아~아! 춤추는 데 빙빙 돌아가는 거라면 조명등 말씀이세요? 나이트클럽 천장에서 반짝반짝 빛이 나면서 빙빙 돌아가는 전등 말씀이지요?"

"그래, 그것 말이여! 그란디 그것이 을마썩이나 하까?"

"글쎄요! 저는 조명등에 별로 관심이 없어서 잘 모르지만 그렇게 비싸지는 않을 거예요! 그런데 그 등은 뭐하시게요?" 하고 물었더니 할머니께서 정자의 천장을 가리키며 "그것 한나 사다 여그 달아놀라고!" 하신다.

"천장에 조명등을 달아요?"

"인자 여름이 되었응께 밤이면 빤짝빤짝 불도 켜놓고 춤도 추고 노래도 부르고 놀아야제! 우리가 살문 얼마나 살것어? 살았을 때 즐겁고 재미있게 살아야제! 안 그래?"

"그러면 음악이 준비되어야 하지 않겠어요?"

"음악은 누구 오라 글문 되제!"

"그러면 밤마다 밴드를 초청하시게요?"

"아이고! 촌에 무슨 돈이 있어 밴드를 오라고 그러것어? 그냥 우리 마을회관 노래방 기계 갖다놓고 놀면 되제!" 하자 옆에 계신 할머니께서 "맞어! 그라문 쓰것네! 우리가 먼 돈이 있어 날마다 밴드 오라 할 것인가? 그냥 노래방 기계 갖다 음악 크게 틀고 놀문 좋제!" 하자 이구동성으로 "대차 그라문 좋것네!" 하며 맞장구를 치신다.

"그런데 밤마다 춤을 추시려면 먼저 춤을 어떻게 추는 줄 알아야 하는데 그러면 가르치는 선생님이 필요할 것 같은데 어떻게 하지요?"

"춤 선생? 우리 동네 누구 춤출지 아는 사람 없는가?"

"금메~에! 우리 동네 누가 춤을 출지 아까?"

"에이! 춤출지 몰라도 사람이 기분 좋으면 그냥 흥에 겨워 몸도 흔들어지고 그러는 것이여! 그란디 무슨 춤 선생이 필요해!"

"대차 그 말이 맞네! 그라고 본께 춤 선생은 필요없구만! 그냥 우리끼리 재미있게 놀문 되제!"

"그래도 노래 부르는 가수는 있어야 할 것 같은데요!"

"가수? 가수가 필요한가? 우리 동네 누가 노래 잘하는 사람 없는가?"

"노래 잘하는 사람? 금메~에! 누가 노래를 잘하까?"

"늙은이들이 밤에 춤추고 노래 부르고 노는디 무슨 가수가 필요해?"

"그러면 좋은 수가 있는데요!"

"무슨 좋은 수가 있어?"

"제가 가수하면 어떨까요? 저 노래 아주 잘하는데요!"

"그란디 낮에 편지배달하고 밤마다 우리 동네 와서 노래 부를 수 있것어?"

"밤마다는 못 오지요! 어떻게 매일 밤 여기 와서 노래를 부르겠어요?"

"아이고! 그라문 안 되야! 가수 할라문 날마다 와서 노래를 불러야제. 오고 싶으면 오고 오기 싫으면 안 오고, 그런 가수가 어디 있어!" 하시는 바람에 모두들 동네가 떠나갈 듯 큰 웃음을 웃었다. 시골 어르신들의 여름은 그렇게 시작되고 있었다.

반썩 나누자고 해야제!

무더운 여름이 계속되고 있다. 회천면 장목마을 세 번째 집에 현금등기를 배달하려고 마당으로 들어서자 할머니께서 창문과 현관문을 활짝 열어놓고 앉아 계신다.

“아이고! 고상해쌓네~에! 얼렁 일루 와서 여그 선풍기 바람이 씨연항께 잔 앙거봐!”

“저는 괜찮아요. 그런데 어르신은 어디 나가셨나요?”

“글씨, 노인당에 갔는가, 동네 누구 집으로 갔는가 몰라!”

“할머니도 함께 따라가시지 그러셨어요?”

“날도 징하게 더운디 멋하로 쎌데없이 돌아댕게! 그란디 우리 집이 머시 와쓰까?”

“오늘이 할머니 생신이지요?”

“그것을 우추고 알았어?”

“서울 김기동 씨가 누구세요?”

“우리 시째 아들인디!”

“셋째 아드님이 어머니 생신 축하드린다고 카드와 돈을 보내셨네요.”

"그래~에! 내 생일에 한번 왔다 갈란다고 글드만 갑자기 급한 일이 생게갖고 못 온다고 엊그지께 전화가 왔드니, 돈을 보냈구만!"

"그럼, 할머니 주민등록증을 가져오시겠어요?"

현금수령증을 기재하면서 여쭙는다. "김기재 씨는 누구세요?"

"우리 큰아들!"

"큰아드님이 20만 원을 보내셨네요. 그런데 이 돈은 어디에 쓰실 거예요?"

"내 생일이라고 돈을 보냈응께 영감한테 10만 원씩 나누자고 해야제!"

"왜 돈을 나누세요? 할머니 생일선물로 왔으니 혼자 다 가지셔도 되는데요."

"그라문 안 되제! 혼자 싹 다 가져불문 쓰간디!"

"그런데 셋째 아드님은 15만 원을 보내셨는데 이 돈은 어떻게 하실 거예요?"

"이것도 영감하고 반썩 나누자고 해야제!"

"그런데 15만 원을 절반으로 나누려면 7만 5천 원씩 나눠야 하는데요, 그러지 마시고 할머니가 10만 원, 어르신이 5만 원으로 나누면 좋을 것 같은데요."

"그래도 될란가 몰것네! 그란디 우리 영감이 그라고 해주까?"

"할머니가 10만 원 갖겠다고 해보세요. 혹시 돈 때문에 싸움 나면 제가 말리러 올게요."

"참말로 싸움 나문 아재가 우리 집에 오꺼여?"

"정말이라니까요. 그러니 걱정하지 마시고 10만 원 달라고 하세요."

"그란디 내가 돈이 을마나 필요하겄어? 우리 영감은 배깥으로 출타함시로 친구들하고 술도 한 잔씩 잡수고 헐라문 돈이 필요하제만 나는 카만히 집이서만 있응께 쓸 일이 별로 읎서! 근디 아재한테 멋을 잔 주문 쓰겄는디, 노인들만 살다본께 암껏도 입 다실 것이 읎는디 써운해서 으짜까?"

할머니는 줄 것이 아무것도 없다면서 자꾸 잔잔한 웃음을 가득 내어주신다.

남자 친구가 필요해!

회천면 원산마을 가운데 골목 맨 끝 집 우편 수취함에 우편물을 넣으려고 잠시 빨간 오토바이를 세웠는데 "누가 왔소~오? 와쓰문 이리 잔 두루왔다 가제 기양 가불라고? 쨰깐 두루와따 가랑께!" 하고 할머니께서 부르신다.

'오늘은 날이 무더우니 밭에 일하러 안 나가셨나 보구나!' 하고 마당으로 들어서자 할머니께서 바람이 잘 통하는 응달쪽 토방에 감자를 부어놓고 수건으로 황토 흙을 닦고 계신다.

"그동안 잘 계셨어요? 오랜만에 뵙네요."

"와따~아! 우체구 아재를 참말로 오랜만에 만나네! 그란디 그동안 잘 지냈제? 잉! 잘 지냈응께 이라고 만나제! 그란디 시컴하게 타서 그라제 얼굴은 옛날이나 지금이나 똑같네!"

"저야 매일 햇볕을 바라보고 사는 사람이니 당연히 시커멓게 타야지 안 타면 어떻게 집배원이라고 하겠어요? 그런데 왜 감자에 묻어 있는 흙은 그렇게 닦고 계세요?"

"이거이 우리 사둔집 보낼 감잔디, 우추고 흑이 이라고 마니 붙어갖고 있는디 기양 보내것서! 그랑께 수건으로 쨰깐 따꺼불고 보낼라고!"

"그런데 황토 흙은 닦아내는 것보다 붙어 있는 것이 더 좋지 않을까요?" 하였더니 어린이 주먹보다 더 큰 감자 하나를 집어들더니 "사둔집이 보내꺼인디 이라고 흑이 마니 부터갖고 있으문 디루와서 쓰간디. 그랑께 내가 째깐 성가셔도 따꺼불문 깨깟하니 좋제! 안 그래? 사람이 움직거려갖고 나쁜 것은 한나도 읍는 거시여!" 하신다.

"다른 사람들은 일부러 황토밭에서 나온 감자라며 흙을 뿌리기도 한다는데 그걸 닦고 계시니 이상하게 보이네요."

"이상할 것은 한나도 읍응께 괜찬해! 그란디 오늘은 먼 편지를 갖고 왔간디 나한테 안 주고 그라고 손에 들고 있어?"

"참! 우편물 드린다는 걸 깜박했네요" 하며 건네 드리자 "그라지 말고 멋인가 일거봐야제, 기양 줄라고?" 하신다.

"대한전몰군경미망인회에서 회의가 있다고 보성읍으로 나오시라고 했는데요."

"우메! 그랬어? 대차 또 나갈 때가 되얏는디 내가 깜박 이져부렀네!" 하며 약간 곤란한 표정을 지으신다.

"무슨 중요한 회의가 있으신가요?"

"중요한 회의나 머시나 인자 같이 댕길 사람이 가부러서 영 성가시네!"

"같이 다닐 사람이 가다니요? 그럼 누구랑 꼭 같이 가셔야만 하나요?"

"쩌그 원서당 김길례라고 안 있어?"

"김길례 할머니가 어째서요?"

"그 사람이 나보다 나이는 두 살 더 묵었는디 그래도 몸이 조을 때는 항상 친구같이 으디를 댕기고 했어! 그란디 인자 나이가 만코 건강도 안 좋고 그랑께 노인들 간 데 안 있어? 요양원이라 글디야? 그리 가부렁서! 그랑께 나 혼자 갈라문 영 성가시고 글드랑께!"

"그러면 다른 마을에는 할머니와 같이 가실 분이 안 계신가요?"

"쩌그 화죽리 용산에도 한 사람이 있는디, 버스 탄 디가 나하고 다른께 으디를 가치 못 댕기것서!"

"그러면 회천면에 다른 분은 안 계시나요?"

"쩌그 회랭 쪽에도 누구 한나가 있기는 있는디, 거그는 원채 멀게 살다봉께 그라고 안 친해지드랑께!"

"그러면 회의 참석은 어떻게 하시려고요?"

"인자 생각해봐갖고 나가것쓰문 나가고 못 나가것쓰문 말어야제 으짜껏시여!"

"이럴 때 자가용을 갖고 있는 남자 친구라도 있으면 정말 좋을 텐데 그러네요."

"남자 친구가 있으문 으차꺼인디?"

"자가용이 있으니 태워다 달라고 하면 회의 장소까지 아주 편하게 모셔다 드릴 거 아닙니까?"

"진짜로 그라까?"

"제가 뭐하러 거짓말을 하겠어요?"

"그란디 인자사 우추고 남자 친구를 맹그꺼시여! 인자는 다 틀렸제! 안 그래?"

우메! 큰일났네!

“어르신! 드디어 기다리시던 소포가 왔네요! 여기에 성함 좀 적어주세요!”

“그란가? 여그다가 이름 쓰라고?” 하시며 얼른 PDA에 이름을 쓰신다.

그러니까 어제 회천면 봉서동마을 우편물을 배달하고 있는데 영감님께서 “나한테 멋 온 것 업든가? 우리 처제가 택배 보낸다고 했는디 혹시 왔는가 싶어 물어보네!” 하신다.

“처제께서 좋은 선물 보냈다고 하던가요?”

“아니! 집사람 여름옷 하나 사서 보낸다고 전화 왔드만!”

“그런데 오늘은 도착한 게 없네요! 내일까지 좀 더 기다려보세요!” 하였는데, 오늘 라면박스 크기의 아이스박스에 ‘냉장식품 사골’이라고 적혀 있는 택배가 도착했다.

“혹시 처제 되는 분이 사골 보낸다고 했어요?”

“아니! 옷 보낸다고 했는디!”

“그럼 사골은 충북 청주 정길한 씨가 보냈는데 아시는 분이세요?”

"청주는 맞는디 정길한이라는 사람은 잘 모르것는디! 우리 처제는 이씨여!"

"이상하다? 주소와 이름은 분명한데 어떻게 된 일이지? 혹시 누가 사골 보낸다고 연락 안 하던가요?"

"우리 처제가 옷 하나 사서 보낸다고 전화 왔드란 마시!"

"그럼 이 택배 어떻게 할까요?"

"금메! 으째야 쓰까?" 하더니 할머니께 "여보! 혹시 청주에 정길한이라는 사람 알아?" 물어보신다.

"그랑께 말이요! 나도 첨 들어본 이름인디 누구까?" 하시는데 참으로 난감한 일이다.

택배에 발송인 전화번호가 있으면 전화라도 해보면 누군지 알 수 있는데 번호가 없으니 그럴 수도 없고, 발송인에 대해서 전혀 모르는 사람이라는데 소포를 그냥 두고 올 수도 없고…….

"소포가 어르신 앞으로 온 것은 분명하니까 그냥 두고 갈게요!"

"아이고! 그라문 안 되야! 내껏인지, 누껏인지도 모르고 받아놓고, 혹시 남에 집 소포면 으짜껏이여? 이것 참! 큰일났네! 어야! 그러지 말고 소포 그냥 가져가 불소! 생판 모른 사람이 보낸 것인디 아무리 내 이름이 써졌다고 받으면 되것는가?" 하셔서 할 수 없이 택배를 다시 오토바이에 싣고 대문 밖으로 나오려는데 갑자기 할머니께서 "우메! 큰일났네! 아저씨! 그 소포 우리 껏이요! 이리 놔두고 가씨요!" 하신다.

"모르는 사람이 보낸 소포라 안 받겠다고 하시더니! 소포 보낸 사람이 누군지 생각나셨어요?"

"우리 사돈 될 사람이 보냈는갑구만!"

"아니! 그럼 사돈 되실 분 성함도 아직 모르고 계셨단 말씀이세요?"

"그것이 아니고, 엊그저께 우리 아들이 지 색시 될 사람이라고 처녀를 데꼬 왔는디 영 이쁘게 생겼드랑께! 그래서 집이 으디냐고 물어봤드만 충청도 청주라고 그라대! 성은 정씨(丁氏)고. 그래서 빈손으로 보내기 멋해서 사돈 될 사람 선물을 하나 보냈는디 이라고 답례로 보냈는갑네. 미안해서 어짜까?"

"그럼 아드님이 청주에서 직장생활하고 있었어요?"

"지금 거가 있는디 나이가 있어논께 얼른 장개를 보내야 쓰꺼인디 애인이 없어갖고 애가 터져 죽것드만. 그란디 엊그저께 지 색시 될 사람이라고 데꼬 왔드랑께~에!" 하며 무척 자랑스럽게 말씀하시는 할머니의 얼굴에는 이 세상에서 마치 당신 혼자 며느리를 맞아들이는 사람처럼 행복한 미소가 가득하였다.

"그러셨어요? 잘하셨네요!"

"아직 사돈 될 사람 상견례도 못했는디 선물부터 받고본께 미안해서 으째야 쓰까?"

"지난번에 며느리 될 아가씨에게 사돈 댁 선물을 먼저 보내셨다면서요! 그리고 사돈끼리 부담 갖자고 선물을 보낸 것이 아니고, 서로 정을 주고받자는 의미로 선물을 보냈을 겁니다!"

"내가 그것조차 모른단가? 그래도 아직 서로 얼굴도 못 봤는디 미안해서 그라제! 그나저나 하마터면 큰 실례를 할 뻔했네 그려!" 하시는 노부부의 얼굴에는 한없는 행복감이 가득하였다.

보내지 않아도 될 편지

이른 아침 집 뒤쪽 대숲에서 울려 퍼지는 새들의 합창소리에 잠이 깨었다. 7월로 접어들면서 장마가 시작되었다는 일기예보가 있었지만 비는 몇 번 내리지 않고 강렬한 태양볕이 매일 기승을 부리는 무더운 날씨가 계속되고 있고, 가뭄 때문에 물이 부족하여 몇몇 도시에서는 격일제 급수를 한다는 소식이 들려온다. 하지만 이를 아는지 모르는지 숲속의 새들은 매일 아침 일찍 일어나 아름다운 목소리를 한껏 뽐내며 즐거운 노래로 하루를 시작하고 있었다.

회천면 화당마을 입구의 시원한 바람이 불어오는 정자를 지나가고 있는데 할머니 세 분이 이야기꽃을 피우고 계시다 갑자기 "왔어! 왔단께!" 하는 소리와 함께 할머니 한 분이 "아저씨! 나 좀 보고가~아!" 하며 부리나케 달려오셨다.

"부탁하실 일이라도 있나요?"

"우리 딸한테 편지 잔 보내야 쓰것는디 미안해서 으짜까?"

"미안하기는 뭐가 미안해요! 당연히 보내드려야지요. 그런데 편지는 가져오셨나요?"

"아니 우리 집이 있어!"

"편지를 가지고 나오셨으면 가실 필요가 없는데 또 집까지 가셔야겠네요! 날씨도 무더운데!"

"아재 말을 들응께 참말로 그라네 잉! 편지를 갖고 왔으문 쓰꺼인디! 아이고! 내가 미련하고 깝깝항께 그래!"

"그러면 할머니는 먼저 집에 가셔서 편지를 준비해놓으세요! 저는 마을에 우편물 몇 개 더 배달하고 뒤따라갈게요! 그래도 제가 더 빠를 겁니다."

"알았어! 그라문 나 먼저 갈랑께 얼렁 따라와! 잉!" 하며 집으로 향하셨다.

그리고 잠시 후 할머니 댁에 들러 "따님께 보낼 편지 어디에 두셨어요?" 하자 이미 개봉해버린 편지 한 장을 건네시며 "내가 글씨 쓸지를 모른께 아재가 봉투 한 장 사갖고 주소 잔 써서 우리 딸한테 등기로 이것을 보내주문 쓰것는디 돈이 을마나 드까?" 하여 편지 내용을 보았더니 은행에서 보내온 휴면예금 안내서였다.

"이것을 뭐하러 따님에게 보내려고 하세요? 별로 중요하지 않은 편지 같은데!"

"그래도 우리 딸이 보내라고 해서 그라제!"

"돌아가신 영감님이 살아계실 때 은행 예금통장에 잔액이 70원 있었나 봐요. 그런데 5년이 지나도록 거래하지 않으니까 휴면예금으로 처리되었고 통장 잔액은 국고에 귀속된다는 내용이니 따님에게 보내지 않아도 될 것 같아요!"

"그래도 딸이 보내라고 했응께 꼭 보내야 쓴당께!"

"그러면 따님께 전화해보고 꼭 필요하다면 보낼게요." 하고 휴대폰을 꺼내 번호를 누르고 있는데 갑자기 "우리 집 전화를 써야제 으째 아재 전화를 쓸라고 그래? 그것은 전화세도 겁나게 많이 나온담서!" 하신다.

"요금이 나오면 얼마나 나오겠어요? 많이 나와도 100원도 안 돼요."

신호가 가고 "여보세요!" 하는 소리가 들려왔다.

"최영미 씨 휴대폰입니까?"

"그런데 누구세요?"

"안녕하세요? 저는 집배원입니다. 화당마을 김서남 할머니 아시지요?"

"저의 친정엄만데요!"

"할머니께서 따님께 등기편지를 보내달라고 부탁하셔서 전화드렸는데요. 편지가 돌아가신 친정아버지 휴면예금에 관한 내용이거든요. 제가 보기에 별로 필요가 없을 것 같은데 꼭 보내드려야 할까요?"

"그 내용이었어요? 저는 은행에서 친정아버지께 우편물을 보냈다고 해서 혹시 갚아야 할 부채가 있나 걱정되어 엄마에게 보내달라고 했는데 휴면예금 안내서 같으면 보내지 않아도 됩니다. 요즘 날씨도 무더운데 그런 것까지 신경 쓰게 해서 죄송합니다. 그리고 정말 고맙습니다." 하고 전화는 끊겼다.

만약에 할머니께서 글을 아셨다면 도시의 자녀가 괜한 일로 걱정하는 일은 없을 텐데 하는 깊은 아쉬움이 남는다.

천상 동네 사람들 전부 나와 묵어야제!

회천면 마산마을로 들어서는데 정자에 앉아 계시던 마을 할머니들께서 부르신다.

"우체국 아재! 이루 와 째깐 쉬었다 가아!"

"무슨 맛있는 거라도 있나요?"

잠시 빨간 오토바이를 그늘에 세워두고 정자에 가까이 다가서자, "여가 바람이 징하게 씨연항께 이루 와서 째깐 앙거서 땀 잔 식히고 가. 어서!" 하며 할머니 한 분이 삶은 옥수수를 내놓으신다.

"이것이 이라고 생겼어도 맛있는 찰옥수순디 존 것은 다 돈하고 바까불고 못생긴 것만 쪄논께 이라고 생겼네. 그래도 짠득짠득하니 묵을 만하꺼시여. 한 개 자셔봐."

"못생겼어도 제가 보기에는 맛있게 보이는데요."

그중 한 개를 집어 옥수수 알갱이를 베어물고 오물거렸더니 쫀득쫀득 고소하다.

"그란디 아재 바쁜가?"

"그건 왜 물으세요? 무슨 좋은 일이라도 있나요?"

"아니이~! 우리가 금방 냉장고에 수박을 넣는디 씨연해질라문 쪼깐 지달려야 되꺼시여. 그랑께 여그 바람 씨연한 디서 더 쉬었다가 잡수고 가 잉!"

"그런데 수박은 어디서 사오셨어요?"

"오늘이 보성읍 오일장날이여!"

"그럼 장에서 사오셨어요?"

"그래서 장에를 갔드니 별로 살 것은 읍고 여그저그 수박만 징하게 마니 나왔드랑께."

"수박이 많이 나왔으면 가격은 쌌겠네요. 그래서 사오셨어요?"

"그랑께 들어봐. 그래서 그랑가 으짠가 갑자기 수박이 묵고 싶어지드랑께."

"그럼 한 덩이 사오시면 되잖아요."

"한 덩어리 아니라 두 덩어리라도 사올라문 사갖고 오것는디, 그것을 갖고 보성서 여그까지 우추고 오꺼시여."

"할머니 말씀을 들어보니 정말 여기까지 운반할 일이 큰일이네요."

"그랑께 말이여. 택시로 와불문 간딴하제만 택시비가 얼매여? 택시 안 탈라문 그것을 짊어지고 뻐스 탄 디로 갖고 가서 또 버스 타고 이리 와갖고 또 쩌그 질가 정류장에서 내리문 동네까지 한참을 걸어와야 쓰꺼인디 우추고 그것을 갖고 댕기꺼시여. 그래서 포기해부렇제!"

"그럼 수박을 안 사오셨단 말씀이세요?"

"그래도 아재 줄 수박은 있응께 걱정 말어. 알었어?"

"수박은 어떻게 구하셨는데요?"

"오늘이 대서(大暑)고 그랑께 질로 더운 날인디 기양 넘어가문 쓰것서? 그란디 마치맞게 우리 며느리가 수박을 한 덩어리 사갖고 왔드랑께."

"그랬어요? 그런데 어떻게 시어머니가 수박 드시고 싶은 줄 알고 그걸 사왔을까요? 며느리가 정말 예쁘시겠네요?"

그러자 옆에 앉은 할머니께서 얼른 칭찬을 보태신다.

"안 그래도 그 집 며느리는 시엄씨 잡술 것을 잘 사갖고 둘러보러 댕겨."

"그래서 여그 회관 냉장고에 넣는디 아까는 또 수박장시 차가 왔드랑께."

"그래서 수박을 또 사셨어요?"

"그랑께 또 한 덩어리를 더 사갖고 냉장고에 넣당께. 그랑께 수박이 전부 두 덩어리나 되야!"

"그러면 그걸 누가 다 드실 건대요?"

"누가 묵기는 누가 묵어. 천상 동네 사람들 전부 나놔 묵어야제. 혼자 있으문 수박이 묵고 싶어도 한 통 쪼개노문 그것을 다 못 묵응께 얼렁 못 사고 그란디, 동네 사람이 여럿인디 그것 두 통 못 묵으꺼시여? 여가 째까만 있어 잉! 내가 얼렁 가서 수박 갖고 오꺼잉께. 인자 씨연해졌으꺼시여!"

말씀도 다 맺지 않고 할머니는 회관으로 총총총 달려가신다.

거스름돈 2천4백 원

"오늘도 7월 중순 기온에 해당되는 30도가 넘는 무더운 날씨가 계속되겠습니다!"는 일기예보를 듣는 순간 '날씨가 무더워진다니 오늘도 무척 힘들겠구나!' 하는 생각을 하며 회천면 당산마을 중간쯤에 살고 계시는 할머니 댁 마당에 전화요금 고지서를 가지고 들어섰다.

"할머니! 저 왔어요!" 하였더니 "나 여깃어!" 하는 소리가 들려 고개를 돌려보니 할머니께서 마당 한쪽 텃밭에 심어놓은 고추밭 고랑 사이에서 잡초를 뽑고 계시는 중이다.

"할머니~이! 날씨가 이렇게 무더운데 뭐하고 계세요! 빨리 나오세요! 그러다 쓰러지면 큰일나잖아요!"

"아이고! 날씨가 더와진께 꼬치밭에 먼 풀들이 한없이 질어난고! 정신이 한나도 없어서 잔 뽑아불라고 그랬드만 오늘은 날씨가 징하게 더운께 참말로 심드네! 그란디 오늘은 멋을 갖고 왔어?"

"전화요금이 나왔네요! 얼마나 나왔는지 봐드릴까요?" 하고 고지서를 개봉하여 "요금이 2만 7천6백 원 나왔네요! 어디에 이렇게 전화를 많이 하셨어요?"

"저녁이문 심심한께 아들한테도 잔 하고 딸한테도 하고 그랬드만 그라고 나왔는갑구만! 아저씨가 전화세 좀 갖고 가서 우체국에 바쳐부러 잉!" 하며 방으로 들어가더니 조그만 손지갑을 가지고 나오신다.

"전화세가 을마라고?"

"2만 7천6백 원이요!"

"참! 2만 7천6백 원이라고 그랬제?" 하더니 만 원짜리 석 장을 주신다.

"그라문 돈 3만 원 주문 을마가 남어?"

"2천4백 원 남아요! 그런데 지금은 저한테 잔돈이 없으니까 내일 영수증하고 함께 가져다 드릴게요! 아시겠지요?"

"와따~아! 그라고 해! 그라고 말고!"

"저 그만 가볼게요! 안녕히 계세요!" 하고 대문을 막 나오려는 순간 "아재! 아재~에!" 하고 부르신다.

"왜 그러세요? 할머니!"

"거시기 전화세 영수증 안 주고 가?"

"아이고! 할머니도 참! 방금 제가 내일 영수증하고 잔돈 가져다 드린다고 했잖아요? 그 말 못 들으셨어요?"

"오~오! 참! 그랬제! 으~응! 알았어! 그나저나 날씨도 더운디 고상해쌓네!"

"그럼 안녕히 계세요!" 하고 다시 대문을 나오는데 "아재! 우체부 아재!" 하고 또다시 부르신다.

"왜 또 부르세요?"

"거시기 잔돈 주고 가야제! 2천 얼메 남은담서? 그랑께 주고 가야제~에!"

"방금 제가 그랬잖아요! 지금은 없으니까 내일 전화세 영수증하고 함께 가져다 드린다고요! 아시겠어요?"

"아! 참! 그랫제! 내 정신 좀 봐! 으째 내가 이라까? 날씨가 더운께 정신이 하나도 없구만! 그나저나 떠운디 진짜로 고생해쌓네~에!"

"할머니! 이번엔 진짜로 갈게요! 안녕히 계세요!" 하고 대문을 나와 막 오토바이에 오르는데 "아재! 우체부 아재!" 하고 또다시 부르신다.

'아이고! 날씨도 무더워 짜증나 죽겠는데 오늘따라 할머니께서 왜 저러시지?' 하며 다소 신경질적으로 말이 나왔다.

"왜 자꾸 부르시는 거예요? 그냥 돈을 다시 돌려드릴까요?"

"거시기 잔돈 2천 을마가 남은담서 그 돈 나한테 갖고지 말고 아저씨 씨연한 막걸리 한 잔 사 자세!

그라고 날씨도 덥고 그랑께 낼은 우리 집 오지 말고 난중에 씨연해지문 영수증만 가꼬와, 알았제? 날도 징하게 더운디 늙은이 혼자 산께 씨연한 음료수 한 잔도 대접 못하고 미안해 죽것네!"

딸과 선풍기

이른 새벽부터 조금씩 내리던 비는 우편물을 정리하여 우체국 문을 나설 때쯤 억수 같은 장대비로 퍼붓는가 싶더니 부피가 큰 택배를 배달할 무렵에는 이슬비로 변하여 서서히 그쳐가고 있다.

'하늘에서도 집배원 사정을 잘 아시나 보다! 택배를 배달하려는데 비가 그치는 것을 보니!' 하며 '선풍기'라고 인쇄된 제법 큰 박스 하나를 빨간 오토바이 적재함에 싣고 회천면 회령리 삼장 아랫마을 가운데쯤 살고 계시는 할머니 댁 마당으로 들어가 '빵! 빵!' 소리를 냈다.

"누구여? 누가 왔어?" 대답은 들리는데 사람이 보이지 않는다.

"지금 어디 계세요?"

"나~아? 여깃어! 거그서 쪼끄만 지달려!" 하며 집 위쪽 밭에서 옷에 흙투성이가 되어 부리나케 내려오신다.

"비가 오는데 이런 날 하루 쉬시지, 밭에서 일을 하고 계세요?"

"엊그저께 밭에 감자 캐내고 콩을 잔 심것는디 풀들이 말도 못하게 질어싸서 그것 잔 닦달하니라고! 그라고 집이서 혼자 있을라문 무담시 심심하고 그랑께, 이런 것이라도 하고 있으문 시간

가는지도 몰르고 좋아!"

"이런 날 밭에서 일하시려면 힘들지 않으세요?"

"그래도 햇볕이 쨍쨍 비치는 날보다 더 시원한께 괜찮해! 그라고 풀도 잘 뽑아지고. 그란디 멋을 갖고 왔간디 사람을 불러싸?"

"택배가 왔네요! 선풍기 보냈다는 전화 없었나요?"

"우리 딸이 한 개 사서 보냈다고 전화했드만!"

"그러면 아직까지 선풍기도 없이 사셨단 말씀이세요?"

"우추고 읎시 살것어? 근디 그것이 조깐 오래되었는가 으짠가 자꼬 고장이 나드란께. 그래갖고 엊그저께 우리 딸이 와서 보고 '엄마! 선풍기 못 쓰것네! 그란께 내가 한나 사서 보내주껏잉께 고장난 것은 고물장사 줘불소!' 하고 가드니 이라고 보냈구만!"

"할머니는 좋으시겠네요. 이렇게 선풍기를 사서 보내주는 따님도 있으니!"

"늙은이 혼자 살아도, 있어야 쓸 것은 다 있어야 된께 그것도 성가시네!"

"사람은 혼자 있으나 열이 있으나 필요한 것은 다 똑같아요. 그럼 저 그만 가볼게요." 하며 윗마을에 우편물을 배달하고 내려오면서 대문 앞을 지나치는데 할머니께서 선풍기 부품을 꺼내놓고 계신 것이 보였다.

'참! 내 정신 좀 봐! 할머니께서 선풍기 조립을 못하실 텐데 그건 생각하지 않고 그냥 박스만 내려놓고 왔으니 지금 많이 답답해 하시겠지?' 하며 다시 마당으로 들어가 "지금 뭐하고 계세요?" 여쭤보았다.

"아이고! 마침 잘 왔네! 이것을 끄집어내놓고 본께 우추고 해야 할지 몰라 지금 걱정하고 있는디. 아재, 이것 할지 알아?"

"그렇지 않아도 아까 선풍기 배달하면서 조립해드리고 가야 하는데 그만 깜박했어요."

"그랬어? 써글 것이 이른 것을 보낼라문 늙은이가 그냥 쓰것게 해서 보내야제, 이라고 다 풀어져분 것을 보내문 내가 우추고 쓰껏이여?"

"가전제품은 원래 이렇게 공장에서 출하되고 있거든요. 그리고 도시에서는 서비스 기사들이 배달하면서 조립해주는데 여기는 시골이니까 그 사람들이 올 수가 없잖아요. 지금은 웬만한 물건은 무엇이든 택배로 발송하니까 시골의 노인들께서는 조금 불편하실 거예요!"

"그라문 지가 갖고 오든지 하제, 무담시 바쁜 양반을 성가시게 하문 쓰간디! 그나저나 미안해서 으짜까?"

"괜찮아요. 그런데 선풍기 색깔이 참 예쁘네요. 이제 선풍기 틀어놓고 계시면 한여름에도 시원하게 보내실 수 있으니 얼마나 좋아요. 따님에게 선풍기 보내줘서 고맙다고 하세요!" 하자 할머니의 얼굴이 한없이 행복한 표정으로 밝게 변하셨다.

여름이 행복한 사람들

7월 둘째 주로 접어들자마자 그동안 오락가락하던 장마전선이 멀리 물러갔는지 하늘은 구름 한 점 없는 맑은 날씨로 변하더니 강렬한 태양볕이 사정없이 내리쬐는 폭염으로 바뀌었다.

회천면 마산마을에 접어들어 등기로 도착한 면세유 카드를 배달하려고 이 집 저 집 사람들을 찾아보았으나 아무도 보이지 않는다.

'이상하다! 오늘은 왜 이렇게 마을이 텅 비어 있지? 모두 다른 곳에 놀러가셨나?' 생각하다 '참! 오늘처럼 무더운 날 집에 사람이 있을 리가 없지!' 하고 마을 입구 시원한 바람이 불어오는 커다란 정자로 갔더니 마을사람들 모두가 모여 이야기꽃을 피우다 "어이! 어서 와! 날도 징하게 더운디 고생해쌓네! 이리 와 아이스크림 한 개 자셔보소!" 하다가 "아이스크림 다 묵어불고 읎는디! 으째야 쓰까? 아재가 쪼그만 빨리 왔으문 조으껏인디 그랬네 잉!" 아쉬운 표정이시다.

"그것을 그새 다 묵어부렀어? 그라문 수박이라도 한 쪼각 하소!"

"웬 아이스크림하고 수박인가요? 혹시 장사가 왔다 갔나요?" 하며 정자에 걸터앉아 수박을 한 입 베어 무는 순간, 하얀색 아반테 승용차가 정자 앞에서 멈추더니 젊은 아주머니가 차문을 열고 "아버님! 저 그만 가볼게요!" 하자 영감님께서 흐뭇한 표정으로 "오냐! 왔다 간께 고맙다! 조심해서 찬찬히 가그라 잉!" 하자 "예! 아버님! 그럼 안녕히 계세요!" 하고 승용차가 마을을 빠져나간다. "금방 간 젊은 새댁이 저 영감님 며느린디 날씨가 덥다고 아이스크림하고 수박을 사갖고 와서 동네 사람들 잡수라고 내놓고 가네!"

"그랬어요? 정말 고마운 일이네요!"

"그란디 아재! 이따 저녁에 시간 있는가?" 하고 마을 할머니 한 분께서 묻자 옆 할머니가 "편지 아재 시간 있으문 멋할라고 그래? 혹시 데이트할라고 그란가?" 하자 갑자기 얼굴이 빨개지신다.

"와따아! 내가 편지 아재하고 데이트 잔 하문 으찬단가? 별소리를 다 해쌓네!" 하더니 "여그 영감님 아들하고 며느리가 마을 사람들 자시라고 되야지 괴기하고 술을 사갖고 와서 회관 냉장고에 너놨는디 이따 저녁 때 동네 사람들 다 모이문 한 잔씩 하꺼여! 그랑께 아재도 시간 있으문 이루 와서 잡사! 알았제?" 하신다.

"대차 그라문 좋것네. 저녁 때 우리 동네로 와!"

"어르신! 제가 저녁 때는 모임이 있어 그곳에 가야 하는데 지금 먹으면 안 되나요?"

"안 될 건 없제만 그래도 동네 사람들 모두 모였을 때 묵어야 쓰꺼 아닌가? 그라문 괴기는 아직 요리도 안 하고 냉장고에 그대로 있응께 대신 술이라도 한잔하고 갈란가?"

"이렇게 무더운 날 술을 마시면 어떻게 되겠어요?" 하였더니 옆 할머니께서 "그랑께 술은 자시지 말고 여그 수박이라도 많이 자시고 가랑께" 하시는 순간 마을 영감님 휴대폰 벨이 울리기 시작하였다.

"오냐! 나다! 그래 잘 있었냐? 덥기는 덥제만 으짜껏이냐? 그래도 동네 앞에 나와 있으문 시원한께 괜찮하다! 내일 올란다고? 이라고 더운디 우추고 올라 그라냐? 그래 알았다! 올라문 조심해서 오그라 잉!" 하고 전화를 끊더니 "우리 아들하고 며느리가 낼 올란다고 전화했네!" 하자 마을 사람들이 "또 멋을 사갖고 올라고 그라까?" 하신다.

미숫가루 한 그릇

회천면 금광마을 가운데 집 대문 앞에 잠시 빨간 오토바이를 세우고 적재함에서 조그만 택배 하나를 꺼내 마당으로 들어서며 "계세요?" 하고 불렀으나 대답이 없다.

'이상하다! 왜 대답이 없지?' 하며 다시 한번 "할머니~이! 어디 계세요?" 하고 큰소리로 부르자 "나 여깄서~어!" 하며 마을 앞 정자 쪽에서 부리나케 달려오신다.

"날씨가 무더우니 천천히 오세요!" 하였으나 어느새 대문 앞으로 달려오더니 숨이 턱까지 차오르시는지 '헉!~헉!' 가쁜 숨을 내쉬고 계신다.

"천천히 오시라니까 뭐가 바빠 그렇게 달려오세요?"

"우리 집 찾아온 손님을 대문 앞에 세와노코 있으문 쓰것서? 그랑께 얼렁 와야제!"

"오늘은 보청기가 왔나 보네요!" 하며 조그만 박스를 건네드리자 "보청기가 아니고 약이여! 약!" 하신다.

"약이라고요? 약은 엊그제 배달해드렸는데 무슨 약이 또 왔어요?"

"그 약은 내가 묵는 약이고 이 약은 내 보청기 약이여!"

"할머니 약은 종류가 많네요."

"그랑께 말이여! 나는 무담시 약만 달고 산갑서!" 하더니 갑자기 나를 빤히 쳐다보신다.

"왜 그렇게 저를 쳐다보세요? 부끄럽게요!"

"날씨가 이라고 더운디 나 땀새 고상했는디 카만히 생각해본께 멋 줄 것이 한나도 읎네! 미안해서 으짜까?"

"미안하기는 뭐가 미안하세요?"

"그래도 이라고 더운 날 심바람을 했응께 입맛이라도 다시게 음료수라도 사다놔야 하꺼인디, 내가 멍충이라 그른 것을 알았어야 말이제!"

"괜찮아요. 그리고 미안하게 생각하지 마세요. 그럼 저 그만 가볼게요." 하고 마을의 가운데 골목에 우편물을 배달하고 나오는데 "아재! 여그 잔 왔다 가~아!" 하고 할머니께서 부르신다.

'어? 무슨 일로 부르시지?' 하고 잠시 오토바이를 세우자 "날 더운디 고생한 아재를 그냥 보내기가 써운해서 내가 우리 집이 있는 미싯가리 잔 탓응께 한 그럭 자시고 가!" 하신다.

"그렇게 안 하셔도 되는데 미안하게 그걸 또 타놓으셨어요?" 하고 할머니 댁으로 향하였는데, 밥그릇의 두 배쯤 되는 큰 그릇에 미숫가루를 타서 건네주시며 "늘근이가 탓응께 맛은 읎어도 그냥 자셔 잉!" 하신다.

"혹시 냉장고에 얼음 좀 없을까요?"

"어름? 어름은 멋할라고?"

"미숫가루가 별로 시원하지 않은 것 같아서요."

"그래 잉! 그란디 나는 너머 찬 것은 안 조아한께 어름이 읎는디 으차까?"

"그러면 미숫가루는 냉장고에 있는 시원한 물로 타셨어요?"

"그라문 냉장고 물로 타제 다른 물로 타문 쓰간디. 그란디 그것이 안 씨연하문 으차까? 그래도 미싯가리는 씨연한 맛에 묵는 것인디!" 하더니 갑자기 뒤꼍으로 가신다.

"날씨가 이렇게 무더운데 왜 자꾸 돌아다니세요?"

"아니~이 그것이 아니고 미싯가리가 안 씨연항께 미안해서 물외(오이)라도 한 개 따다 줄라고!"

"예~에! 또 오이를 따러 가신다고요?"

"날이 덥고 목이 모르고 그라문 물외를 갖고 댕김서 묵으문 좋드만 그래. 그랑께 아재도 이것 갖고 댕김서 목모르고 그라문 잡사봐!"

무더운 날씨 때문에 가끔은 짜증날 때도 있지만, 미숫가루 탄 물이 시원하지 않다며 오이를 따주시는 할머니 같은 분이 계시기에 금년 여름도 시원하게 넘길 것 같다.

손자와 탕수육

“중형 태풍 나크리의 영향으로 남부지방은 월요일까지 많은 비가 내릴 것으로 예상되오니 피해 입지 않도록 주의하시기 바랍니다”라는 기상청의 일기예보가 정확했던지 금요일 오후 퇴근 무렵부터 쏟아지기 시작한 비는 토요일, 일요일을 지나 월요일 출근시간이 되었으나 여전히 그치지 않고 계속해서 내렸다. 그러다 우편물을 정리하여 우체국 문을 나설 무렵이 되자 잠시 주춤하는 것처럼 빗줄기가 가늘어지더니 시골마을에 우편물 배달을 시작할 때는 더욱 거세게 쏟아지기 시작하였다.

회천면 율포리 면소재지에 배달하면서 ‘무슨 비가 이렇게 한없이 내리는 걸까? 이제 그만 그칠 때도 되었는데.’ 하며 시계를 보았더니 시간은 벌써 오후 1시가 넘어서고 있다.

‘시간이 벌써 이렇게 되었나? 그러면 비가 오는 동안 점심을 먹어야겠다.’ 하고 중화요리 식당 문을 열고 들어섰다.

“아이고! 비도 비도 징하게도 와싼디 고생해쌓네! 얼렁 이루 오소!” 하며 반긴다. 식당에서는 금광마을 아저씨 두 분과 아주머니 세 분 그리고 이제 초등학교 3학년으로 보이는 남자 어린이가 함께 식사를 하고 있었다.

"오늘은 무슨 일로 여기서 식사를 하세요? 이렇게 비까지 오는데요."

"비가 오고 그라문 우리 촌사람들은 쉬는 날이여! 자네도 생각해보소! 비 오고 그라문 먼 일을 하꺼인가? 그랑께 오늘 같은 날이나 한 번씩 식당에 와갖고 외식을 해야제. 비 온 날 아니문 은제 하꺼인가?"

"그런데 비가 300mm 넘게 왔다는데 농작물 피해는 없으셨나요?"

"으째 피해가 읍쓰꺼시여! 당연이 있제! 그라제만 으짜꺼시여! 하늘에서 하는 일인디 우리는 그저 때 되문 모 심고, 감자 심고, 깨 심고, 옥조시 심고, 그래갖고 가꾸다가 하늘에서 '느그들 올해는 째까만 묵어라!' 그라문 째깐 묵고, '느그들 올해는 고상했응께 만이 묵어라!' 그라문 만이 묵고, 그저 주문 준 대로 묵어야제. 억지로 세상은 못 사는 것이여!"

"하긴 그 말씀이 맞네요. 그래도 비가 너무 많이 쏟아지니 정말 걱정이네요."

"그란디 제주도는 1000mm도 넘게 왔다고 야단 아니든가? 거그에 비하문 우리는 암껏도 아닌께 인자 그 말은 그만하소!"

"알았습니다. 괜히 식사하시는데 걱정을 끼쳐드려 죄송합니다." 하는 순간 주문한 음식이 나와 식사를 하고 있는데 건너편 식탁에서는 이제 식사가 끝났는지 아저씨 한 분께서 "여그 을마여?" 하고 묻자 "4만 8천 원인데요." 주인 아주머니 말씀에 "그래!" 하고 주머니에서 돈을 꺼내더니 초등학생을 보고 빙긋이 웃으며 "인자본께 아까 니가 탕수육 값은 낸다고 했제?" 하고 묻자 할아버지 얼굴을 한번 슬쩍 훑어본 손자는 고개를 푹 숙이고 아무 말이 없다.

"아까 니가 '짜장멘 갑은 할아부지가 주문 탕수육 갑은 내가 주께요.' 해노코 왜 말이 읍냐? 니 조마니에 돈 마니 있드만 얼렁 주라! 음식 묵었응께 인자 돈을 줘부러야제!" 하였지만 여전히 묵묵부답이다.

"으째 돈 내기가 싫으냐? 그라문 말을 해야제 암말도 앙코 있으문 쓰간디. 얼렁 말을 해봐. 돈을 내껏인지 안 내껏인지."

하지만 손자는 여전히 할아버지 눈치만 살피고 있을 뿐 말이 없었다.

"창석아! 할아부지가 돈이 아까와 탕수육 값을 안 낼라고 그란 것이 아니고 남자는 한 번 약속을 했으문 신의가 있어야 쓰는 것이여! 다시 말하문 한 번 약속을 했으문 끝까지 지켜야 한다 그 말이여! 먼 말인지 알았냐?" 하며 가만히 손자의 머리를 쓰다듬자 말없이 고개를 숙이고 있던 손자가 "하라부지! 지금은 저한테 돈이 읍응께 집이 가서 드리께요." 한다.

그래도 내 영감인디!

회천면 율포리와 동율리 우편물 배달을 끝내고 다시 우체국으로 돌아와 군농리 우편물을 오토바이 적재함에 싣고 있는데 시커먼 먹구름이 몰려오기 시작한다.

'이러다 갑자기 소나기라도 내린다면 큰일나겠다!' 생각하고 비옷과 장화를 준비하여 오토바이에 싣고 군지마을에 택배 하나를 배달하고 나오는 순간 빗방울이 떨어진다.

'이제 두 시간 정도만 지나면 우편물 배달이 모두 끝나니 제발 그때까지만 참아주십시오!'

하지만 신촌마을로 들어설 즈음 '쏴~아~아' 소리와 함께 비가 쏟아진다.

"아이고! 큰일났다!" 하며 얼른 마을 가운데 집 처마 밑으로 비를 피하여 오토바이 적재함에서 비옷을 꺼내 주섬주섬 입고 있는데 갑자기 번쩍하는가 싶더니 '우~루~루~루 쿵~쾅' 요란한 천둥소리와 함께 앞이 보이지 않을 정도의 폭우가 쏟아지기 시작한다.

옛말에 '아무리 바빠도 소나기는 피해 가라'고 했다는데 '이 틈에 잠깐 쉬어가자.' 하고 서 있는데 그때 할머니께서 방문을 열고 밖을 내다보신다.

"비가 와서 우추고 하께라우! 방에 잔 들와서 앙것다 가야 쓰꺼인디 꼬치 잔 몰리니라고 방이 난리랑께."

"괜찮아요! 소나기니까 금방 그칠 거예요."

그때 영감님께서 어디를 다녀오셨는지 비를 흠뻑 맞고 들어오신다.

"아이고~오! 지비(당신)는 이라고 비가 와싼디 우산도 읍시 그 비를 쫄딱 다 맞고 댕기요? 딴 때는 모자도 잘 쓰고 댕기드만 오늘은 으따 두고 안 쓰고 댕기요?"

"와따~아! 귀한 비가 온디, 쪼깐 맞고 댕기문 으짠단가." 영감님은 멋쩍은 표정을 지으신다.

"귀하기는 머시 귀해라! 올해는 별라도 비도 마니 오고 그라그만. 근디 으디서 쪼깐 앙것다 비 안 올 때 오든지 그라제, 그라고 비 맞고 댕기문 머시 존가 몰것어!" 지청구를 하시는데 그 순간 영감님께서 몸을 움찔하신다.

"어! 머시 이라고 등꺼리를 물어싼다냐?" 하며 겉옷 사이로 손을 넣으려다가 무엇이 잘 안 되는지 몸 여기저기를 마구 긁고 계신다.

"어르신, 얼른 겉옷을 벗으세요!"

옷을 벗는 순간 러닝셔츠 위에 얼른 보아도 15cm쯤 돼보이는 징그러운 지네 한 마리가 돌아다니고 있다.

"어르신 등에 지네가 있어요!"

"머시라고?"

"등에 지네가 있다고요!"

그러자 등을 할머니께 돌린다.

"우메! 먼 지네가 등짝에 붙어갖고 있다냐?"

할머니는 들고 있던 부채로 사정없이 지네를 내리치신다. 땅으로 떨어진 지네는 빠른 걸음으로 어디론가 쏜살같이 달아나는데 그 모습을 본 영감님이 "짝대기 으딧는가? 짝대기 으딧어?" 소리를 지르신다.

작대기 찾을 틈도 없이 지네를 발로 문질러 죽이며 분을 푸신 영감님이 어렵사리 손을 등에 대고 마구 긁으신다.

"아이고! 으째 이라고 근지럽단가?"

"혹시 물파스 있으신가요?"

"물파스가 좋으까? 카만 있어봐 잉."

할머니는 득달같이 물파스를 찾아와 영감님 등에 바른다.

"금방까지 영감님이 미워 죽겠다는 표정이시더니 물파스는 잘 발라주시네요."

"아까는 늘거가꼬 비를 철철 맞고 댕긴께 미와서 그랫제만, 그래도 으짜껏이여, 내 영감인디!"

인자는 틀렸제 잉!

오늘 배달할 우편물을 정리하고 있는데 영업과 창구직원이 "회천에서 부고장을 가지고 왔는데 오늘 꼭 배달해달라고 부탁하네요!" 한다.

"회천에서? 누가 돌아가셨지?"

봉투를 보았더니 '회천면 벽교리 벽동마을 정상가 부고(鄭喪家訃告)' 라고 적혀 있다.

'정씨 영감님이? 지난번에 뵈었을 땐 건강해보이셨는데……. 며칠 안 보이신다 했더니 병원에 계셨나 보네. 참 좋은 분이셨는데……. 만나면 늘 활짝 웃으며 정답게 맞아주셨는데…….'

이런 날 집배원의 가슴은 먹먹해 온다.

그래도 빨간 오토바이 적재함에 우편물을 가득 싣고 시골마을을 향하여 출발한다.

며칠 동안 계속 퍼붓던 장맛비가 지나가고 맑게 갠 하늘 아래 살갗이 따가울 만큼 강한 햇볕이 쏟아지고 있다.

마을로 향하는 도로 옆 논에서는 매일 푸른빛이 더해 가는 벼 포기 사이로 백로 두 마리가 왔다 갔다 한가로이 먹이를 찾고 있다가, 지나가는 오토바이 소리에 놀랐는지 재빨리 커다란 날개를 펼치고는 멀리 떨어진 논으로 날아가버린다.

양동마을에 접어들자 녹차밭 계곡 사이로 시원한 바람이 불어와 잠시나마 무더위를 식혀주는 듯하다.

마을 첫 집 마당으로 들어서니 방문은 활짝 열려 있고 TV는 켜져 있는데 사람은 보이지 않는다.

"할머니! 저 왔어요! 어디 계세요?" 큰소리로 불렀더니 뒤곁에서 할머니가 달려 나오며 "나 여그 있어! 누가 불러싸아!" 하더니 나를 보고 빙긋이 웃으신다.

"오~! 편지 아재가 왔구만! 그란디 오늘은 멋을 갖고 왔어?"

"반가운 소식은 아니네요. 벽동 정씨 영감님이 돌아가셔서 부고장을 가지고 왔어요."

"그 사람이 살라문 아직 멀었는디……. 참말로 존(좋은) 사람이었는디……."

"그런데 할머니, 혹시 주경순 씨라고 아세요?"

"주경순이는 멋할라고?"

"부고장이 있는데 누구 집인 줄 몰라서요!"

"쩌 우게 빨간 집 안 있어? 그 집이여!"

"윗마을 빨간 집이라면 주영환 씨 댁 말인가요?"

"그래 주영환이가 주경순이여!"

"그래요? 저는 아직 모르고 있었네요."

오토바이를 돌려 주영환 씨 댁 마당으로 들어서니 영감님은 보이지 않고 할머니 혼자 토방에 앉아 빨래를 가지런히 개고 계신다.

"안녕하셨어요? 오늘은 부고장이 왔어요."

"부고장? 누구 집 부고장이여?"

"벽동마을 정씨 어르신이 돌아가셨어요."

"잉? 그랬어? 참말이여? 우메에! 안 되았네!"

할머니는 눈시울이 붉어지신다.

"친한 사이셨어요?"

"우리 영감하고 갑 계원(契員)인디 나하고도 동갑쟁이라 친하게 살았제~에! 만나문 서로 오빠네 누님이네 농담도 하고 그랬는디……. 작년에 모가지에 암이 생겼다고 치료받으러 간다고 한동안 못 봤어…….

요 전번에 만났을 때는 '어야! 갑장! 인자 암 다 나섯네! 그랑께 나 죽기 전에 부부동반해서 여행이나 갔다오세!' 허든디……. 그래서 인자 몸이 좋아진지 알고 가을에 놀러가자고 날 받을라고 그랬는디 결국 갈 데로 가불엇구만. 아이고 불쌍한 사람!"

"정말 서운하시겠네요!"

"그라고 가불엇단께 내가 참말로 서운해 죽것네!"

할머니의 눈에서는 눈물이 그렁그렁 금방이라도 흘러내릴 것 같다.

"그랄지 알았으문 술이라도 한 잔 대접하껏인디……. 인자는 다 틀렸제 잉!"

할머니의 안타까운 넋두리는 한없이 계속되고 있었다.

8분 동안 쉬었다 가!

회천면 삼장 윗마을 정자에 모여 앉아 계신 할머니들이 부르신다.

"아재~애! 이루 와서 째깐 쉬었다 가아!"

"혹시 시원한 물 있으면 한 그릇만 주시겠어요?"

"여가 냉장고가 읍승께 씨언한 물은 읍고 대신 여그 수박 있응께 한 쪼각 자시고 가게! 이거시 맛은 읍게 보여도 금방 짤랐응께 씨언하니 물보다는 더 조꺼시여."

수박 한 조각을 막 받는데 휴대폰 벨이 울린다.

"즐거운 오후 되십시오. 류상진입니다."

"거그 우체구 아재 전화요?"

"예! 그런데 누구세요?"

"아니~이! 우리 집이 오늘 택배가 온다 그래서 한종일 지달리다가 그것을 깜박 이져불고 지금 읍 와불엇는디 으째사 쓰까?"

"할머니 댁이 어디신데요?"

"우리 집은 쩌그 양동인디, 나여! 나!"

"아~아! 할머니세요? 그런데 오늘 수박이 한 통 택배로 왔던데 그럼 어떻게 하지요?"

"그래~애! 그라문 우리 집이 새암이 으디가 있는지 알제?"

"예, 알고 있지요."

"거그 보문 고무 다라이도 있고 그랑께 거그다가 물을 채와갖고 수박 잔 담가놔! 알았제?"

"예~! 잘 알았으니 천천히 일 보고 오세요."

전화를 끊고 나니 할머니 한 분께서 물으신다.

"아니 수박도 다 택배로 온갑네?"

"요즘은 택배로 보낼 수 없는 것이 없어요. 무엇이든 맘만 먹으면 다 보낼 수 있거든요."

"그래 잉! 그란디 어서 수박 한 쪼각 자셔봐! 그노무 전화 받니라고 따땃해져부렇것네!"

선 채로 수박을 먹는데 할머니가 자꾸 자리를 다독인다.

"그란디 여가 쬐깐 앙거서 쉬었다가 가제. 으째 그라고 서서 그래싸까?"

"저도 그러고 싶은데 오늘따라 유선방송 시청료가 집집마다 있다 보니 마음이 바빠서 안 되겠네요."

"그라문 우리 껏도 있제? 있으문 이리 줘불어."

"잠깐만 기다려 보세요."

우편물을 찾아 건네드리자 옆 할머니도, 그 옆 할머니도 '우리 껏을 달라!' 하신다.

"여그서 주고 가불제. 멋할라고 우리 집까지 갈라 그래!"

"그라지 말고 여그 있는 사람 껏은 다 주고 가불어. 한 집이라도 덜 가문 암만 해도 더 서랍제~에! 안 그래?"

"그래, 그 말이 맞네 맞어!" 할머니들은 이구동성이시다.

우편물을 모두 찾아 건네드리고 막 일어서는데 할머니가 또 붙드신다.

"아니 더 앙거서 쉬제, 으째 그새 일어나?"

"바쁜데 어서 가봐야지요."

"암만 그래도 기왕 앙것응께 째깐 더 쉬었다 가제 그냥 가불문 쓰간디."

그러자 할머니 한 분께서 묻는다.

"거시기 여그서 우리 집하고 여그 노인 집이 갈라문 시간이 을마나 걸려?"

"한 2분 정도 걸리겠지요. 그런데 그건 왜 물으세요?"

"그라문 여그 노인 집이는?"

"여기 할머니 댁은 1분 정도요."

"그라문 저짝 노인 집은 을마나 걸려?"

"1분 정도요."

"그라문 모다 합치문 을마나 걸려?"

"여기 계신 할머니 댁 모두 다니려면 약 8분쯤 걸리겠지요."

"그라문 여그 앙거서 8분 동안 쉬었다 가! 아재 쉬라고 우리가 도와준 것잉께! 알았제?"

메때야지 방울이 아니고 핑갱이여!

하늘 높은 줄 모르고 높이 솟아 있는 정자나무 꼭대기에서 매미가 '매~앰~맴' 소리를 질러대는 무더운 여름이 계속되고 있다.

보성읍 동암 아랫마을 가운데 집에 조그만 택배 하나를 배달하려고 대문 앞에 오토바이를 세우고 '빵! 빵!' 소리를 울린다.

"나 여깃는디 누구여?"

대문 앞으로 나오시는 할머니는 얼굴이며 옷이 온통 땀범벅이다.

"마당에서 뭘 하셨기에 그렇게 온통 땀으로 목욕을 하셨어요?"

"요새 비가 자꼬 와싼께 마당에 파라니 이끼 같은 거시 자꼬 끼어싸. 댕길라문 미끄루와서 안 되것기래 그것 잔 베껴내니라고."

"그런 일은 이따 시원해지면 하시지 이렇게 무더울 때 하세요? 지금이 하루 중 제일 더울 땐데요."

"아이고! 지가 더우문 을마나 더우꺼시여? 지금까지 밭에 가서 일도 하고 그란디 집이서 하는 일인디 을마나 덥것어. 그란디 오늘은 멋을 갖고 왔으까?"

"약 같아 보이는데 이게 왔네요."

적재함에서 조그만 박스 하나를 꺼내 건네 드렸다.

"이상하네! 내 약은 진작 왔는디 머시 또 왔쓰까? 언지녁에 우리 애기들한테 전화도 안 왔든디."

할머니는 고개를 갸웃거리신다.

"광주에서 보냈는데 뭔지 모르시겠어요?"

"오~오! 우리 큰아들한테 왔구나. 깜박 이져불고 있었네."

할머니는 환하게 웃으신다.

"그게 무엇인데 그렇게 웃으세요?"

"거시기 메때야지 핑갱이여."

"예~에? 멧돼지 방울이라고요? 그럼 고양이 방울처럼 멧돼지 목에 달아준다는 말씀이세요?"

"아니~이! 메때야지 모가지에 달아주는 핑갱이가 아니고, 쩌끄 절에 가서 보문 처마에다 쨰깐한 핑갱이를 달아갖고 바람 불고 그라문 '쨰그랑! 쨰그랑!' 소리나게 해놨드라고. 그란디 그 소리를 들으문 메때야지가 산에서 안 내론다고 글드랑께."

"그럼 벌써 멧돼지 피해를 입으셨어요?"

"엊그저께 감자(고구마) 순을 밭에다가 심것는디 어지께 가본께 그새 메때야지들이 내루와서 밭을 다 뒤져부렇대! 을마나 허망하꺼시여. 그란디 동네 사람 말을 들어본께 핑갱이를 달아노문 안 내론다고 그랑께 혹시 몰라서 밭에다가 달아놔 볼라고."

"그럼 정말 멧돼지들이 안 내려올까요? 지난번에 누구 말을 들으니 경찰서에서 위험한 도로 같은 곳에 설치해놓은, 밤이면 반짝이는 경광등 있지요? 그걸 설치했더니 일 년 정도는 멧돼지들이 안 오더라고 하대요. 그런데 그 다음해에 다시 찾아온다고 하니까 일 년 정도밖에는 효과가 없는 것 같아요."

"그것들이 그라고 영리한 짐생인갑구만 잉! 작년 가실에도 동네 감자(고구마) 밭을 다 뒤져불어갖고 감자 캔 사람이 을마 읍쓰꺼시여! 그랑께 이장이 군청에다 말해갖고 포수 둘하고 사냥개 다섯 마린가가 와갖고 산속에서 지키고 있다가 우추고 한 마리는 도망가불고 한 마리는 잡었는디 한 200근이나 나가드라 그라대. 메때야지가 그라고 큰 것도 이쓰까?"

"원래 돼지들은 특별한 이상이 없으면 계속 큰다고 하던대요. 그런데 그 방울을 밭 주변에 달아서 효과가 있으면 정말 좋겠는데 만약에 그렇지 않으면 어떻게 하지요?"

"금메 나도 효과가 조으문 쓰겄는디 읍쓰문 또 으차꺼시여! 그냥 메때야지하고 나하고 조깐씩 나놔 묵는다고 생각해야제!"

시방 우리 집 편지통에 애기들이 있당께!

회천면 서동마을 가운데쯤 할머니 댁에 영수증과 잔돈이 들어 있는 편지봉투 하나를 우편 수취함에 넣고 돌아서는데, 갑자기 '푸드득' 소리와 함께 봉투가 들썩거린다.

"어? 이게 왜 이러지?" 하는 순간, 재빨리 수취함을 빠져나온 새 한 마리가 하늘 높이 치솟더니 어디론가 멀리 날아가버린다.

"아차! 큰일났다!"

얼른 봉투를 빼내는데 할머니의 화난 얼굴이 떠오른다.

그러니까 어제 오후에 우편물을 배달하는데 할머니께서 바람이 잘 통하는 나무 그늘 아래 쪼그리고 앉아 계셨다.

"편지 아재! 이리 잔 와봐아! 이것이 머신가 잔 봐줘!"

할머니는 꼬깃꼬깃 접힌 종이 한 장을 내미셨다.

"이것은 2012년도 재산세 독촉장인데요 아직까지 납부하지 않으셨어요?"

"머시라고? 재작년 재산세라고?"

"예~에! 독촉장이 나왔네요."

"그랬어? 내가 안 바치문 바칠 사람이 없응께 그랬는갑구만! 그라문 을마나 나왔어?"

"2만 3천8백 원이네요."

"그래에? 그라문 2만 5천 원 주문 쓰것구만!"

"그러면 잔돈하고 영수증은 내일 댁으로 가져다 드릴게요."

"영수증을 지금 해주문 안 되야?"

"납기일이 지나서 면사무소에서 다시 고지서를 재발급받아야 납부할 수 있거든요. 그러니까 잔돈하고 영수증은 우편함에 넣어 둘게요." 하였더니 할머니가 깜짝 놀란 표정을 지으신다.

"거그다 너문 안 되야!"

"왜요?"

"시방 우리 집 편지통에 애기들이 있당께. 그란께 안 되야!"

"애기들이 있다니요? 그건 또 무슨 말씀이세요?"

"와따아! 말귀도 징허게 못 알아묵네! 새가 새끼를 까놓고 있는디 거그다 그것을 너문 쓰것어?"

"그러면 수취함 속에 새 새끼가 있다는 말씀이세요?"

"금메 그란당께! 딴 집에 더 크고 널룹고 이쁜 편지통도 많은디 해필 우리 집 째깐한 통에다 새끼를 까놨당께. 안 좁은가 몰것네!"

"새들한테 크고 넓고 좋은 집이 무슨 필요가 있겠어요? 그저 새끼들만 잘 자랄 수 있으면 그만이겠지요."

"그런 것을 보문 사람이 참 욕심이 많애. 으째 그라고 아등바등 산가 참말로 몰르것당께……. 그래도 우리 집 새를 보문 내가 미안하단께! 그랄지 알았으문 쬐깐 더 큰 통을 달아노꺼인디!"

"할머니의 고운 마음을 새들이 다 알고 있으니 비좁아도 여기에 둥지를 틀었겠지요. 안 그래요?"

"그란께 이져뿔지 말고 영수증은 우리 집 말래(마루)다 갖다 놔둬 알았제 잉!"

그런 신신당부를 깜박 잊고 영수증을 넣어버린 것이다. 그리고 조그만 우편함 속의 아기 새들에게 편지봉투 한 장은 커다란 바위덩이 같은 무게였을 것이다.

"미안하다! 애들아!"

새들에게 사과하면서 부디 건강하게 무럭무럭 자라나 푸른 하늘을 마음껏 날아다니기를 기원해본다.

민석이와 라면 한 입

회천면 우암마을에서 우편물을 배달하고 있는데 누군가 내 허벅지를 '꾹' 찔러 깜짝 놀라 뒤돌아보았더니 "아저찌 안녀하세요~오!" 하며 민석이가 두 손을 가지런히 배꼽에 대고 머리가 땅에 닿을 듯 머리 숙여 인사를 한다.

"오~오! 우리 예쁜 민석이구나! 어린이집 다녀오는 길이니?"

"예!"

"어서 집에 가거라! 엄마가 기다리시겠다!"

"아저찌! 안녀히 계세요~오!"

"민석아! 여기서는 '아저씨 안녕히 가세요!' 하는 거란다." 하였더니 다시 한번 두 손을 배꼽에 가지런히 대고 "아저찌! 안녀히 가세요~오!" 하며 씩씩하게 걸어가는 뒷모습을 바라보니 지난여름의 일이 생각난다.

무척이나 무더웠던 지난 8월 어느 날, "오민석 씨 택배 왔습니다." 하며 라면박스 절반 정도 크기의 택배 하나를 가지고 마당으로 들어서자, 바람이 잘 통하는 그늘진 평상에서 엄마와 라면을 먹던 다섯 살짜리 민석이가 벌떡 일어나더니 두 손을 가지런히 배꼽에 대고 "우체구 아찌 안녀하세요~오?" 하며 머리가 땅에 닿을 듯 인사를 하였다.

"그래, 민석이도 잘 있었어? 어린이집은 다녀왔어?"

"예! 다녀왔어요." 하자 "오늘은 날씨가 무척 덥지요? 정말 수고가 많으시네요. 점심 식사는 하셨어요?" 하고 엄마가 묻는다.

"점심이야 진작 먹었지요. 그런데 지금 시간이 오후 2시 반이 넘었는데 이제 점심 드시는 겁니까?"

"아니요! 민석이가 어린이집 다녀와서 배가 고픈지 라면을 끓여 달라고 하네요." 하는데 "엄마 그게 뭐야~아?" 하고 민석이가 넌지시 고개를 빼들고 택배 상자를 바라보고 묻는다.

"막내 이모가 우리 민석이 예쁜 옷 하나 사서 보낸다고 했거든. 그러니까 라면 다 먹고 끌러보자!"

"예~에! 알았어요! 엄마!" 얌전하게 대답한다.

"민석아! 라면은 맛있니?"

"예! 맛있어요! 그리고 울 엄마가 계란도 넣어서 끓였어요~오!" 자랑을 한다.

"라면이 아주 맛있게 보이는데 아저씨 한 입만 줄 수 없겠니?" 하였더니 젓가락으로 면발을 높이 들어올려 수저에 담으려는데 자꾸 흘러내리자 난감한 표정을 짓더니 갑자기 벌떡 일어서서 맨발로 마루 쪽으로 통통거리며 뛰어간다.

"얘~에! 라면 먹다 말고 어디가~아?" 엄마가 묻자 "편지 아찌가 라면 한 입 달라고 했단 말이야!" 한다.

"거긴 뭣하러 가는데?"

"주방에 그릇 가질러!" 하는 바람에 배꼽을 잡고 웃으며, '다른 아이들 같으면 라면을 주지 않으려고 상 밑으로 숨기거나 할 텐데!' 생각을 하며 "아저씨가 금방 한 말은 농담이야! 어서 와서 먹어라! 다 불겠다!" 하며 민석이의 머리를 쓰다듬어주었는데 갑자기 내 마음이 행복해진 이유는 무엇 때문일까?

쥐어뜯은 빨래

우편물을 배달하러 달려가는 시골의 넓은 들녘은 어젯밤 내린 비로 푸르름이 더욱 가득한데, 시냇물이 흐르는 개천에는 어젯밤 내린 비가 커다란 강물을 이루어 마치 폭포수가 쏟아지듯 '우루르르!' 큰소리를 지르며 바다를 향하여 빠른 속도로 달려가고 있었다.

회천면 회령리 서초등학교 우편물을 배달하고 돌아서는데 갑자기 물방울이 떨어지는 것 같아 하늘을 쳐다보았더니 언제 날아왔는지 시커먼 먹구름에서 빗방울이 떨어지고 있었다.

'어? 서쪽 하늘은 햇볕이 쨍쨍한데 언제 비구름이 몰려왔지?' 하며 재빨리 학교 통로에 설치된 캐노피 아래에서 잠시 비를 피하며 오토바이 적재함에 덮개를 씌우고 비옷을 꺼내 입으려는데 어느새 빗줄기가 가늘어지더니 잠시 후 그쳐버렸다.

'참! 여름철 소나기는 빨리도 왔다 가는구나!' 하며 전일리 내래 마을로 들어섰는데 또다시 하늘에서 천천히 빗방울이 떨어지기 시작하였다.

'아니, 이게 어떻게 된 거야? 왜 소나기가 나만 따라다니지?' 하며 가운데 집 마당으로 들어섰는데 영감님과 필리핀에서 갓 시집 온 젊은 새댁이 갑자기 내리는 비에 빨래를 걷느라 정신이 없었다.

"어르신! 비가 사람을 정말 귀찮게 하네요!"

"그랑께 말이여! 엊저녁에도 많이 왔응께 인자 그만 왔으문 좋것는디, 왜 이라고 사람을 성가시게 해싼가 몰것네!" 하더니 며느리에게 "아가! 쩌그 있는 감자박스 안 있냐? 그것도 비 안 맞게 이짝으로 갖다놔라! 아이고! 이노무 쏘내기 땀새 금년에는 암것도 못하것네!" 하신다.

"그러게 말입니다. 그나저나 저도 비를 피해야겠으니 그만 가볼게요." 하며 바로 아랫마을 회관 앞으로 왔는데, 빗방울이 떨어지지 않는 회관 앞 넓은 토방에는 마을 영감님 한 분이 가을에 파종할 잘 마른 쪽파 씨를 손질하다 나를 보고 "우메! 비가 와싼디 고생이 많구만! 어서 이루와 의자에 잔 앙거서 쪼깐 쉬었다 가! 자네는 농사 을마나 짓는가?" 물으신다.

"저는 농사 안 지어요!"

"으째 농사를 안 지어?"

"땅이 없는데 어떻게 농사를 짓는답니까?"

"그라문 집이 으딘디?"

"저는 보성읍에 살아요!"

"그래~에! 나는 우리 동네 편지 배달하고 댕긴께 여그 으디서 살고 있는지 알았네!"

그동안 소나기가 앞이 보이지 않을 정도로 퍼부으며 '우~루~루 쿵! 쾅!' 천둥 번개 소리가 들리기 시작하는데, 방금 전 뵌 영감님의 할머니께서 내리는 비에 옷이 흠뻑 젖은 채 손에 정전가위를 들고 헐레벌떡 회관으로 뛰어 들어오신다.

"아이고! 먼 비가 이라고 시도 때도 업시 와싼가 몰것네!"

"어디 다녀오시는 길인데요?"

"쩌그 석류나무 농장에서 가지 잔 짜르고 있는디 갑자기 비가 와부네! 그란디 비 맞은 것은 시원한께 좋은디 천둥 번개 소리에 무수와서 안 되것어!" 하더니 갑자기 무슨 생각이 났는지 "우메! 내가 지금 이라고 있으문 안 되야!" 하신다.

"비가 이렇게 내리는데 어디 가시려고요?"

"우리 집 빨래 널어놓고 왔는디 인자 비 다 마져부렀것네!"

"그것은 걱정 마세요. 방금 전에 댁에 갔더니 어르신과 며느리가 빨랫줄에서 빨래를 쥐어뜯고 있대요!"

"으짠다고 쥐어뜯고 있어?"

"생각해보세요! 비가 와서 마음은 급한데 빨래가 얼른 안 걷어지면 쥐어뜯는 수밖에 더 있겠어요?" 하였더니 '헛! 헛! 허!' 잠시 회관에 웃음꽃이 피었는데, 그 순간 필리핀 며느리가 한 손에 우산을 들고 과수원을 향하여 쏜살같이 달려온다.

"우리 며느리가 비 온다고 나 데리러 나온갑구만!" 하더니 "아가! 나 여깃다!" 하고 불러 세우며 "그새 우리 새애기가 며느리 노릇하고 있네!" 하며 흐뭇한 미소를 짓고 계셨다.

젊은 누님

장마가 잠시 주춤하는 사이 뜨거운 태양이 본격적인 위력을 발휘하려는지 오늘도 수은주를 섭씨 30도가 넘게 끌어올리며 날씨는 불볕더위로 변해버렸다.

회천면 우암마을 가운데를 천천히 지나가고 있는데 "우체국 아저씨!" 부르는 소리에 뒤를 돌아보았으나 아무도 보이지 않는다.

'이상하다! 내가 잘못 들었나? 분명히 누군가 부르는 소리가 들렸는데!' 하고 고개를 갸웃거리는데 "우체국 아저씨!" 다시 부르는 소리가 들려 사방을 빙 둘러보았더니 길 건너 바람이 잘 통하는 그늘진 골목길 평상에서 영감님 두 분과 할머니 네 분이 빙 둘러 앉아 부르신다.

"왜 그러세요?" 하며 가까이 다가서자, 삶은 감자의 껍질을 벗기며 할머니 한 분이 등에 아기를 업고 "우리 집 소포 한나 온 것 있제? 그것 나한테 주고 가! 우리 집 가봐야 암도 없응께!" 하신다.

"예! 그러세요!" 하고 빨간 오토바이 적재함에서 소포를 꺼내드렸다.

"따님에게 좋은 선물이 왔나 봐요!"

"선물이 아니고 우리 딸이 즈그 애기 입히라고 보낸 여름옷이여! 내 옷은 안 사보내도 즈그 아그들 옷은 잘 사서 보낸단께!"

"그랬어요? 그럼 따님께 '내 옷도 좀 사서 보내라!' 하지 그러셨어요?"

"즈그 살기도 성가신께 내가 애기도 봐주고 있는디 그라문 쓰간디!"

"날씨도 굉장히 무더운데 외손자 보시느라 고생이 정말 많으시네요! 여기 할머니 성함 좀 적어주시겠어요?" 하며 우편물 수령증을 내밀었더니 갑자기 "아니, 할머니라니? 할머니가 머시여! 엉?" 하며 버럭 화를 내신다.

그러자 옆에 계신 영감님께서 깜짝 놀라 "아니 으째 소래기를 지르고 야단이여? 엉!" 하자 다른 할머니들께서도 "참말로! 어째 화를 내고 그래? 소포를 갖다준께 고맙단 소리는 안 하고!" 야단이시다. 그러자 화를 내신 할머니께서 "나는 아직 이팔 청춘인디 할머니라 부른께 화를 내제 어째!" 하신다.

"지금 등에 손자를 업고 계시잖아요! 그러니 할머니지요!" 하였더니 손자를 가리키며 "잉? 이것? 내 손지 아니여! 그랑께 나는 할머니가 아니여! 알았제?" 하자 옆의 할머니가 "그라문 머시라고 불러야 쓰것인고?" 하자 옆에 계신 영감님도 "마져! 할머니라 부르문 안 되제! 안직은 이팔청춘 새 큰애긴께 새색시라 불러야제! 자네가 많이 잘못했구만!" 하자 옆에 계신 어르신들께서 배꼽을 잡고 웃으신다.

그런데 우편물 수령증에 이름을 적던 할머니는 못 들은 척하더니 "지금 업고 있는 이것은 쩌그 놈의 애기여! 그랑께 담부터 나보고 절대 할머니라 불르지 마! 알았제?" 하자 옆에 계신 영감님께서 "그라문 머시라고 불러야 쓰꺼인고? 성이 김씬께 미스 김이라고 불르까?" 하신다.

"아니여! 아가씨라고 불러야제! 안 그란가?"

"아니여! 새각시! 이라고 불러야제!"

"아니여! 기왕에 부를라문 새 큰애기! 이라고 불러야제!" 하며 제각각 의견을 내놓으신다.

"잠시만요! 그러면 할머니 대신 젊은 누님!' 하고 부르면 어떻겠어요?"

"젊은 누님? 올채! 그것 좋네! 진짜 좋아! 참말로 좋구만!"

모두 찬성하신다.

"젊은 누님! 안녕히 계세요! 그럼 저 이만 가보겠습니다!" 하고 오토바이 있는 곳으로 가려는데, 지금까지 아무 말도 하지 않고 계시던 할머니가 "어야! 절문 동상! 감자는 한 개 자시고 가야제! 그냥 가문 쓰간디! 그라고 앞으로 나한테는 잊어불지 말고 절문 누님이라 불러 잉!" 하신다.

딸과 손수레

보성읍 동암 윗마을에서 전화요금 고지서를 우편 수취함에 넣으면서 무심히 고개를 돌리는 순간, 뜨거운 햇볕 아래 할머니 한 분이 땀을 뻘뻘 흘리며 지팡이 대신 끌고 다니는 조그만 손수레를 뒤집어놓고 앞바퀴 쪽에서 낫으로 무언가를 잘라내고 계신다.

"날씨가 이렇게 무더운데 거기서 뭐하고 계세요?"

"요것 바꾸에 머시 걸렸는가 으쨌는가, 암만 해도 안 궁글어가드란께! 그래서 본께는 끈타발이 걸려갖고 있구만. 그란디 요것이 징하게도 안 짤라진단께!"

"어디를 다녀오셨는데 바퀴에 끈이 감긴지도 모르고 계셨어요?"

"아니~이! 오늘 저녁부터 비가 온다 그래서 감자대(고구마 순)를 밭에다 잔 심굴라고 이것에다 실코 왔는디, 첨에는 잘 따라오드니 쪼간 가드니 암만 해도 안 갈라고 그라네. 그래서 뒤집어놓고 본께 나이롱 끈타발이 몽땅 감어져 있드란께!"

"그런데 왜 하필이면 뜨거운 햇볕 아래 그렇게 고생을 하고 계세요? 저쪽에 시원한 응달에서 하는 것이 더 좋을 텐데요."

"대차 그라고 본께 그라네! 아이고~오! 그랑께 멍충하문 손발이 고상한다고 글든가? 그른 말이 있드만 그 말이 참말이단께! 저라고 시원한 데를 놔두고 여그서 고상을 하고 있으니!"

"그런데 그렇게 끈 잘라내기가 힘이 드시면 제가 한번 해볼게요. 이리 줘보세요." 하였더니 깜짝 놀란 표정을 지으며 "아이고! 바쁜 양반한테 이른 것을 시키문 쓰깐디! 바뿡께 얼렁 가라고 해야제!" 하신다.

"괜찮아요. 제가 아무리 바빠도 이런 것 도와드릴 시간조차 없겠어요?"

"그래도 안 되야! 무담시 이른 것 도와주다 입고 댕긴 옷도 배래불문 안 되고 장갑도 배리문 안 되꺼인디 그래!"

"손수레에 기름칠한 곳이 없어 옷이나 장갑 버릴 일은 없으니 걱정하지 마시고 이리 주세요!" 하고 손수레와 낫을 넘겨받아 바퀴에 엉켜 있는 끈을 조금씩 자르면서 "그런데 이 수레는 누가 사주던가요?" 여쭤보았다.

"이것은 우리 큰아들이 은~제! 은~제! 사주고 갔는디, 인자하다 오래된께 바꾸가 잘 안 궁굴어가기도 하고 으쫄 때는 '찌걱찌걱!' 소리가 나드란께! 그래서 갖다가 내부까 으짜까 그랬는디 우추고 고치문 쓰것어?"

"바퀴를 감고 있는 끈을 거의 다 잘라냈으니 조그만 더 하면 될 것 같아요." 하며 바퀴를 이리저리 움직이면서 감겨 있는 끈을 잡아당기자 조금씩 빠져나오며 처음보다 훨씬 부드럽게 돌아가기 시작한다.

"할머니는 따님이 안 계신가요?"

"그것은 으째 물어봐?"

"할머니들 대부분은 손수레를 따님이 사주던데 큰아드님이 손수레를 사주셨다면서요." 하였더니 갑자기 눈을 번쩍이며 "으째 나라고 딸이 읎것서! 당연히 있제~에! 그랑께 우리 딸이 사다논 것도 있는디 내가 아까운께 안 갖고 댕긴께 그래!" 하신다.

"이 손수레도 많이 낡아서 얼마 쓰지 못하겠는데요. 조금 아깝더라도 이건 그만 버리시고 따님이 사준 것을 사용하시면 어떻겠어요?"

"인자 이것 고쳤응께 쬐끄만 더 쓰고 딸이 사준 것 써야제!"

"그런데 그러다 할머니 돌아가시고 나면 그 손수레는 누가 쓰겠어요? 결국은 한 번도 사용해보지 못하고 고물상으로 팔려가겠지요? 그러니 아끼지 말고 사용하세요! 아시겠지요?" 하였더니 "그래도 아까운께 그라제~에!" 하시는 할머니의 얼굴을 바라보니, 늘 가난하게 살면서 무엇이든 아끼려고 하셨던 우리 부모님들의 모습을 보는 것 같아 짠한 마음이 가득하였다.

나쁜 딸내미

엊그제 일 년 중 가장 무덥다는 말복이 지나갔으나 하늘의 이글거리는 태양은 쉬지 않고 뜨거운 열기를 내뿜고 있는데, 마을을 이어주는 시골길 옆 논에는 엊그제 벼 이삭이 패는가 싶더니 어느새 조금씩 노란색으로 물들어가며 천천히 가을이 다가오고 있음을 말해주었다.

회천면 모원마을에 들어서자 시원한 정자에 앉아 이야기꽃을 피우던 마을 어르신들께서 "어~이! 이리와 이것 잔 가지가불소!" 하기에 "오늘은 주민세 주시려고 그러시지요?" 하였더니 "자네가 그것을 우추가 안 가?" 하신다.

"요즘 주민세 아니면 제게 주실 것이 없지 않습니까?"

"그란가? 나는 말 안 해도 자네가 척하니 알아묵어서 점쟁인지 알았네!"

"제가 점쟁이라고요?"

"아니여!" 하며 괜스레 미안한 표정을 짓는 어르신께서 "미안하제만 이것 잔 갖고 가서 바쳐불소! 잉!" 하자 옆에 계신 할머니께서도 "우리 껏도 갖고 가서 바쳐줘!" 하신다.

"그란디 주민세가 을마여?"

"4천4백 원인데요."

"그래~에! 으째 세금이 우리 집이나 옆집이나 똑같단가?"

"주민세는 재산이나 식구 수와는 상관없이 어느 가정이나 똑같아요." 하며 여기저기서 건네주는 주민세를 받아 비닐봉지에 넣으며 "오늘은 어르신들이 돈을 많이 주시니 부자 되겠네요!" 하였더니 "그것이 자네 돈이어서 부자 되야?" 하신다.

"이따 우체국에 가면 제 돈이 아니겠지만 그래도 아직까지는 제 돈이지요."

"허! 허! 헛! 그런가?" 하는 순간, "아자씨! 이것 잔 갖고 가서 부쳐줘!" 하는 소리에 고개를 돌렸더니, 골목 어귀에서 할머니 한 분이 바쁜 걸음으로 다가오더니 달력을 찢어 둘둘 말아 테이프로 붙인 안경케이스 정도 크기의 주소도 적혀 있지 않은 것을 내미셨다.

"이게 뭔가요?"

"그것? 핸드퐁 약이라고 그라대!"

"그런데 이것을 어디로 보내시려고요?"

"우리 딸한테 보낼라고! 써글껏이 무담시 우리 집 오드만 나를 이라고 성가시게 해쌓네!" 하며 종이 한 장을 내놓고 "여그 주소 있제? 우게껏 말고 아래껏한테 보내주문 되야!" 하신다.

"아래 주소면 경기도 용인으로 보내달라는 말씀이세요?"

"잉! 그것이 우리 작은딸잉께 그리 보내문 되야!"

"요금이 2천5백 원쯤 될 텐데 그냥 3천 원 주세요! 잔돈하고 영수증은 내일 가져다 드릴게요." 하였더니 깜짝 놀란 표정으로 "아니! 그것이 그라고 비싸?" 하신다.

"2천5백 원이면 그리 비싼 것도 아닌데 왜 그렇게 놀라세요?"

"그것을 우리 딸이 내게 부치문 안 되까?"

"그렇게 할 수 있기는 한데 왜 따님에게 돈을 내라고 하세요?"

"엊그저께 즈그 식구들이 우리 집이 왔다 갔는디 내가 손해를 많이 봐부렇어!"

"무슨 손해를 보셨는데요?"

"암껏도 안 사들고 빈손으로 와갖고 내 돈 들여 닭 사다 삶아줬제, 고기 사다 꿔묵었제. 그래놓고 용돈 한 닢도 안 주고 가불드란께! 그란디 또 내 돈을 3천 원이나 들여갖고 그것을 보내주문 쓰것어?"

"그러면 따님께 용돈 좀 많이 달라고 하지 그러셨어요?"

"나도 용돈 좀 주고 가라 그랫제!"

"그런데 뭐라고 하시던가요?"

"엄마가 촌에서 돈 쓸 일이 으디가 있는가? 그람시로 그냥 가불드란께!"

"정말 화가 나셨겠네요. 그러면 사위도 그렇게 미운가요?"

"우리 사우는 안 미와! 나를 을마나 생각한다고!"

"그러면 용돈은 주고 가던가요?"

"우리 딸 모르게 쪼간 주고 가대!"

"사위가 용돈을 주고 갔으면 그 돈이 그 돈 아닌가요?" 하였더니 갑자기 할머니는 대답을 하지 않고 다른 곳을 멀뚱멀뚱 쳐다보고 계신다.

커피와 냉수

회천면 천포리를 향하여 빨간 오토바이와 함께 달려가며 왕복 2차선 해안도로에서 바라보는 바다 건너 고흥군 쪽에는 하얀 솜털 같은 구름이 뭉게뭉게 피어올라 토끼구름, 엄마구름, 아기구름으로 변하여 어디론가 멀리 여행을 떠나고 있는데, 길가의 가로수 꼭대기에 앉아 있는 매미 두 마리는 '무더운 여름은 이제 그만 물러가라!' 바락바락 소리를 질러대고 있었다.

묵산마을에서 소포 한 개를 배달하려고 첫 번째 골목으로 접어들자 담 너머로 무엇인가 보고 계시던 여든이 넘은 영감님께서 "벌써 오는가? 아이고~오! 날도 무지하게 더운디 고생해쌓네!" 하며 반기신다.

"날씨가 이렇게 무더운데 담 너머 누구를 기다리고 계셨어요?" 하며 50개들이 라면 박스 정도 되는 크기의 소포 한 개를 오토바이 적재함에서 꺼내 마루에 내려놓자 "밭에 간 우리 집사람이 올 때가 되얏는디 아직 안 오고 있응께 지달리고 있네! 날씨가 이라고 덥고 그랑께 얼렁 와불제만 멋을 그라고 오래하고 있는지!" 하자마자 할머니께서 땀을 뻘뻘 흘리며 큰 소쿠리에 붉은 고추를 가득 담아 마당으로 들어오더니 소포를 보고 "우메~에! 이따 해름에나 갖고제, 이라고 징상스럽게 더운디 그것을 갖고 왔어?" 하신다.

"날씨가 무덥다고 배달을 미루고 있으면 한이 없거든요! 그러니 조금 무덥더라도 빨리 끝내고 사무실에 들어가 깨끗이 씻어야지요!"

"그나저나 빠르기는 빠르네! 어지께 아침에 강원도 우리 동서가 꿀 여섯 병을 보낸다고 하드만 그새 여그까지 와부렇어! 그랑께 꼭 하루 만에 왔구만! 그란디 자네! 머리에 쓰고 있는 그 모자 좀 벗어불고 다니면 안 된가? 이라고 더울 때는 벗고 댕기문 좋것드만 편지 배달하는 집배원들은 꼭 쓰고 댕기대!"

"헬멧은 남 보기 좋으라고 쓰는 것이 아니고 자신의 생명을 보호하기 위하여 쓰는 것이거든요. 그러니 아무리 날씨가 무덥더라도 벗으면 안 돼요!"

"자네 말을 들어본께 그라기는 한디, 그래도 땀을 그라고 많이 흘림시로 쓰고 댕긴께 깝깝해서 한 말이여!" 하자 수돗가에서 손발을 다 씻은 할머니께서 급히 주방으로 들어가 선풍기를 꺼내 오더니 "아재! 이루 와서 선풍기 바람이라도 쪼금 쬐고 있어! 내 금방 커피 한 잔 타갖꼬께!" 하신다.

"이렇게 무더운 날은 커피보다 시원한 냉수가 좋아요. 그러니 커피는 놔두시고 냉수 한 그릇만 주세요!"

"그래! 그나저나 우선 그 모자 좀 벗어불고 마루에 좀 앙거봐! 내 금방 냉수 갖고 오껏잉께!"

"대차 그라문 좋것네! 우선 이리 좀 앙거 있어!" 하는 영감님의 권유를 차마 뿌리칠 수 없어 잠시 헬멧을 벗고 마루에 앉아 있는데 냉수를 가져 오신다던 할머니는 무엇을 하는지 소식이 없으시다.

"아니 바쁜 사람 지달리게 해놓고 멋하고 있어?" 영감님이 재촉하자 "다 되앗응께 쪼그만 기달려!" 하더니 김이 모락모락 피어오르는 뜨거운 커피에 얼음 몇 조각을 넣은 그릇과 냉수가 가득 담긴 그릇을 쟁반에 담아가지고 나오신다.

"영감이 재촉해싼께 냉커피도 얼렁 안 타지네! 맛이 있든지 없든지 기양 씨연한 맛으로 자셔!"

"아니 바쁜 사람 잡아놓고 그라고 지달리게 하문 쓰것어?" 하고 영감님께서 역정을 내신다.

"아이고! 사람이 나이 묵으문 성질이 차분해진다고 하드만 우리 영감은 나이 묵을수록 더 급해지는 모양이여! 내가 커피 타는 시간이라도 편지 아재 선풍기 앞에서 쪼금 쉬라고 늦게 타왔는디 그 새를 못 참고 그라고 화를 내고 야단이요?" 하자, 금방 풀이 죽은 영감님께서 "나는 냉수만 한 그럭 갖고 올지 알았제~에!" 하신다.

착불도 된가?

시골마을 입구에 서 있는 커다란 고목나무 꼭대기에서 매미가 '여름아! 물러가라!' 고래고래 소리를 질러대는 여름. 회천 회동마을 길갓집 마당으로 들어서자 담장 밖에 서 있는 복숭아나무에서 빨갛게 잘 익은 복숭아를 따고 계시던 영감님이 "아이고~오! 날도 징허게도 더운디 고상해쌓네! 오늘은 멋을 갖고 왔어?" 하신다.

"전화요금이 나왔네요."

"전화세가 나왔다고? 그라문 을마나 나왔어?"

"1만 9천2백 원인데요."

"그래~에! 그란디 엊그저께 갖다준 전기세 안 있어? 그것 잔 봐주고 가소."

영감님이 고지서를 가지고 나오신다.

"전기요금은 2만 3천3백 원이 나왔네요."

"그란디 우리 동네 누구한테 봐주라고 그랑께 3만 9천 원이 나왔다고 그라드란 말이시. 암만 생각해봐도 내가 전기를 그라고 쓴 일이 읍는디 이상하다~아 그랬단께."

"그것은 지난달 전기요금을 잘못 보셔서 그런 것 같아요."

"이~잉! 대차 자네 말이 맞구만. 지난달에는 내가 멋을 잔 하니라고 전기를 마니 쓰기는 썼거든."

"전기나 전화요금 고지서는 저도 이따금 잘못 볼 때가 있어요."

"그란디 자네는 식구들이 몇이나 된가?"

"집사람과 저 둘뿐이에요. 아들 둘이 있는데 지금 광주에서 직장생활하고 있어요."

"자네 집이도 두 식구뿐이문 조용하것네 잉!"

"애들 어릴 때는 사람 사는 것처럼 좋았는데 요즘은 너무 조용해요. 그럼 전 그만 가볼게요. 안녕히 계세요."

밖으로 나와 마을 우편물을 모두 배달하고 옆 마을 쪽으로 가려는데 영감님께서 다시 부르신다.

"어야! 이리 잔 와보소!"

아마 길가에 나와 기다리고 계셨던 듯하다.

"무슨 일이신데요?"

"다른 것이 아니고 내가 택배를 한 개 보낼라고 그란디, 자네가 잔 갖다 보내줄 수 있겄는가?"

"택배가 큰 것인가요?"

"아니! 째깐한 것이여! 그랑께 성가셔도 자네가 잔 보내주소! 그란디 착불도 된가?"

"예! 물론 착불도 되지요."

"그라문 여그서 쬐그만 더 지달리소! 잉! 내가 요것 마저 따갖고 보내야 쓴께!"

영감님은 아직 나무에 몇 개 남아 있는 복숭아를 따고 계신다.

"어르신 택배 보내실 것이 복숭아인가요?"

"그것은 으째 물어본가? 복성(복숭아)은 택배로 안 된단가?"

영감님은 지금까지 딴 복숭아를 검정 비닐봉지에 담아 내미신다.

"이것은 자네 집으로 내가 택배로 보내껏이여! 그란께 자네가 주소 써갖고 보내소 잉! 그라고 택배비는 기양 착불로 해! 알았제?"

"어르시~인! 힘들게 따신 복숭아를 모두 저를 주시면 어떻게 해요?"

"진작부터 내가 자네한테 멋을 잔 줄라고 했는디 촌구석에서 으디 마땅하니 줄 것이 있는가? 그랑께 이것이라도 줄라고 그라네! 그라고 식구들이 만하문 쩍어서 안 되제만 둘이뿐이 안 된께 그냥 갖고 가소! 그란디 올해 복성이 으째 작년 맹키로 안 달드란께! 그래도 깡꺼서 묵으문 괜찬하껏이여! 그랑께 맛읍다고 욕은 하지 말어! 알았제!"

영감님은 뭔가 시원한 일을 했다는 듯 빙긋이 웃고 계셨다.

말을 안 들어! 말을!

회천면 화동마을 회관 앞을 지나가고 있는데 "아재! 여그 째깐 보고 가~아!" 하는 소리가 들려 뒤돌아보았더니 할머니 한 분이 대문 앞 시멘트 바닥에 주저앉아 종이 한 장을 내미신다.

"이게 뭔가요?"

"이거~엇? 내가 먼 세금을 안 냈든가 재촉장이라고 그라대!"

"재촉장이라고요? 이건 재촉장이 아니고 독촉장이네요." 하였더니 깜짝 놀란 표정으로 "머시라고 독촉장이라고? 내가 멋을 안 냈간디 이거시 나와쓰까?" 하신다.

"주민세를 안 내셨는데요." 하는 순간 얼굴이 굳어지면서 "우메! 큰일났네! 그라문 또 이자를 을마나 마니 내야 쓰까?" 하신다.

"무슨 이자를 내신다는 말씀이세요?"

"세금을 그 날짜에 안 내고 그라문 이자를 마니 내야 쓴담서?"

"아이고! 할머니도 참! 주민세 한 번 제때 못 냈다고 이자를 많이 받아가는 곳이 어디에 있어요?"

"그래~에! 그라문 돈을 을마를 줘야 쓰까?"

"주민세가 4천4백 원, 그리고 할머니 말씀처럼 이자가 130원, 모두 합해서 4천530원이네요."

"참말로 낼 것이 그것뿐이 안 되야?"

"아니 그럼 이자를 130원이나 냈으면 되지, 얼마를 더 내시려고요?"

"아니~이! 누구한테 들응께 '세금을 그때 안 내고 그라문 이자를 겁나게 마니 물려분다!' 글드랑께! 그란디 이자를 130원만 주라 그랑께, 혹시 이것 가꼬가서 아재가 돈 더 물어내야 쓴 것 아니여?"

"저는 고지서에 적혀 있는 금액을 받아가는 거니까 그런 걱정은 마세요."

"알았어! 그란디 여그 옆집이서도 세금을 낼란다고 그라드만, 혹시 받었어?"

"글쎄요! 옆집 할머니는 안 보이시던데요."

"그래~에! 그라문 여가 잔 있어봐 잉! 내가 얼렁 가보고 오께!" 하고 부리나케 옆집으로 달려가더니 "해남떡! 해남떠~억! 여그 우체구 아재가 왔구만 멋하고 있어? 얼렁 잔 나와보랑께!" 하더니 "아재! 멋을 잔 찾고 있는 갑구만 째까만 지달려봐 잉!" 하더니 어느새 옆으로 와서 "바쁜 양반한테 멋을 부탁하고 그랄라문 미리서 잔 준비를 해노코 그라제만 꼭 사람이 오문 그때사 멋을 찾는다고 야단이여!" 하며 눈을 흘기신다.

"오늘은 그렇게 바쁘지 않으니 너무 걱정하지 마세요." 하는 순간 옆집 할머니께서 고지서를 내밀며 "주민세를 안직 안 냈는디 이자가 을마나 붙었어?" 하신다.

"연체료 포함해서 4천530원이네요."

"그래~에! 그라문 만 원짜리 한 장만 주문 되제? 그란디 이것은 머시여?" 하며 고지서 한 장을 또 내미신다.

"이것은 재산세인데요."

"그란디 이것은 통장에서 안 빼내간당가?"

"이건 자동납부가 되어 있는 게 아니라서 현금으로 납부하셔야 되겠는데요."

"그라문 을마를 줘야 되야?"

"2만 4천5백원이네요."

"그라문 아까 주민세 만 원하고 합치문 을마를 더 줘야 되야?"

"그래도 2만 원을 더 주셔야겠네요."

"그래~에! 그라문 나 얼렁 우리 집이 가서 돈 더 갖고 오꺼잉께, 여가 잔 지달리고 있어 잉!" 하며 집으로 달려가자 옆에 계신 할머니가 "아까 내가 '으찰지 모른께 미리 돈을 준비해노라!' 했을 때 내 말대로 했으문 저 고상 안 하제! 으째 저라고 모다들 내 말을 안 들어, 말을!" 하신다.

난중에 꼭 가프께 잉!

회천면 용산마을 가운데 골목길을 천천히 지나가고 있는데 할머니 한 분이 부르신다.

"우체부 아재~애! 나 잔 보고 가~아!"

"안녕하세요? 오늘은 밭에 안 나가셨어요?"

"아이고! 밭에도 자꼬 댕겨싼께 너머 심이 들어서 오늘은 째깐 쉴라고 안 갔어!"

"잘하셨네요. 일도 쉬어가면서 하셔야지 너무 힘들게 하면 안 좋아요."

"그랑께 말이여! 그란디 우리 집 세금을 째깐 가지가불문 쓰겄는디 으짜까?"

"어렵게 생각하지 마시고 가져오세요!"

그런데 집으로 들어가신 할머니가 아무리 기다려도 나오지 않으신다.

"할머니 뭐하고 계세요?"

"아니 내가 세금 낼 종우때기를 으따가 놔뒀는디 암만 찾어도 안 보인당께! 이 일을 으째사 쓰까?"

"그러시면 그냥 4천4백 원만 주세요. 고지서는 제가 면사무소에서 다시 재발급받으면 되니까요."

"그란디 돈도 으따가 뒀는지 몰르것당께!"

"그러면 오늘은 바쁘니 그냥 갈게요. 내일 고지서와 돈을 준비해놓으시면 제가 지나가는 길에 들를게요."

"아이고! 미안해서 으짜까 잉! 그란디 내가 낼은 밭에 가불문 아재를 못 만나꺼인디 으짜까?"

"그러면 고지서와 돈을 비닐봉지에 담아 여기 있는 우편함에 넣어두세요. 아시겠지요?"

"잉! 대차 그라문 쓰것구만. 알았써!"

그러고는 지등마을 가운데 집 앞을 지나가는데 또 할머니 한 분이 부르신다.

"핀지 아자씨, 여그 째깐 왔다 가~아!"

"안녕하세요? 무슨 부탁하실 거라도 있으세요?"

"이것 잔 우체구에 갖다 바쳐주라 할라고 그라제!"

"그런 부탁은 얼마든지 하셔도 되니까 미안하게 생각하지 마세요."

"그란디 내껏만 있는 거시 아니고 옆에 집에서도 나보고 내주라고 갖다 매껴쌓네!"

"한 장이든 열 장이든 우체국에 납부하기는 마찬가지거든요. 많아도 괜찮습니다."

"그래 잉! 그라문 다행이고! 그란디 내가 작년에도 아자씨한테 이것을 내주라고 부탁한 것 같은디 내 말이 맞제?"

"주민세나 재산세 같은 세금은 하루에도 여기저기서 많이 부탁하기 때문에 일일이 기억하기가 어려워요."

"대차 그라것네 잉! 그란디 내가 생각해봉께 아자씨가 틀림읍구만!"

"그것은 알아서 뭐하려고 물으세요?"

"아니~이! 아자씨 성가시게 자꼬 심바람만 시켰는디 이라고 공도 못 가프고 있은께……. 나도 인자 나이가 만코 그란디……."

"그러면 얼른 돌아가시게요?"

"와따~아! 내가 그라고 보기가 싫은가?"

"아니요! 그게 아니고요 지금처럼 건강하게만 계세요. 그리고 세금이 아니라도 부탁하실 것이 있으면 언제든지 말씀하세요. 아시겠지요?"

"고맙소! 늘근이한테 먼 부탁이든 하라고 해싼께 참말로 고맙소 잉! 내가 지금은 아자씨 공을 못 가퍼도 난중에 죽어서라도 꼭 가프께 잉! 그란디 내년에도 내가 이런 것을 내주라고 부탁할 수 있쓸랑가 몰것네!"

안 봐도 뻔허제!

회천면 양동마을을 향하여 천천히 달려가고 있는데, 마을 정자 나무 아래에서 할머니 몇 분이 모여 이야기를 꽃피우다 나를 보더니 손을 번쩍 쳐든다.

"편지 아재! 나 좀 보고 가~아!"

"무슨 부탁하실 일이 있으세요?"

"세금 잔 내주라고 불렀제! 주민세가 3천3백 원이 맞제?"

"그런데 어떻게 3천3백 원인 줄 아셨어요?"

"아이고 내가 암만 멍충하다고 그것도 모르고 살간디."

할머니는 속주머니 깊이 넣어둔 꼬깃꼬깃 접힌 고지서와 3천3백 원을 내놓으신다.

"이건 영수증이니까 잘 보관하세요."

"영수증을 으따 쓸라고 보관하고 멋하고 그래! 아재가 다 잘 알아서 하꺼인디."

"그래도 사람이 하는 일이니까 실수가 있을 수 있거든요. 그래서 영수증을 잘 보관하시라는 거예요!"

"잉! 알았어!"

그런데 옆의 할머니께서 걱정스런 표정으로 말씀하신다.

"그란디 우리껏 주민세도 내야 쓰꺼인디 으째야 쓰까?"

"아직 주민세를 안 내셨어요? 그러면 제가 여기 잠시 쉬고 있을 테니 집에 다녀오세요."

"우메! 바쁜 양반 지달리게 하문 쓰간디."

"할머니 덕분에 잠시 쉴 수 있으니 얼마나 좋아요? 걱정하지 마시고 다녀오세요."

"잉! 알았어! 그라문 얼렁 갔다 오께 잉!"

할머니가 지팡이를 짚고 부산하게 일어나신다.

"제가 댁으로 따라갈까요?"

"집이 가봤자 내가 도로 이리 와야 돼! 그라고 울 집이서는 나 혼자 있응께 심심해서 안 돼!"

"그럼 그렇게 빨리 가시다 넘어지면 큰일나니까 천천히 다녀오세요."

"잉! 알았어!"

그런데 집으로 가신 할머니가 한참이 지나도 나타나지 않으신다.

"아니 봉강떡은 멋을 하고 안 오고 있어?"

옆 할머니 말씀에 다른 할머니께서 대답하신다.

"보나마나 고지서 찾고 있것제 멋하기는 멋하것어."

"대차 그러것네 잉! 으째 봉강떡은 멋을 금방 놔두고도 찾아싼가 몰르것어!"

"사람이 나이 묵으문 그라고 생각이 잘 안 난갑드만."

"그라기는 그라껏이여!"

시간은 또 흘러가고 있다.

"아니 봉강떡은 멋을 하간디 이라고 안 오고 있으까?"

"인자 보나마나 돈 찾고 있으꺼여! 안 봐도 뻔하제!"

"사람이 늘그문 기억이 없어진다고 글드만 그 말이 틀림읍드랑께!"

"그란디 바쁜 양반 무담시 불러갖고 오도 가도 못하고 있으니 큰일났네! 으째야 쓰까?"

"괜찮아요. 덕분에 잠시 쉴 수 있으니 얼마나 좋아요?"

"쉬는 것도 한도가 있제~에! 한없이 이라고 앙거 있으문 편지 배달은 은제 하껏이여? 참말로 애가 터져 죽것네!"

"정 안 오시면 제가 할머니 댁으로 가면 되니까 걱정하지 마세요."

"그란디 미안해서 으째야 쓰까?"

"자꾸 그러시니 제가 오히려 미안하잖아요!"

"바쁜 양반 붙잡아놓고 미안한께 그라제~에!"

그러는 사이 드디어 건너편에서 할머니가 느릿느릿 천천히 걸어오고 계셨다.

가을

짜장면과 재산세

9월 말이 가까워지자 선선한 가을 날씨로 변하면서 '하늘은 높고 말은 살찐다!'는 천고마비(天高馬肥)의 계절로 돌아온 듯 맑고 청명한 푸른 하늘에는 하얀 구름 몇 조각이 어디론가 멀리 여행을 떠나는 듯 한없이 흘러가고 있었다.

회천면 원영천마을 가운데를 지나가고 있는데 마을 영감님 한 분이 "어야! 나 잔 만나고 가소!" 살며시 부르더니 미안한 듯 고지서를 내밀며 "이것이 을마나 된가 잔 봐보소!" 하신다.

"재산세가 3만 3천7백 원, 이것은 주민세인데 아직 납부 안 하셨나 보네요? 모두 합해서 3만 8천백 원이네요."

"그래~에! 참, 아까 낮에 율포 식당에서 나를 만났제?"

"점심시간 때 말씀이지요? 다른 마을 어르신들과 같이 식사하고 계시던데 음식은 맛있게 드셨어요?"

"그라기는 그랬는디! 사실은 오늘 이것 잔 우체국에 바칠라고 소재지까지 나갔단 마시. 그란디 모처럼 친구들을 만났는디 그냥 올 수가 있어야제! 그래서 그 사람들하고 짜장면 묵음시로 술을 한 잔씩 하고는 세금 바친다는 것을 깜박 잊어불고 그냥 와부렀단 마시! 그랑께 우리 집사람 모르게 하소 잉!" 하며 5만 원권 지폐 한 장을 내미신다.

"그러셨어요? 그러면 내일 잔돈하고 영수증은 할머니 모르게 어르신께 드리면 될까요?"

"우리 할멈이 알문 으쨌단가마는, 그래도 혹시 또 머라고 잔소리할지 모른께 영수증하고 잔돈은 나중에 나 만나문 주소 잉! 알았제?"

"그건 걱정하지 마세요! 그런데 모처럼 면 소재지까지 나가셨으면 맛있는 것 좀 많이 드시고 오지 그러셨어요?"

"맛있는 것이 을마나 있단가. 인자 나도 나이를 묵어논께 음식이 그라고 맛있는지 몰것단 말이시! 그랑께 거그 나가문 짜장면뿐이 묵고 싶은 것이 읍드란께!"

"정말 그러시겠네요. 그런데 짜장면과 술 사드셨으면 오늘 돈을 많이 쓰셨겠네요. 여러 분이 같이 계시던대요!"

"그래도 돈을 쓸데는 써야제! 사람이 꽉 오그려 쥐고 쓸지를 모르문 안 되는 법이여! 그라고 내가 먼저 대접을 해야 나중에 나도 대접을 받는 법이제! 안 그란가?"

"그건 어르신 말씀이 맞아요!" 이야기를 나누고 있는데, 지나가던 경운기가 멈추고 할머니 한 분이 급하게 내리더니 "우체국 아재! 마침 잘 만났네! 이것 잔 갖고 가서 바쳐주문 좋것는디 으짜까?" 하신다.

"그게 뭔데요?"

"재산세여! 그란디 오늘이 보성 장날이라 장에서 일 잔 보고 우체국 가서 바쳐불고 올라고 했는디, 암만 생각해도 못 가것어! 그래서 그냥 갖고 와부렀는디 아재를 만난께 참말로 반갑네!"

"장에서 우체국까지 가려면 왕복 2km는 걸으셔야 하는데 정말 가려고 하셨어요?"

"아침에 생각하기는 우체국이 가까운께 금방 갖다 와도 되것대! 그란디 장에 가서 생각해본께 징하게 멀드만. 그라고 날은 떠운디 암만 생각해도 다리가 아퍼서 죽어도 못 가것드란께! 그래서 그냥 갖고 와부렀어!"

"잘하셨어요. 그냥 저 주셔도 되는데 뭐하러 그 먼거리를 고생하려고 하셨어요."

"아재가 그라고 말을 한께 고마운디, 심바람 시킬 사람은 미안하고 그랑께 얼렁 말을 못 하것드란께!"

"그래도 요즘처럼 바쁜 때 아픈 다리 저시며 우체국까지 가시지 말고 그냥 저를 주세요! 그런 심부름은 얼마든지 할 수 있으니까요."

"아재는 심바람을 시켜도 항상 웃어싼께 더 미안하드란께!"

"그러면 다음부터는 인상 팍 쓰고 받을까요?"

개보링과 우와천신한

회천면 화동마을 가운데쯤 대문 앞에 빨간 오토바이를 세우고 적재함에서 조그만 택배 하나를 꺼내들고 마당으로 들어가 "계십니까? 할머니 저 왔어요!" 불렀더니 옆집 할머니께서 방문을 열고 얼굴을 내미신다.

"어? 할머니! 여기는 어쩐 일이세요?"

"이~잉! 우체구 아재구만! 나 여그 잔 놀러와써! 그란디 어지께 내가 심바람 시킨 것은 갖다 냈어?"

"어제 부탁하신 전기요금 말씀이지요? 영수증하고 잔돈 봉투에 담아서 할머니 댁 우편 수취함에 넣어두었어요. 이따 집에 가셔서 확인해보세요."

"잉! 알았어! 으째 이상하게 우리 집이서 개 짖는 소리가 들린다 그랬드니, 아재가 우리 집이를 가서 그라고 지섯든갑구만! 그라고 또 오직 착실하게 잘해가꼬 편지통에다가 너놔쓰꺼인디. 그나저나 자꼬 미안하고 고맙고 그란당께!"

"별말씀을 다 하시네요. 그런 심부름은 얼마든지 해드릴 수 있으니 언제든지 말씀하세요!" 하자 주인 할머니께서 "오늘 우리 집이는 멋을 가꼬 왔간디 그래싸?" 하신다.

"글쎄요! 뭐가 들었는지는 몰라도 그렇게 무겁지는 않네요." 하며 조그만 택배를 건네 드렸더니 "이상허네! 나한테 올 껏시 읍는디 머시 와쓰까? 내가 묵는 약도 엊그저께 다 와부렀는디!" 하신다.

"경기도 성남에서 김선남 씨가 보냈는데요. 누군지 아시겠어요?"

"선남이는 우리 큰며느린디 멋을 보내쓰까? 언저녁에 전화도 안 왔든디!" 하더니 갑자기 생각이 났다는 듯 "오~오! 인자봉께 우와천신한을 보낸다고 그라대!" 하신다.

"그런데 우황청심환은 왜 보낸다고 하던가요?"

"내가 이따가문 머리가 아프고 그래싼당께 그것을 묵으문 좋다고 보낸다고 그라대! 나 묵으라고!" 하자 조용히 말씀을 듣고 계시던 옆집 할머니께서 "그것을 묵으문 얼렁 죽어분다고 안 그랬는가?" 하자 주인 할머니께서 짜증난 표정으로 "그것 묵으문 얼렁 죽는다고 누가 그라든가?" 하신다.

"아! 작년인가? 재작년인가? 쩌그 건넛집 영감이 그것 마니 묵고 죽었다고 안 그랬는가?"

"그 영감은 개보링인가 머신가 그것을 마니 묵고 죽었제, 이것 묵고 죽었단가?"

"그것이 아니랑께. 그때 살았을 때도 멋을 자시고 나문 '내가 이것을 묵어야 산단 말이요!' 그람시로 그것을 내갖고 묵고 그라드만!"

"그랑께 그것이 우와청신한이 아니고 개보링이란 마시!"

"내가 들을 때는 우와청신한이라고 그라드만 개보링이라고 이겨쌋네!"

"이기기는 내가 은제 이겨~에! 무단한 소리를 해싼게 그라제~에!" 하며 점점 목소리가 커지더니 금방이라도 큰 싸움이 날 정도로 분위기가 험악하게 변하기 시작한다.

"아니, 할머니들! 왜 갑자기 싸우려고 하세요? 제가 괜히 약을 가져와서 그런가요? 그러면 다시 가져갈까요?"

"그거시 아니여! 무담시 해본 소리제!"

"게보린이나 우황청심환 같은 약은 의사 선생님의 처방대로만 드시면 빨리 돌아가시거나 하지는 않아요. 그러니 이상한 소문 믿지 마시고 마음 놓고 드세요!" 하였더니 두 분 할머니 얼굴이 빨개지면서 미안한 미소를 지으신다.

못 말리는 할머니

회천면 당산마을 가운데 집 마당으로 들어가 오토바이 적재함에서 택배를 꺼내들자 문이 열리며 "우메! 우리 방가운 아재가 오셨네! 우리 딸이 약 보냈제?" 할머니께서 반기시더니 택배를 받아 들고 "이 약이 6만 원어치라고 그란디 두 달이나 묵을란가? 아플 때는 묵고 안 아플 때는 안 묵은께 그 정도나 되껴여!" 하신다.

"따님이 엄마 때문에 신경을 많이 쓰네요!"

"그랑께 어짤 때는 사우가 외루와 죽것단께!"

"그래도 따님이 생각하고 그러니 너무 어렵게는 생각하지 마세요!"

"암만 내 자석이제만 그래도 외롭제~에!"

"그럼 저 그만 가볼게요." 하고 돌아서는데 "아재! 암만 바빠도 이리 잔 와봐!" 하며 무척 화가 나신 표정을 지으신다.

"무엇 때문에 그러시는데요?"

"사람이 으째 그래?"

"제가 뭘 잘못했나요?"

"그것이 아니고 지금 우리 영감이 밭에서 일하니라고 인부들하고 세껏 자시고 있는디 술이라도 한 잔 하고 가야제 그냥 가문 쓰것어?"

"말씀은 고마운데 지금은 오토바이를 타고 있기 때문에 술은 안 되거든요."

"암만 그래도 그렇제, 그냥 가문 쓰간디. 얼렁 이리 잔 와봐!"

"정말 술은 안 된다니까요!"

"그라문 다른 것이라도 주꺼잉께 이리 잔 와보랑께!"

"무슨 맛있는 거라도 있어서 그러세요?" 하였더니 현관문을 활짝 열고 "여그 낙지 볶은 것도 있고 파전도 있고 그란디 그냥 갈라고? 그라문 안 되제~에!" 하자 영감님께서 "그라지 말고 이리 잔 와봐! 옛말에 '어런 말을 잘 들으문 자다가도 떡을 얻어묵는다!' 했는디 그냥 가불문 써운해서 쓰것는가?" 하신다.

"아재! 그라문 술은 안 자신다고 했응께 내가 음료수 한 개 갖다 줄랑께 어서 이리와!"

"그러면 잠시 쉬어갈게요!" 하고 머리에 쓰고 있던 헬멧을 벗었다. 할머니는 냉장고에서 요구르트 두 개를 꺼내오더니 한 개를 터서 권하며 "옛날 자징게 타고 댕긴 우체구 아재들은 우리 집이서 많이 쉬어가고 그랬는디 요새는 통 쉬어갈라고 생각을 안 하대!" 하신다.

"오토바이도 운전인데 자꾸 술을 권하시니 겁이 나서 그래요."

"그래~에! 알았어!" 하더니 한 개 남은 요구르트를 트는가 싶더니 어느새 반잔쯤 채워진 막걸리 사발에 부으며 "아재! 그라문 낼부터 절대 술 안 권하꺼잉께 이것 반잔만 마셔!" 하신다.

"할머니~이! 정말 술은 안 된다니까요~오!"

"와따~아! 노인이 준 것잉께 괜찮해! 그랑께 이것만 마셔!" 하시는 할머니의 권유에 못 이겨 막걸리를 마시고 말았다.

"아재, 인자부터 우리 집 오문 음료수도 주라고 해서 묵고 배 고프문 밥도 주라고 해서 묵고 그래 알았제?"

"잘 알았습니다. 그런데 앞으로 술은 절대 주지 마세요. 잘못하면 큰일나잖아요."

나는 행복한 집배원

오늘도 빨간 오토바이 적재함에 우편물을 차곡차곡 싣고 우체국 문을 나서려는데 이상하게 허전하다.

'이상하다! 내가 뭘 빠뜨렸을까?' 하며 등기와 소포 같은 우편물을 점검해보고 아무 이상이 없음을 확인한 다음 우체국을 출발하여 부지런히 시골마을 우편물을 배달하고 회천면 두곡마을 야트막한 고갯길을 힘차게 오르고 있었는데 절반쯤 올랐을까? 갑자기 오토바이가 '부르르~르' 하는 소리와 함께 시동이 꺼지더니 그 자리에 서버리고 말았다.

'아니? 이게 어떻게 된 일이지? 아직 한 번도 오토바이가 고장 난 적이 없는데!' 하며 여기저기를 살펴보았으나 아무 이상이 없다.

'이상하다? 왜 오토바이가 갑자기 서버리지?' 하다 불현듯 오늘 아침 우체국에서 무언가 빠뜨린 것이 생각났다.

'그렇지! 오토바이에 휘발유를 넣지 않았구나!' 하고 연료 탱크를 열어보았더니 역시 기름이 한 방울도 남아 있지 않았다.

'이제 어떻게 하지? 여기서 주유소까지 4km는 가야 하는데 거기까지 끌고 갈 수도 없고, 그렇다고 마냥 서 있을 수는 더욱 없고' 생각하다, '그렇지! 두곡마을 세 번째 집에 휘발유가 있다고 했으니 거기서 넣으면 되겠다!' 하고 오토바이를 끌고 가는데, 평소에는 그렇게 야트막한 고갯길이 오늘따라 왜 그렇게 높게만 보이는지, 차가운 날씨에 이마에는 벌써 구슬 같은 땀방울이 연신 흐르기 시작한다.

그리고 잠시 후 세 번째 집 대문 앞에 오토바이를 세우고 주인아저씨를 불렀는데 할머니께서 "오늘 농협에 일보러 나간다고 했는디!" 하신다.

"그럼 휘발유는 어디에 두고 쓰는지 아세요?"

"지름은 쩌그 통에 있어!" 하며 창고 옆을 가리키는데 20l들이 커다란 플라스틱 통 세 개에 모두 기름이 들어 있어 어느 통이 경유고 어느 통이 휘발유인지 알 수가 없다.

'오늘따라 어르신께서 농협에 가고 안 계시니 이제 어떻게 하지?' 하다 건너편 회관 앞에서 영감님 두 분이 이야기를 나누고 계셔서 "제 오토바이가 기름이 떨어졌는데 혹시 어느 집에 기름이 있는지 알고 계세요?" 여쭈었더니 영감님 한 분이 "우리 집에 기름 사다 놓은 것이 있으니 그리 가세! 그란디 휘발유가 큰 드럼통에 들어 있어! 그랑께 오토바이를 우리 집까지 끌고 와야 하겠는디 자네가 힘들겠구먼! 내 얼른 가서 기름 넣는 뽐뿌를 찾아노꺼잉께 끌고 오소!" 하고 벌떡 자리에서 일어나 집으로 향하자 또 다른 영감님 한 분께서 "내가 오토바이를 밀어주꺼잉께 어서 가세!" 하며 적재함을 잡고 밀기 시작하시는데, 그때 할머니 한 분이 지나가시다 "으째 오토바이를 밀고 와~아?" "지름이 떨어졌응께 얼렁 와서 밀어!" 하자 할머니께서도 적재함을 붙잡고 밀기 시작하신다.

마을회관에서 영감님 댁까지 비록 20여 미터밖에 되지 않는 짧은 거리지만 그래도 어르신들 덕분에 힘들이지 않고 영감님 댁 마당으로 오토바이를 끌고 갈 수 있었다. 잠시 후 커다란 드럼통에서 휘발유를 넣기 시작하였다.

"어르신! 저쪽 주유소에서 휘발유를 넣으면 되니까 조금만 넣으셔도 돼요!"

"이 사람아! 그러다 오토바이가 또 서불문 우추고 할라고 그란가?" 하며 연료 탱크 가득 휘발유를 넣어주셨다.

"어르신! 정말 고맙습니다. 기름 값 드려야지요?"

"아니? 먼 지름 값이여? 그런 서운한 소리는 말어!" 하며 한사코 마다하시는 영감님과 마을 어르신들을 뒤로하고 다음 마을을 향하여 빨간 오토바이와 함께 힘차게 달려간다.

'우편물을 배달할 때는 늘 혼자라는 생각을 했는데 내 옆에는 시골마을 사람들이 항상 함께하고 있었구나!' 생각하니 한없는 기쁨과 행복감에 가슴이 벅차올랐다.

누가 아순가 보세!

회천면 화당마을 입구에 들어섰는데 할머니 한 분이 반갑게 손을 흔드신다.

"아재, 오늘은 으째 이라고 늦게 와?"

"배달할 우편물이 오늘따라 많아서요."

"그래~에? 나는 아재를 만날라고 아까 낮 두 시부터 지금까지 세 시간이나 지달리고 있었는디 암만 지달려도 안 오대! 그래서 우리 동네를 안 올라고 그란갑다 그라고 인자 집에 갈라고 그랬는디 저물어질라고 그랑께 오고 있네 잉!"

"오늘은 건강보험 고지서를 배달하는 날이라서요. 그리고 원래 기다리는 사람은 더 안 오는 법이잖아요. 그런데 무슨 일로 저를 기다리고 계셨어요?"

"이것 잔 부칠라고!"

할머니는 조그만 박스 하나를 내놓으신다.

"안에 뭐가 들었나요?"

"깐난애기 젖병이여! 젖병!"

"할머니 댁에 무슨 갓난아기 젖병이 있어요?"

"그것이 아니고, 엊그저께 토요일하고 일요일 쉰다고 우리 막내 아들이 애기들을 데꼬 왔다 갔는디, '빠진 것 있는가 잘 봐서 챙겨 갖고 가그라 잉!' 했는디도 아침에 전화가 왔어! 젖병 놔두고 왔응께 얼렁 잔 부쳐주라고! 으째 요새 젊은 아그들은 그라고 정신들이 읎는가 몰것서!"

"보나마나 할머니께서 막내아들 왔다고 이것저것 챙겨주시니 그것 싸느라 젖병은 깜빡 잊었겠지요. 안 그래요?"

"아따아! 내가 챙겨줄 것이 머시 있것어? 즈그들이 다 알아서 갖고 가제!"

"오랜만에 아드님이 고향에 왔으니 얼마나 반가우셨어요? 더군다나 젖 먹는 손자까지 데리고 왔으니 얼마나 예쁘던가요?"

손자 이야기에 할머니 눈빛이 빛난다.

"우리 손지가 즈그 아배보다 더 잘생겼드란께! 아조 이뻐 죽것어!" 행복한 표정을 짓더니 갑자기 "그란디 그것을 부칠라문 돈을 을마 줘야 되야?" 물으신다.

"이건 가볍고 또 광주로 가는 것이니까 3천5백 원 주시면 돼요."

"그래에? 그라문 이것 4천 원잉께 5백 원 남은 것 갖고 막걸리 한 잔 사자셔!"

"예에? 막걸리 사먹으라고요? 그건 안 돼요!"

"으째 안 된다고 그래싸?"

"세상에 막걸리 5백 원짜리가 어디 있어요? 최소한 5천 원은 주셔야지요!"

"그라문 내가 5천 원 더 주껏잉께 막걸리 사자셔 잉!"

"그래도 안 돼요!"

"으째 또 안 된다고 그래싸~아!"

"율포 소재지에는 막걸리집이 없는데 어디서 마시겠어요?"

"아! 그라문 보성읍에 가서 마시문 되제 어째!"

"그래도 안 돼요! 막걸리 마시고 음주운전 단속에 걸리면 큰일인데 어떻게 마셔요!"

"와따~아! 아재는 안 되는 것도 징허게 많네! 그라문 냅둬! 누가 아순가 보세!"

화가 난 듯한 표정으로 뒤돌아섰지만 자꾸 어깨가 들썩거리는 걸 보면 할머니는 웃고 계신 것 같았다.

암만 지달려도 안 오네!

회천면 화동마을 기다란 농로 길로 접어들었을 때 이상하게 주위가 허전하다 싶어 둘러보았더니 어제까지만 해도 누렇게 잘 익은 벼들이 고개를 숙이고 서 있던 논이 어느새 수확이 모두 끝나 볏짚만 가지런히 누워 있다.

마을에서 왕복 1km쯤 떨어진 외딴집 마당으로 들어섰더니 "아이고! 여기까지 편지 배달 오셨어요? 정말 수고가 많으십니다." 하신다.

반가운 얼굴로 인사를 하는 분은 "식용유 있습니다. 밀가루도 있어요. 튀김가루 막걸리도 있어요." 하며 트럭에 식료품을 싣고 여기저기 마을을 돌아다니며 장사하는 분이다.

"안녕하세요? 그런데 여기까지 물건 팔러 오셨어요?"

"지난번에 아주머니께서 부탁하신 것도 있고 물건도 팔 겸 오늘 배달해주려고 왔어요."

옆에 계신 아주머니께서 대답을 거든다.

"우리 집은 마을에서 멀리 떨어져 있다 보니 여기 장사하는 아저씨 아니면 소금에 밥을 먹어야 해요. 우리 형편에 자주 시장이

나 마트에 나갈 수 있는 것도 아니고, 또 요즘처럼 바쁜 때는 하다 못해 간장이나 식용유가 떨어져도 사러나갈 시간이 없으니 신세를 많이 지고 있어요."

"바쁜 가을철이라 더 그러시겠지요. 그런데 사장님 장사는 잘 되시나요?"

"요즘 시골이 많이 바쁘다 보니 마을을 돌아다녀도 사람 만나기가 힘들어 물건을 팔 수가 없어요."

"바쁜 때는 사람들이 모두 논밭에 나가 곡식 거둬들이고 또 말리고 손질해서 곳간에 쌓아두어야 내 것이 되니 모두들 정신없기 때문에 그러겠네요! 그럼 저 먼저 가보겠습니다."

그리고 두곡마을 입구에 들어섰을 때는 벌써 오후 4시를 향해 달려가고 있는데 마을회관 앞을 지나려는 순간 할머니 한 분이 회관 앞 의자에 우두커니 앉아 있다 나를 부르신다.

"편지 아재! 이리 잔 와봐~아!"

"안녕하세요? 바쁘실 텐데 오늘은 무슨 일로 여기 앉아 계세요?"

"혹시 차 갖고 댕김서 장시하는 사람 못 봤어?"

"식료품 팔러 다니는 차 말씀이세요?"

"요새는 하다 바쁘다본께 통 우리 영감 반찬에 신경을 안 썼드만 밥 묵을 것이 한나도 읍네. 그래서 오늘은 일도 안 가고 여그서 차 지나가문 멋을 잔 살라고 했는디 암만 지달려도 안 온단께!"

"오전에 저쪽 화동마을에서 차를 만났는데 아직 여기까지는 못 왔나 보네요."

"그라문 그 사람한테 이리 얼렁 잔 오라고 할 수 읍스까?"

"제가 그분 연락처를 모르는데 어떻게 하지요? 이럴 줄 알았으면 휴대전화 번호라도 적어 두었더라면 좋았을 텐데 그랬네요."

"그랑께 말이여! 우리 영감도 인자 나이를 묵어논께 심이 부친가 으짠가 옛날같이 일도 못해. 그람시로 술이 한 잔 묵고 싶은가 찾어싼디 쇠주는 또 독해서 못 묵것다고 그래싼께, 막걸리가 있으문 좋것는디 갖고 댕긴가 몰르것네."

"제가 확성기로 외치고 다니는 것을 들어보니 막걸리는 가지고 다닌다고 하던데요."

"그래 잉! 그라문 꼬치장 같은 것도 갖고 댕기까?"

"고추장이나 간장은 물론 가지고 다니겠지요."

"그라문 좋것네~에! 그란디 장갑도 있는가 몰르것네?"

"글쎄요! 장갑 있다는 소리는 못 들었는데 혹시 있을지도 모르겠네요."

"그래 잉! 그란디 그 차는 으디서 멋을 하간디 이라고 올라고 생각도 안 하고 있으까? 지달리기도 참말로 징하네!" 하는 순간 멀리서 확성기 소리가 들려온다.

"막걸리 있습니다. 설탕 있습니다. 식용유, 밀가루도 있어요.……"

할머니가 그토록 기다리는 식료품 장사 아저씨가 드디어 마을 입구에 들어선 것이다.

내가 아재를 지달리문
덜 미안하제~에!

회천면 양동마을에 접어들었을 때 시간은 벌써 오후 5시가 넘어섰는데 마을 중간쯤 살고 계시는 할머니께서 반가운 표정으로 나를 부르신다.

"무슨 일로 저를 부르셨어요? 혹시 뭐 부탁하실 일이라도 있나요?"

"아니~이! 딴것이 아니고 엊그저께 아재가 주고 간 편지 안 있어? 그것이 머인지를 모른께 이라고 애가 터지네!"

"국세청에서 아드님에게 보낸 우편물이던데 뭐가 잘못되었나요?"

"으째 국세청에서 우리 아들한테 그런 것을 보냈으까?"

"잘은 모르겠지만 소득세 신고하라는 내용 같던데요. 혹시 아드님이 무슨 사업이나 장사를 하지 않나요?"

"아이고~오! 그 써글넘! 장시는 무슨 장시여! 지난 봄 은제(언제) 갑자기 집에 와서 직장 그만두고 녹차 장시한다고 돈을 잔 해내라고 그라대! 그랑께 즈그 아부지가 그랬제.

'니가 지금 정신이 있냐? 없냐? 요새 촌구석에 먼 돈이 있겄냐?

그라고 요새 불경기라고 녹차 장사하던 사람들도 힘이 들어 죽것다고 야단인디, 인자사 먼 놈의 장사를 한다고 난리냐, 난리여? 지발 정신 잔 채리고 살아라!' 그라고 나무랜께 소리도 없이 사라져불었어! 그라드니 갑자기 세무서에서 이런 것이 날아와쌓네! 그란디 이것 안 받으문 안 되까?"

"그것보다도 아드님에게 연락하셔서 세무서에 폐업신고를 하라고 하세요. 그렇지 않으면 우편물이 계속 날아오거든요."

"오~오! 그래! 알았네, 알았어!"

이야기를 나누고 있는데 옆집 할머니께서 가만히 곁에 오신다.

"아재! 내가 내일 부탁할 것이 잔 있는디!"

"뭔데요?"

"다른 것이 아니고 주민세 안 있어? 그것을 잔 받아갖고 가라고!"

"주민세라면 지금 주시면 되는데 왜 내일 부탁하려고 그러세요?"

"지금 부탁할라문 미안한께 그라제!"

"뭐가 미안하다고 그러세요?"

"내가 집에 가서 갖고 올라문 아재가 나를 지달려야 된께 더 미안하고, 내일은 내가 준비해갖고 아재를 지달리문 덜 미안하제~에!"

"그런데 내일 제가 몇 시쯤 여기에 올 수 있을지 알고 계세요?"

"그것은 몰르제!"

"그러면 하루 종일 저를 기다리시게요? 그러다 제가 그냥 휙 지나가버릴 수도 있는데 그때는 어떻게 하시려고요?"

"그라문 모레 또 지달리문 되제 으째!"

“그런데 모레도 저를 만나지 못하면 그때는 어떻게 하지요?”

할머니는 빙긋이 웃으며 대답하신다.

“그라문 글패까지 지달리문 되제 으째!”

“그러지 마시고 지금 주민세를 가지고 오시면 안 될까요?”

“아재 지달리게 하문 미안한께 그라제에! 그라고 내가 그것을 으따 둔지 모른께 또 찾아야 되고!”

“댁이 바로 옆인데 시간이 걸리면 얼마나 걸리겠어요? 미안하게 생각하지 마시고 지금 가져오세요.”

“참말로 그래도 되까? 그라문 여그서 쪼그만 지달리고 있어봐잉! 그란디 미안해서 어찌까!”

시방 사흘째 우리 할멈이 나를 부려묵고 있당께!

회천면 화당마을 배달을 거의 끝내고 마을 가운데 길을 지나 도로 쪽으로 빠져 나가려는데 담장 아래서 영감님 내외분이 다정하게 앉아 쪽파 종자를 손질하고 계신다.

"어르신! 수고가 많으시네요!"

"잉! 오늘은 멋을 갖고 왔는가?"

"전화요금이 나왔네요!"

"아, 이 사람아! 반간 것 잔 갖다 주랑께!"

"반가운 것은 다음에 갖다 드릴게요! 그럼 수고하세요!"

막 돌아서려는데 영감님이 "어이! 자네 이리 잔 와봐! 내가 멋을 잔 물어봐야 쓰겄네!" 하고 부르신다.

"무엇을 물어보시게요?"

"자네는 동네마다 댕겨본께 잘 알것제? 그란디 남자들이 이라고 쪽파씨 따듬고 있는 사람 있든가?"

"예~에? 쪽파씨 손질하는 사람이요? 보긴 봤는데 왜 그러세요?"

"그라문 누가 있든가?"

"저기 객산마을 선씨 영감님!"

"선씨 영감! 응! 그 영감은 허고도 남을 사람이여! 워낙 여자 같은 성질이어서 우리하고는 잘 안 마진께!"

"그리고 화곡마을 임씨 영감님도 계시고요!"

"임씨 영감! 아이고! 그 사람은 일 그만해도 넉넉하니 묵고 살만한 사람인디 밤인지 낮인지 모르고 일만 해싸! 즈그 아들이 싫어라고 해도 소용이 읍드만! 그라고 또 누가 있든가?"

"갈마마을 박씨 영감님도 손질을 잘하시던데요!"

"갈마 박씨 영감! 그 사람은 부인도 없이 혼자 사는 사람잉께 누가 도와줄 사람도 읍는디 쪽파를 심을라문 지가 다 해야제 으짜것인가? 자네 말이 거짓말은 아니구만! 그란디 이쪽 화죽리 쪽에는 누가 있든가?"

"화죽리 쪽예요? 글쎄요? 화죽리에서는 못 본 것 같은데요!"

이 말에 영감님은 그것 보라는 듯 할머니를 힐끗 쳐다보신다.

"보소! 화죽리서는 암도 일을 안 한다고 한가? 그란디 나를 이라고 날마다 부려먹어?"

"어르신! 그래도 나중에 쪽파 팔면 돈은 어르신이 챙기실 것 아닙니까?"

"도~온? 나~아 돈 별로 필요가 없는 사람이여! 인자 자식들 다 갈치고 결혼시켜서 즈그들 살 만치 살고 있는디 먼 돈이 을마나 필요하것는가?

내가 젊었을 때 같으문 친구들하고 술도 마시고 각시집이도 댕기고 했는디…… 인자 내 나이 칠십이 넘었는디 술을 마시껏인가 각시집을 댕기껏인가? 그란디 자네도 봤응께 알제만 시방 사흘째 우리 할멈이 나를 이라고 부려묵고 있당께. 참말로 억울해 죽것네!"

"그래도 두 분 나란히 앉아 일하시는 모습이 보기 좋은데요!"

"좋기는 머시 좋아! 좋은 것도 젊었을 때 말이제. 인자 나이 묵었는디 조으문 을마나 조으꼈인가?"

"그래도 지금 부지런히 일하시고 나중에 쪽파 판 돈으로 할머니와 손잡고 여행이라도 다녀오시면 좋지 않겠어요?"

"그란가? 할멈! 우리보고 손잡고 여행 다녀오라고 그란디 어짜까 한번 갔다 오까?"

그러자 여태까지 아무 말도 않고 쪽파만 다듬고 계시던 할머니가 고개를 들고 빙긋이 웃으며 한 말씀 하신다.

"갔다 오문 조체 으짠다요?"

밀문지를 아시나요?

회천면 군학마을에서 이름 대신 '영광댁'이라고 쓴 택배의 수취인을 찾으려고 적혀 있는 전화번호로 전화를 하였으나 받지 않아 마을에서 물어보려고 사람을 찾는데 아무도 보이지 않았다.

'요즘 날씨는 무덥지만 벌써 고추며 참깨 같은 밭작물 수확 때문에 밭으로 나가셨나 보구나! 그런데 이럴 때는 어떻게 하지?' 생각하다 '옳지! 좋은 수가 있다!' 하고는 마을의 중간쯤에 빨간 오토바이를 세워놓고 큰소리로 마을을 향하여 "영광 대~~~엑!" 하고 부르기 시작하였다.

그러나 아무 대답이 없어 또다시 "영광 대~~엑! 영광 대~~~엑!" 계속 서너 번을 불렀더니 어디선가 "누구요~오? 누가 나를 불러싸~아!" 하는 소리가 들린다.

"할머니! 접니다! 집배원이에요! 그런데 지금 어디 계세요?"

"아! 여그여! 우리 집이여!"

"손 한번 흔들어 보세요!" 하며 얼른 소리 나는 쪽으로 달려갔더니 할머니께서 마당에 서 있는 큰 감나무 뒤에서 손을 흔들며 "여그여! 여그!" 하고 계신다.

"손을 흔들려면 마루 위 같은 높은 곳에서 흔드셔야 보이지, 하필 감나무 뒤에서 흔들고 계셨어요?"

"내가 그랬어? 나는 손을 흔들어라 그래싸서 그냥 흔들었제~ 에! 그란디 우리 딸이 내 화장품 보낸다고 전화왔드만 그새 와부렀어?"

"이게 화장품인가요? 그런데 왜 이름을 쓰지 않고 택호를 써서 보냈을까요?"

"어른 이름을 함부로 쓰면 안 된다고 그라대!"

"왜요?"

"몰라! 애기들이 그라문 그런갑다! 그라제!"

"그러면 할머니 성함은 어떻게 되시는데요?"

"내 이름? 아니 아재는 안직까지 내 이름도 몰르고 있었어?"

"제가 왜 모르겠어요? 혹시 잊어버리지 않으셨나 싶어 그러지요!"

"내 이름? 가만있자! 말을 하라근께 얼런 생각이 안 나네!"

"그것 보세요! 그래서 이름 잊어버리지 마시라고 물어보는 거예요!"

"그란디! 으째 이라고(이렇게) 생각이 안 나까?"

"할머니 이름은 여기 적혀 있지 않아요?" 하며 대문 옆에 걸려 있는 우편 수취함의 커다란 글씨를 가리켰더니 "마져! 그렇체! 내 이름이 임두례여!" 하더니 갑자기 무엇이 생각난 듯 "그란디 아재 혹시 밀문지 자셔봤어?" 하고 물으신다.

"밀문지요? 그게 뭔데요?"

"그것도 몰라?"

"저는 처음 듣는 이름인데요!"

"그라문 지금 우리 집 가서 한 개 자셔봐!"

"그래요? 그럼 맛 좀 보고 갈까요?" 하고 마당으로 들어갔는데, 할머니께서 마루에 앉아 밀가루 부침개를 부치고 계시다 '영광대~~~엑!' 부르는 바람에 얼른 일어나서 대답을 하셨는지 아직까지 프라이팬에서는 기름이 지글거리고 있었다.

"할머니! 이건 밀가루 부침개잖아요?"

"요새는 밀가리 부침개라 한디 옛날에는 밀문지라고 그랬어! 이것이 밀로 가루를 내갖고 반죽해서 솥뚜껑에다 부치면서 자꾸 문지르니까 밀문지라고 했든 모양이여!"

"그런데 오늘이 무슨 날인가요? 웬 부침개를 이렇게 많이 부치고 계세요?"

"쩌그 아래 정자나무 그늘에서 마을사람들이 품앗이로 쪽파 씨를 따듬고 있는디 오늘은 우리 껏을 따듬고 있그든. 그래서 새참으로 갖다 줄라고!" 하며 어느새 부침개 한 장을 프라이팬에서 꺼내더니 그것을 가위로 예쁘게 자르고 계신다.

"할머니! 뭣하러 부침개를 가위로 자르시는 거예요? 그냥 젓가락으로 찢어서 먹는 게 더 맛있지 않나요?"

"오랜만에 우리 집이 이쁜 양반이 오셨는디 그냥 드리문 쓰것어? 이라고 자시기 편하게 해서 드려야제! 얼렁 이것 자시고 째깐하문 말해 잉!" 하며 예쁘게 자른 밀문지 한 장을 내놓으신다.

오늘 나는 밀가루 부침개가 아닌 할머니의 정성이 가득 담긴 아주 맛있는 밀문지 한 장을 대접받았다.

혼자 부르는 노래

우리 민족의 큰 명절 한가위가 가까워지면서 우체국 직원들은 매일 택배와 전쟁을 치르고 있지만 우편물을 배달하러 달려가는 시골길이 늘 정답고 포근하게만 느껴지는 건 무엇 때문일까?

회천면 봉서동마을 아래쪽 골목 끝 집 앞에 빨간 오토바이를 세우고 멀리 도시에서 보내온 현금등기를 배달하려고 대문으로 들어서자 할머니께서 볕이 잘 드는 마당 한편에서 콩 껍질을 까면서 흥얼흥얼 콧노래를 부르고 계셨다.

"오늘 좋은 일이 있으신가 봐요! 사람이 와도 모르고 계속 노래만 부르고 계신 걸 보면요!"

"혼자 산 사람이 먼 존일이 있으꺼시여! 그냥 혼자 해본 것뿐이제! 그란디 오늘은 멋을 갖고 왔어?"

"서울에서 따님이 돈을 5만 원 보내왔네요."

"잉? 딸이 돈을 5만 원이나 보냈다고?"

"왜 깜짝 놀라세요? 뭐가 잘못되었나요?"

"아니 잘못된 것이 아니고, 즈그 살기도 성가신디 멋할라고 돈을 보냈으까?" 하며 갑자기 눈시울이 붉어지신다.

"5만 원이면 그렇게 많은 돈도 아닌데 그러세요?"

"언저녁에 딸한테 전화가 왔습디다. 낼 모레가 추석인디 엄마한테 가보도 못하것다고! 그라고 돈을 10만 원이나 보낼라고 했는디 안 되야서 5만 원만 보냈다고. 딸이 보내주문 나는 받어쓴께 좋제만, 지는 없는 살림에 자식들 갈치고 또 식구들 묵고 살어야 쓴께 돈은 받어도 내 맘은 이라고 안 좋소!"

"그래도 따님께서 할머니 생각하고 보내준 돈이니 잘 쓰세요!"

"그라기는 하제만!" 하더니 갑자기 뭔가 생각났다는 듯 자리에서 일어나 마루 한쪽에 서 있는 냉장고 문을 열더니 "내가 이것을 으따 뒀으까? 여그다 놔둔 것 같은디!" 하며 찾고 계신다.

"뭘 찾으시는데요?"

"아니~이! 내가 늘 아저씨 심바람만 시키고 미안해서 멋을 잔 대접하고 싶은디 줄 것이 없네! 여그 이것이라도 잔 자셔봐!" 하며 팩에 들어 있는 콩우유 한 개를 건네주며 또다시 흥얼흥얼 콧노래를 부르셨다.

"할머니! 그 노래는 누구에게 배우셨나요?"

"노래? 먼 노래를 배와! 그냥 나 혼자 해본 소리제! 그라고 누가 나한테 노래 갈쳐줄 사람이나 있것어?"

"하긴 그러겠네요. 그러면 노래는 어떻게 만드셨어요?"

"여름이나 겨울같이 촌에 헐 일이 없으문 사람들이 회관에 모타갖고 이야기도 하고 같이 놀기도 하고 그란디, 요새는 바쁜께 안 모타! 그라고 우리 집은 골목 끄터리가 되야 갖고 바쁠 때는 한종일 사람 얼굴 한번 보문 보고 못 보문 말고 그래!

그란께 나 혼자 하루내 집이 있을라문 말 한마디도 안 하고 넘어갈 때도 있는디, 카만히 생각해본께 이러다가 내가 버버리(벙어리) 되야불문 어짜꺼나 꺽정이 되드란께!

그래서 무담시 나 혼자 맹글어갖고 불르고 댕겨! 그란디 누가 들으문 '저 노인 미쳤는갑다!' 그랄지 모릉께, 크게는 못 불르고 째깐한 소리로 불러! 그란디 으째 듣기 싫어?"

"아니요! 듣기 싫은 것이 아니고 처음 들어보는 노래라서 혹시 민욘가 싶어 물어보았어요. 그럼 안녕히 계세요." 하며 대문 앞에 나와 잠시 빨간 오토바이 적재함에 실려 있는 우편물을 정리하고 있는데 나지막이 할머니의 노랫소리가 들려오고 있었다.

"가는 세월 붙잡지 못하고 오는 세월 막지 못하니. 너도 늙고 나도 늙었구나. 아이고. 이 노릇을 으짜꺼나, 세월 앞에 장사 읍다고 하드니 곱기만 하던 내 청춘이 어느새 백발이 성성하네."

어젯밤 꿈속에

회천면 연동마을 구멍가게 앞에 빨간 오토바이를 잠시 세워놓고 빨간 우체통의 문을 여는 순간, 가게 문이 '드르륵' 열리면서 마을 아저씨 한 분이 "어이! 이리 들어와 쪼깐 쉬었다 가소! 우리 지금 새껏(새참) 묵는 중이시!" 하며 부르신다.

"오늘은 집집마다 전화요금 고지서를 배달해야 해서 쉴 시간이 없네요!"

"와따~아! 이 사람아! 그란다고 술 한 잔 묵을 시간도 읍서?"

"술은 나중에 제가 배달 끝나면 그때 주세요! 지금은 오토바이를 타고 다니는 중이라 마시면 안 되거든요!"

"그래~에? 그라문 이루 와! 음료수라도 한 잔 마시고 가! 어서!"

"음료수요? 음료수도 그냥 주세요! 제가 이따 목마르면 그때 마실게요!"

"그 사람 첨 봤네! 아무리 그란다고 음료수 한 잔 마실 시간도 없어?"

"오늘은 제가 무지 바쁘거든요! 죄송합니다!" 하였더니 캔에 담긴 식혜 한 개를 건네주며 "째끄만 쉬어가문 조꺼인디!" 하며 무척 서운한 표정이시다.

"오늘 우편물은 많고 해가 짧으니까 해 지기 전에 배달을 끝내려면 부지런히 서둘러야 하거든요, 죄송합니다. 그리고 식혜는 잘 먹을게요!" 하고 건네주신 캔을 빨간 오토바이 적재함에 넣어두고 까맣게 잊은 채 부지런히 우편물을 배달하다 보니 시간은 어느새 오후 4시 50분을 넘어서고 있었다.

천동마을로 들어서서 마을 우편물 배달을 거의 끝내고 마지막 집으로 들어서자 할머니께서 마당에 선풍기를 틀어놓고 콩을 고르고 계시다 나를 보더니 빙그레 웃으며 "아재! 우리 집 반가운 소식 갖고 왔어?" 물으신다.

"오늘은 반가운 소식은 없고 전화요금만 나왔네요!"

"전화세만 나왔어? 다른 것은 읍고?"

"예! 오늘은 없네요! 저 바쁘니 그만 가볼게요!"

"아재! 그란디 이리 잔 와봐!"

"왜요?"

"이루 와서 내 이야기 잔 들어보라고!"

"제가 오늘은 무척 바쁜데 무슨 이야기를 하려고 그러세요?"

"실은 딴것이 아니고 언저녁 꿈에~에!"

"꿈 이야기는 다음에 하시면 안 될까요? 지금 시간이 오후 5시가 넘었는데 6시가 넘으면 날이 저물어버려서 우편물 배달을 할 수 없거든요! 아직 배달할 우편물은 많이 남았는데!"

"그래도 쪼깐 내 말 잔 들어보고 가~아!"

"무슨 이야기인데요?"

"엊저녁 꿈에 거마리(거머리) 두 마리가 내 양쪽 발을 사정업시 물어불드랑께. 그래서 이놈을 띠어내문 저놈이 물고 저놈을 띠어내문 이놈이 물고 그래갖고 피가 줄줄 흘러서 닦다 으짜다 본께 꿈에서 깼는디, 누구한테 물어본께 '오늘 달고 맛있는 것 얻어묵것소!' 하던디. 오늘 한종일 암만 지달려도 누가 달고 맛있는 것을 갖다 주도 안 하고 이라고 있당께!" 하며 빙그레 웃으신다.

그런데 그 순간 오토바이 적재함에 들어 있는 식혜 캔이 생각나 "할머니! 달고 맛있는 거라면 이것 말씀하는 거 아니세요?" 하며 건네드렸다.

"우메! 참말로 달고 맛있는 것 얻어묵을란갑네!" 하더니 "아재가 달고 맛있는 것을 줬는디 나는 멋을 줘야 쓰까?" 하다 갑자기 무언가 생각이 나셨는지 "여가 쪼그만 있어봐! 잉!" 하며 급히 단감나무에서 감 세 개를 따주며 "아재! 고맙소! 잉! 그랑께 내 꿈이 맞기는 맞구만!" 하신다.

"제가 오히려 달고 맛있는 단감을 세 개나 얻었잖아요!"

"아이고! 괜찬항께 어서 갖고 가~아!" 하시는 할머니의 얼굴에는 흐뭇한 미소가 떠날 줄을 모른다.

노부부의 부부싸움

회천면 농소마을 정자 앞을 지나가는데 영감님 세 분이 무슨 재미있는 이야기라도 나누시는지 "껄! 껄! 껄!" 웃다 "어이! 이리 잔 와보소!" 부르신다.

"무슨 일인데요?"

"세금 잔 갖다가 우체국에 바쳐줘!"

"무슨 세금인데요?"

"전화세하고 유선방송이여!"

"얼마던가요?"

"전부 합쳐갖고 만 8천3백 원인디 여기 종이돈이 만 5천 원이고 동전이 3천3백 원이대! 내가 계산해봤는디 딱 맞드만!" 하며 건네주시는데 받는 순간 동전을 싼 종이가 찢어지며 그만 땅바닥으로 쏟아져버렸다.

그러자 옆에 계신 영감님이 "이 사람아! 심바람을 시킬라문 돈이나 제대로 주재! 그라고 땅바닥에 땡겨불문 쓰것는가?" 하며 "껄! 껄! 껄!" 웃자, 갑자기 얼굴이 빨개지신 영감님이 "내가 실수했는갑네! 미안해서 으짜까?" 하신다.

"괜찮아요! 제가 돈을 잘 못 받아 그런 건데요." 하고 동전을 줍고 있는데 그때 건넛집 노부부께서 나지막한 말씨로 다투는 소리가 들리기 시작하더니 급기야 소리가 커진다.

"아니! 내가 한대로 카만히 좀 보고 있으문 안 되야~아?" 영감님 말씀에, "그것도 일이라고 하요? 아~ 이라고 하문 훨씬 쉬우껏인디 왜 그라고 당신은 고집만 세우고 야단이요? 그래사 쓰것소? 잉?" 하고 할머니께서 대답하시자, "여자가 먼 말이 그렇게 많아? 남자가 하고 있으문 카만히 보고 있으란 말이여! 알았어?" 하신다.

"아이고! 남자들은 으째 저라고 여자들 말을 안 들을라고 해싸까? 말 잘 들으문 누가 잡아간다고 합디여?"

소리가 점차 커지고 있는데 정자에 앉아 계신 영감님 한 분께서 "우메! 저 사람들 싸운 소리가 조깐(조금) 있으문 서로 빰 때리게 생겼네!" 하며 빙긋이 웃으신다.

"어르신! 옛말에 싸움은 말리고 흥정은 붙이라고 했는데 싸움을 말리셔야지 무엇이 그리 좋아 그렇게 싱글벙글하고 계세요?"

"이 사람아! 부부쌈은 원래 안 말리는 법이여!"

"왜요?"

"옛날부터 싸움을 하려면 옷을 모두 홀랑 벗고 싸우는 법이거든. 그래서 안 말리는 거여! 알았어?"

"왜 옷을 모두 벗어요? 화가 나는데 옷 벗을 새가 어디 있어요?"

"젊었을 때는 몸에서 열이 막 나거든. 그러다 보면 덥고 그러니까 옷을 벗게 돼 있어! 그러니 누가 들어가 말리고 싶어도 모두 벗고 있는데 어떻게 말리겠는가?"

"그런데 저 건넛집 영감님은 지금 옷을 벗고 싸우는 것 같지는 않은데 말리지 그러세요?"

"걱정말어! 째깐 있으면 금방 조용해져!"

"아니? 어떻게 그렇게 잘 아세요?"

"자네도 생각해보소! 젊었을 때 부부싸움은 젊은 혈기로 서로 안 지려고 죽기 아니면 살기로 싸우거든. 그래서 살림살이도 때려 부수고, 치고, 박고, 싸우고 그란디, 나이를 묵으문 그것이 아무 의미가 없어져! 그라고 쌈해서 이기면 멋하고 지면 멋하겠는가? 그저 큰소리 몇 번 지르다 안 되겠다! 싶으면 슬그머니 꽁무니를 빼고 말거든. 그래서 부부싸움도 젊었을 때 하는 것이지, 나이 먹으면 금방 끝나는 것이여!"

"정말 그러겠네요! 그런데 어르신은 어떻게 그렇게 잘 아세요?"

"이 사람아! 내가 잘 아는 것이 머시 있어! 그저 내 젊었을 때 경험으로 봐서 그냥 그렇다는 이야기제! 저 사람들도 인자 싸움 끝났으꺼이시!" 하자마자 건넛집에서는 금세 싸우는 소리가 멎고 조용해진다.

그리고 방금까지 부부싸움을 하셨던 영감님께서 대문을 열고 나오더니 동전을 줍고 있는 나에게 "자네는 편지 배달은 안 하고 땅에서 멋 찾고 있는가? 뭔 맛난 것 떨어졌는가?" 하신다.

불쌍한 안경잽이

회천면 면소재지인 율포리 가운데 골목 맨 마지막집에 아주 작고 조그만 택배 하나를 배달하려고 현관문을 열고 안으로 들어가 "할머니! 저 왔어요! 잠시 나와 보세요!" 하였더니 "누가 이라고 불러쌌다냐!" 하고 나오신다.

"우메! 방가운 양반이 오셨네!"

"오늘은 마을 노인당에 놀러가지 않으셨어요?"

"노인당? 이따 밥이나 묵고 가든지 해야제! 그새 거그 가서 앙거 있으문 놈들이 욕해!"

"아니 노인당에 빨리 가셨다고 욕을 해요?"

"저 망구는 날마다 헐 일 읎응께 아침인지 낮인지 몰르고 노인당에만 댕긴다고 숭볼지 모른께 이따 갈라고!"

"노인당에 일찍 가셔서 방에 따뜻하게 불도 넣고 청소도 하면서 다른 할머니들 기다리시면 더 좋지 않을까요?"

"청소는 당번이 있응께 꺽정 안 해도 돼야. 서로 미루다 보문 잘 안 하고 그랑께 요새는 순서를 정해놨는디 그 담부터는 말 안 해도 잘하드만. 그란디 오늘은 먼 일이여?"

"조그만 택배가 하나 왔네요."

"그랬어? 나한테 택배 올 것이 읎는디, 이상하네! 속에 멋이 들었는지 모르제 잉!"

"뜯어보기 전에는 저도 내용은 알 수가 없어요."

"그래~잉! 그라문 얼렁 뜯어봐야 쓰것구만. 그란디 으디서 와쓰까?"

"서울 김성철 씨가 보내셨네요."

"김성철이가 보냈다고?" 하더니 뭔가 생각났다는 듯 "아~아! 그것이구나!" 하신다.

"무엇이 왔기에 그러세요?"

"안경이여! 안경!"

"안경이라고요?"

"내 돗뵈기가 한 개 있기는 헌디 으째 잘 안 보이드랑께. 그래서 애기들한테 말항께 서울 으디서 마치문 좋다고 거그서 주문해갖고 보내준다 그라대!"

"그런데 그렇게 기억을 못하셨어요?"

"첨에 아재가 안경이라고 말했으문 기양 알아묵으꺼인디 택배가 왔다 그래서 머시 왔는고? 그랬네!" 하면서도 그리 반가워하는 표정이 아니시다.

"멀리 서울에서 안경이 왔는데 기쁘지 않으세요?"

"좋키는 한디, 나도 꼭 안경을 써야 항가 생각해본께 기분이 참 이상해지네!"

"왜 이상해지세요?"

"옛날에 내가 절멋을 때는 안경 쓴 사람들이 참 불쌍하게 보이드랑께!"

"왜 불쌍하게 보이셨는데요?" 묻자 집 건너편 바닷가 개펄을 가리키며 "옛날 내가 절멋을 때는 꼬막도 캐고 하니라고 뻘밭에서 일을 겁나게 마니 했어! 그란디 그때 우리 동네 사람 둘이가 안경잽인디 일할 때마다 안경에 뻘이 묻어싼께 자꼬 그것을 따꺼내고, 또 으짜다 보면 뻘로 알이 빠져가꼬 찾도 못해불고, 또 깨져불고 그랑께 영 불편하드랑께! 그래서 그것을 보문 참말로 불쌍한 생각이 마니 들드랑께!" 하신다.

"할머니 젊었을 때는 안경알이 유리로 되어 있고 종류도 많지 않아 불편했지만 지금은 안경도 진화를 많이 해서 콘텍트렌즈 같은 경우는 눈에 넣어 사용할 수도 있고 또 자신의 취향에 맞는 안경이 많이 나오고 있으니 옛날처럼 그렇게 불편하지는 않아요."

"그래 잉! 그라문 좋것제만 나는 안직도 안경 쓴 사람을 보면 뻘로 안 보인디, 인자는 나도 나이를 묵다본께 안경을 써야 된디 으째 그것이 반갑것소?"

묵을 것이 있으문
꼭 나를 몬차 챙기드랑께!

회천면 도당마을 위쪽 집에 신문 한 부를 배달하려고 마당으로 들어서니 마을 할머니 한 분과 주인아주머니께서 토방에 앉아 토란대 껍질을 벗기고 계신다.

"와따~아! 아재! 징하게 오랜만이네! 그동안 우두(어디)로 댕기다 이리 왔소? 통 안 보이드만!"

"정말 오랜만이네요. 저는 3주에 한 주씩은 이쪽으로 오는데 올 때마다 아주머니께서 집에 안 계시니 통 만날 수가 없었어요. 그동안 잘 계셨어요?"

"촌에서는 안 아프고 일만 잘하문 잘 있는 거시제! 안 그라요?"

"정말 그러네요. 아프지만 않으면 정말 좋은 일이지요. 그런데 시골 살면서 어디 한 곳이라도 안 아픈 사람이 있을까요?"

"다문 한 군데라도 아프제, 우추고 안 아프고 농사를 짓것소? 그란디 오늘은 오랜만에 만났응께 입맛 잔 다시게 멋을 잔 대접했으문 쓰것는디 줄 것이 암껏도 읎는디 으째사 쓰까? 오랜만에 아재를 만났는디 참말로 써운하네!"

"괜찮아요! 다음에 오면 더 맛있는 것으로 주세요."

"아이고! 촌에 맛있는 것이 머시 있것어. 올해는 으째 감도 안 익고 다 떨어져부러서 줄 것도 읎고! 냉장고에 음료수도 읎고! 으째 이라고 읎는 것들뿐인가 몰것네."

"그런데 금년에는 왜 감들이 익지도 않고 다 떨어져버렸을까요?"

"그랑께 말이여! 올여름에 날씨가 너머나 덥드만. 그래서 그란가 으짠가 허망허니 떨어져불드란께. 그란디 나는 감만 보문 시할머니 생각이 나! 내가 애릴 때부터 감을 참말로 마니 좋아했는디 시집을 온께 우리 시할머니가 나를 그라고 생각하대!"

"어떻게 생각하셨는데요?"

"내가 단감을 좋아한지 우추고 알았는고 으짤 때문 암도 몰르게 '아이 아가!' 하고 불러. 그래갖고는 '아나! 암도 몰르게 니 혼자 묵어라 잉!' 그람서 감을 카만히 내 손에 쥐어주드라고."

"시어머니께서는 단감을 안 좋아하셨나 봐요?"

"으째 단감 안 조아한 사람이 있것어. 그 시절만 해도 묵을 것이 귀했든 시절잉께 니도나도 다 좋아했제. 그란디 우리 시할머니는 묵을 것이 있으문 꼭 나를 몬차 챙기드랑께!"

"새 손자며느리가 귀엽고 예뻤던 모양이지요?"

"그랬든가 으쨌든가, 하여간 나를 그라고 챙겨준께 딴사람은 시집살이가 다 심들다고 야단인디, 나는 심든지 으짠지도 몰르고 그냥 넘어갔어!"

"그런데 감나무가 여기 두 그루뿐인데 감이 그렇게 많이 열렸나요?"

"여그 있는 감나무는 내가 시집와서 심은 것이고 쩌 뒤짝 밭가에 가문 또 여러 나무가 있어! 그랑께 가을이 되문 우리 시할머니는 항상 뒷밭에서 살다시피 했단께!"

"그러면 가끔 시할머니가 보고 싶으시겠네요?"

"그라제! 보고 시플 때가 있제! 으째 읎스껏이여. 그라제만 인자는 '좋은 디로 가셔서 잘 계시꺼이다!' 내 혼차 속으로 그라고 생각하제!"

일삼이나 일남이나!

오늘 배달할 우편물을 정리하다가 '전남 보성군 회천면 영천리 원영천마을 이일삼 귀하'라고 적힌 택배 하나가 눈에 들어왔다.

'이상하다! 원영천마을에는 이일삼이라는 사람이 없는데 이일남 씨를 잘못 적었을까?' 갸웃거리고 있으니 동료 직원이 묻는다.

"무엇을 그렇게 들여다보고 계세요?"

"원영천마을에 이일삼이라는 이름 혹시 들어본 적 있는가?"

"글쎄요! 제 생각에는 이일남 씨를 잘못 적은 것 같은데 전화를 한번 해보지 그러세요!"

"전화번호가 없으니 어떻게 하겠는가? 그냥 가져가서 할머니께 여쭤봐야지."

그리고 시골마을을 향하여 빨간 오토바이와 함께 출발했다. 오후 4시쯤 회천면 도당마을에 접어들자 휴대폰 벨이 울린다.

"즐거운 오후 되십시오! 류상진입니다."

"혹시 원영천마을 담당 집배원 아저씬가요?"

"네! 그렇습니다."

"그러면 어제 이일삼 씨에게 택배를 보냈는데 도착했나요?"

"도착은 했는데요, 혹시 받을 사람 이름을 잘못 쓰신 것 아닌가요?"

"사실은 그것 때문에 전화 드렸어요. 저의 시어머니 성함이 이일남 씨인데 다른 사람에게 부탁을 했더니 이름을 이일삼 씨라고 잘못 썼다고 하더라고요. 혹시 볼펜 있으시면 이름을 고쳐서 배달해주시면 안 될까요?"

"그렇습니까? 잘 알았습니다. 그러면 제가 이름만 고치면 되겠지요?"

"혹시 저의 시어머니를 만나시면 안부 전해주면 더 좋구요."

"잘 알았습니다. 즐거운 오후 되십시오."

이름을 고치려고 택배를 꺼냈는데 이름 적힌 곳을 투명테이프로 붙여놓아 아무리 볼펜으로 이름을 바꾸려 해도 다시 지워져버리니 도저히 바꿀 수가 없다.

"하필 이름 쓴 곳에 테이프를 붙여놓았네." 중얼거리며 할머니댁 마당으로 들어서는데 할머니께서 활짝 웃으며 반기신다.

"아이고! 우리 편지 아재가 오셨네! 오늘은 멋을 갖고 왔어?"

"며느님이 택배를 보냈는데 다른 사람에게 부탁해서 보냈나 봐요. 그런데 그분이 이름을 이일삼이라고 잘못 써서 보냈다고 이름을 고쳐 배달해달라고 전화가 왔는데 아무리 해도 고칠 수가 없어 그냥 가져왔으니 혹시 며느님에게 전화 오면 그냥 '잘 받았다!' 고 하세요!"

"그랬어? 이일삼이나 이일남이나! 내가 택배를 받었으문 되얏제 그것이 뭔 소용이 있어!" 하며 별로 대수롭지 않게 생각하신다.

"그리고 시어머니께 꼭 안부도 전해달라고 하던데요."

"아이고! 우리 며느리는 으째 그라고 이쁜 짓거리만 하는가 몰르것어. 시엄씨 안부 좀 안 물어보문 으짠다고!"

할머니 얼굴에 환하게 떠오르는 웃음이 참으로 행복해 보인다.

밥을 안 줘부러야 쓰것네!

회천면 동백마을 가운데 집 우편함에 우편물을 넣고 돌아서려는데 "우체구 아재! 감 한나 자시고 가!" 소리가 들려 주위를 둘러보았는데 아무도 보이지 않는다.

'내가 잘못 들었나?' 고개를 돌리는 순간 "여그는 안 보고 으디를 보고 있다냐? 여그를 봐! 감나무 우게!" 하여 나무 위를 보았더니 할머니 한 분이 가지에 걸터앉아 감을 따고 계신다.

"금방 우리 집이 편지통에는 멋을 너쓰까?"

"건강보험에서 고지서가 나왔네요."

"그래~에! 언저녁에 우리 며느리가 태래비 리모콩 약을 보낸다고 해서 행이나 오늘 왔는가 물어보니라고."

"건전지는 오늘 발송하면 내일이나 도착하겠는데요."

"그래 잉! 그라문 할 수 읍제 어차꺼시여!"

"그럼 저 이만 가볼게요. 수고하세요!"

"참! 아재, 감 한나 자시고 가랑께 기양 가불라고?"

'아! 감을 하나 먹고 가라고 하셨지!' 하고 대문 앞에 놓여 있는 노란 양은그릇에 담겨 있는 감을 하나 집어들었더니 "아재! 그 감은 찌그러지고 못생긴 감이여! 그랑께 이리 와봐!" 하더니 감 두 개가 달려 있는 가지를 뚝 부러뜨려 건네주며 "우리 감이 영 맛난 감잉께 자셔봐 잉! 그라고 여그 한나 더 받어봐 어서!" 하며 이번에는 감 세 개가 달린 가지를 건네주신다.

"그라고 오투바이 타고 댕기고 그라문 배도 고프제 잉! 그랑께 마니 자시고 가!"

"이제 됐어요. 할머니, 이제 그만 주셔도 되겠네요."

"그래도 감을 줄라문 줬단 소리를 듣게 줘야제, 그것 째깐 주문 쓰간디. 여그 세 개 더 갖고 가 잉! 어서 받으랑께!"

"이제 그만 하시라니까요."

"아니, 으째 내가 준 것이 맘에 안 들어서 그래?"

"아니요! 그럴 리가 있겠어요. 미안해서 그러지요. 그런데 어르신은 어디 가고 혼자 감을 따고 계세요?"

"우리 영감? 쩌그 노인당에 갔다온다고 아까 가드니 멋을 하고 있는고 오도가도 안 하고 있당께!"

"그러면 아까 함께 감 따자는 말씀 안 하셨어요?"

"으째 말을 안 했것서! 그란디 낮밥 묵고 쓸찌거니 나가드니 오도가도 안 한당께!"

"그러면 제가 가는 길에 노인당에 들러 어르신께 할머니가 찾는다고 말씀드리고 갈까요?"

"아니 냅둬부러! 인자 을마 남도 안 했는디 무담시 오라 그라문 쓰간디."

"그래도 오순도순 같이 감을 따시면 좋은데 할머니 혼자 하시려니 힘들지 않으세요?"

"그래도 으차꺼시여. 남자가 안 하고 있응께 나 혼자라도 해야제!"

"어르신이 말을 잘 듣지 않으시면 좋은 수가 있어요."

"먼 존 수가 있는디?"

"밥을 주지 말고 쫓아내버리세요. 그러면 다음부터는 말을 잘 들으실 거 아니에요?"

"참말로 그래도 되까?"

"정말이라니까요! 그러면 다음부터는 할머니 말씀을 잘 들으실 거예요."

"그라문 오늘 저녁에는 우체구 아재가 시키드라고 밥을 안 줘부러야 쓰것구만!"

"그런데 제가 시키더란 말은 하지 마세요."

"으째 하지 마라 그래싸?"

"그래서 어르신께서 저를 미워하면 어떻게 해요?"

"그래도 아재가 시켰응께 시킨 대로 해야제 으째!"

'어! 이러면 이야기가 틀려지는데 이럴 땐 어떻게 하지?'

암만 생각해도 거그는 가기가 싫어!

회천면 봉서동마을 위쪽 집에 현금이 들어 있는 등기를 배달하려고 마당으로 들어서자 할머니께서 어른 주먹보다 더 큰 양파의 줄기를 자르고 계신다.

"안녕하세요? 그런데 이렇게 큰 양파는 어디서 사오셨나요?"

"아이고! 이라고 큰 것을 내가 으디 가서 사오꺼시여. 쩌그 째깐한 텃밭 안 있어? 거그다가 쪼깐 심것는디 올해는 이상하게 잘 되얏네. 그래갖고 엊그저께 캐다가 우리 아들한테 잔 보내고 인자 이것 남었는디, 이것을 곳집 갖고 가서 고를 짜야 쓰까, 안 그라문 짱아찌를 하까 지금 생각 중이여."

"이 많은 양을 장아찌로 담그면 그걸 누가 다 먹게요?"

"우리 아들 잔 주고 딸도 잔 주고 그라문 읍서지것제."

"양파가 많으면 시장에 내다 팔면 좋을 텐데 그러네요."

"쩌그 가봐, 양파가 을마나 마니 쟁애졌는가! 저라고 마니 나온께 돈도 몇 푼 받도 못한다고 그라드만."

"그러니까요. 농작물은 항상 많이 나오면 가격이 너무 싸고 적게 나오면 또 너무 비싸니 그걸 잘 조절해서 적당히 농사를 지어야 하는데 농민들이 그걸 할 수가 없으니 문제겠지요."

"그랑께 말이여! 그란디 오늘은 우리 집이 멋을 갖고 와쓰까?"

"인천에서 돈이 20만 원 왔는데 할머니 주민등록증을 좀 가져오시겠어요."

"그래~에! 엊저녁에 우리 막내딸이 멋을 째깐 보냈다고 전화를 했드만 그새 와불었구만. 그란디 으째 이라고 즈그 살기도 성가시꺼인디 자꼬 나를 생각해싼고 몰겄네!"

"따님이 돈 보내주는 게 못마땅하신가요?"

"아니~이! 못마땅해서가 아니고 즈그도 애기들 키우고 학교 보내고 할라문 돈이 마니 들어가꺼인디 나까지 이라고 살아 있응께 즈그들한테 피(폐)만 끼친가~아. 그랑께 미안해서 그라제~에."

"그래도 할머니께서는 아직까지 건강하시니 자녀들께 꼭 폐만 끼치는 건 아니잖아요."

"아이고! 나도 여그저그 아픈 디가 만한디! 안 건강해!"

"그래도 다른 분들에 비하면 아직은 건강하신 편이잖아요."

"그란가? 그란디 나도 인자 갈 때가 되얏는가 으짠가 자꼬 걱정만 생긴단께."

"무슨 걱정이 있으신데요?"

"아니~이! 엊그저께 요 아랫집 영감이 돌아가셨다고 글드만. 그란디 그 영감을 그랑께 노인들 죽을 때가 되문 보내분디 요양언이라 글디야 으차디야 거그로 보냈는디 죽어서 왔다 그라대!"

"정말 그랬어요? 저는 모르고 있었네요."

"그란디 나는 거그는 가기가 싫은디 으째야 쓰까?"

"그러면 자녀분들에게 미리 말씀을 하시면 되잖아요."

"그래도 즈그들이 성가시다고 가라 그라문 가야제 으차꺼시여!"

"그런데 왜 요양원이 가기 싫으세요?"

"거그로 가문 돈 있는 사람들만 조케 대접하고 돈 읎는 사람이 들어가문 사람으로 보도 안 하고 막 함부로 한다고 우리 동네 노인들이 글드랑께."

"제가 요양원을 가본 적이 없어 어떻게 말씀드리기 어렵지만 설마 그러기야 하겠어요? 그리고 그곳에는 노인 분들이 여럿 계시니 서로 심심하지 않게 이야기도 나눌 수 있고 그러니 더 좋지 않을까요?"

"금매! 그라고 생각하문 그란디, 나는 암만 생각해도 거그는 가기가 싫어!"

"그러면 할머니께서 언제 한번 날을 잡으셔서 자녀분들 다 모이라고 하세요. 그리고 그 자리에서 '나는 절대 요양원에는 가기 싫으니 그렇게 알아라!' 하고 못을 박아 놓으세요. 그러면 어떻게 자식 된 도리로 강제로 어머니를 요양원에 보낼 사람이 있겠어요?"

개야! 개야

까치 두 마리가 높은 감나무 가지에 앉아, 깊어가는 가을을 말해주듯 금방이라도 떨어질 듯 빨갛게 매달려 있는 서너 개의 홍시를 연신 쪼아대고 있다.

회천면 회령리 오일시장에 있는 커다란 정자나무 아래를 지나가려고 하는데 건넛마을 할머니께서 부르신다.

"아재! 우채구 아재!"

"예! 무슨 부탁할 일이라도 있으신가요?"

"아재는 동내마다 돌아댕긴께 잘 알것네 잉!"

"얼굴에 수심이 가득한데 무슨 걱정거리라도 생기셨나요?"

"아니~이! 다른 것이 아니고 아저씨는 우리 집에 자주 댕긴께 우리 개가 우추고 생겼는지 알제 잉!" 하며 '휴~우!' 하고 길게 한숨을 내쉬신다.

"약간 덩치 크고 하얀 개 아닌가요? 그런데 왜 그러세요?"

"우리 개가 어저께 집을 나가 갖고는 아직도 안 오고 있단께. 그래서 내가 걱정이 되야서 찾을라고 나왔는디 우드로(어디로) 가불었는고 암만 찾아도 없단께."

"개 이름이 뭔데요?"

"개 이름? 몰라! 이름도 없이 그냥 키왔어."

"그런데 어떻게 잃어버리셨는데요?"

"그저께 고리가 자꼬 끌러져싸서 장에 가문 한나 사다 채워야 쓰것다 그랬는디, 어저께 저녁에 집에 들어와본께 개가 우드로 가불고 안 보여! 그래서 밤에는 들올란다냐 하고 지달렸는디 밤에도 안 오고, 오늘 아침까지도 안 들어오고…….

동네 으디가 있다냐 싶어서 돌아댕겨봤는디 암만 찾아도 못 찾것단께! 그것이 우드로 가불었으까?"

"어떻게 찾으러 다니셨는데요?"

"기양 '개야! 개야' 하고 불르고 댕겼제. 근디 으디가 있는고 대답도 안 하네! 그래도 내가 일 끝나고 집에 들어가문 질로(제일로) 몬차(먼저) 알아보고 꼬리를 막 침서 반가라고 그래쌓는디…….
개가 없어져분께 집이 휑하니 비어뿐 것 갔당께! 그래서 오늘은 쪽파 밭에 일도 안 나가고 찾으로 댕긴디, 암만 돌아댕겨봐도 못 찾것단께! 이 일을 우추고 하문 조까 잉!"

"혹시 개랑 마실 다녀본 적은 있었나요?"

"내가 만날 일허러 댕긴디 은제 모실을 댕겨봤것어! 그냥 집에만 뭉꺼져갖고 있었제. 그란디 그것은 멋할라고 물어?"

"자주 마실을 다녀본 개라면 집을 알고 찾아오거든요."

"태래비서 보문 개가 석 달 만에도 찾아오고 그라든디 우리 개는 못 찾아오까?"

"그것은 아주 영리한 개들이나 훈련을 받은 개들이 그래요. 그리고 개는 사람이 목줄을 잡고 끌고 가면 그냥 따라가게 되어 있어요."

“그라문 우리 개도 누가 잡아가부렇단 말이여?”

“꼭 그렇다는 것은 아니고요. 제가 이 마을 저 마을 돌아다니고 있으니 혹시 보이면 바로 연락해드릴게요. 그래도 너무 기대하지는 마세요.”

“아이고 참말로! 이 일을 우추고 하문 좋으까 잉! 그것이 나한테는 식구였는디! 우추고 허까 잉!”

부디 할머니의 하얀 개가 무사히 집으로 돌아왔으면 좋겠다.

며느리가 젤이여!

시골마을 농로 길로 천천히 달려가고 있는데 수확이 모두 끝난 텅 빈 논에서 갑자기 참새 떼가 '우르르' 하늘 높이 솟아오른다.

"애들아! 너희들이 수십 마리씩 한꺼번에 떼를 지어 다니니까 농부들이 미워하는 거야!" 하였으나 내 말을 못 알아들었는지 어디론가 멀리 날아가버렸다.

회천면 화동마을 회관 옆집으로 들어가자 할머니께서 은행알을 깨끗이 씻어 평상에 널고 계시다 빙긋이 웃으며 "우메! 아재가 오셨네! 오늘은 반가운 것 왔제?" 하신다.

"서울에서 현금 등기가 왔네요! 주민등록증이 있어야겠는데요."

"카만있어봐! 내가 어지께 우리 며느리한테 돈 보냈다고 전화받어서 여그 찾아놨어!"

"현금 30만 원이 왔거든요. 한번 세어보세요."

"와따~아! 안 시어봐도 다 맞것제! 을마나 착실하게 해갖고 왔을라고!"

"돈은 부자간에도 세어 주고받는다는데 그래도 한번 세어보는 재미라도 있어야 하지 않겠어요?"

"그라문 시어봐야 쓰것구만!" 하며 천천히 돈을 세신다.

"그런데 그 돈이 전부 할머니 용돈인가요?"

"엊그저께 '김장할라문 꼬치가리가 필요하다고 쪼깐 사서 보내라!' 해서 보냈드만 그것하고 내 용돈 쪼깐하고 보냈다고 전화왔드란께!"

"그러셨어요! 잘하셨네요. 저 그만 가볼게요!" 하고 막 돌아서는데 "아재! 돈을 이라고 보낼라문 비싸게 줘야제?" 하고 물으신다.

"30만 원을 현금으로 보내려면 수수료가 6천5백 원이거든요." 하였더니 깜짝 놀란 표정으로 "이~잉! 그라고 비싸? 우리 며느리는 으째 돈 아까운지 몰르고 이라고 꼭 현금으로 보낸가 모르것단께. 그냥 내 농협 통장에다 너불문 을마 안 들어도 된다 글드만!" 하신다.

"그래도 다 할머니 생각하고 현금으로 보내신 거예요! 그러니 고맙다고 하세요!"

"고맙기는 머시 고마와! 여자가 살림할라문 돈 아까운지도 알아야제! 이라고 6천 원을 넘게 들여서 보내고 싶으까?"

"돈을 통장에 넣어드리면 찾으러 농협이 있는 면소재지까지 나가셔야 하잖아요."

"내가 가서 금방 찾아갖고 오문 되제! 어채!"

"그러면 여기서 면소재지까지 왕복 약 14km인데 택시는 얼마 달라고 하던가요?"

"내가 안 타봐서 모른디 만 원이나 주라 글것제!"

"그래서 택시는 비싸니까 못 타실 거고 버스를 타셔야 하는데 여기서 정류장까지 왕복 3km 정도 되는 거리를 걸어가셔야지요? 그리고 버스는 소재지까지 얼마 달라고 하던가요?"

"천5백 원 주라고 하든디!"

"그러면 왕복 3천 원이지요? 그리고 돈 찾으면 아무것도 드시지 않고 그냥 집으로 오실 수 있겠어요? 하다못해 음료수라도 드셔야 집으로 돌아오실 수 있지요?"

"나는 원래 멋을 잘 안 묵는 사람잉께 암껏도 안 묵어도 갔다 올 수 있어!"

"그러면 버스는 자주 있나요?"

"촌에 버스가 을마나 댕기것서. 하루 세 번 있제!"

"그러면 돈 찾으러 정류장까지 1.5km를 걸어가서 천5백 원 주고 버스 타고 가신 다음 농협에서 돈을 찾아 한참 기다린 다음, 또 버스를 타야 하고 그리고 다리도 아프실 텐데 마을까지 걸어오셔야 하고, 그러다 보면 거의 한나절은 걸리고, 그동안 집안일은 아무것도 할 수 없는데 그래도 며느리가 돈을 함부로 쓰는 사람으로 생각되세요?"

"아재 말을 들어본께 참말로 그러네!"

"그러니까 며느리께 고맙다고 하세요!"

"그라고 본께 우리 며느리가 젤인갑구만!" 하더니 갑자기 고맙다는 환한 표정으로 바뀌셨다.

이 나이에 남자 친구가 생기문
멋하껏이여!

평촌마을 위쪽 집에 조그만 택배 하나를 배달하려고 마당으로 들어서자 영감님께서 마당에 널어놓은 콩을 기다란 작대기로 두들기고 계신다.

"아이고! 자네 참말로 오랜만에 보것네!"

"정말 오랜만에 뵙네요! 그동안 잘 계셨어요?"

"그란디 으째 이라고 오랜만인가?"

"저야 마을에는 자주 오지만 계속 농번기라 사람 만나기가 힘들더라고요."

"그라고 본께 대차 요새는 가을 하니라고 전부 다 들로 나가분께 동네가 사람들이 귀하제~잉! 자네가 귀한 것이 아니고 내가 귀한 사람이시! 허허헛!"

이야기를 나누고 있는데 아랫집 할머니께서 헐레벌떡 마당으로 들어오더니 손에 들고 있던 봉투를 건네신다.

"우체국 아재! 이것이 머신가 잔 봐줘!"

"이건 주민세와 재산세 독촉장인데요."

"이~잉? 독촉장이라고? 내가 세금을 잘 낸다고 냈는디 으째 그것이 안 내졌으까?"

"세금은 내기 싫어서 안 내는 것이 아니고 깜박 잊어버리고 못 내는 수가 더 많아요."

"대차 그라기는 그라것네! 그란디 세금이 전부 을마여?"

"주민세와 재산세 모두 합쳐 3만 9천6백 원이네요."

"그래~잉! 그라문 그것을 은제까지 내야 되야?"

"원래는 10월 말일까지인데요, 이제 11월이 되었으니 이달 말까지라도 내셔야지 어떻게 하겠어요?"

"그라문 그것은 으따가 바쳐야 되야?"

"고지서 납기일이 지났으니 읍사무소에 가셔서 재발급을 받은 다음 우체국에 내시거나 읍내에 나가기 귀찮으시면 저를 주셔도 되고요."

"그라문 을마를 주라고?"

"4만 원 주시면 잔돈하고 영수증은 내일 가져다 드릴게요."

"그라문 그라까?" 하고 속옷 주머니에서 막 돈을 꺼내려다 말고 "근디, 아이고! 바쁜 양반 심바람 시키문 미안한께 내가 갔다와부러야 쓰것네!" 하신다.

"아니 왜 갑자기 마음이 바뀌셨어요?"

"나도 볼 일도 잔 있고 그란께 내가 갔다와야 쓰것단께! 그란디 옷은 멋을 입고 가야 쓰까?"

"공과금 납부하시는데 무슨 옷이 필요해요? 그냥 평상복 입고 나가시면 되지요." 하였더니 그 순간 빙긋이 웃고 계시던 영감님께서 가만히 손으로 가까이 오라는 신호를 보내더니 귓속말을 하신다.

"요새 저 냥반이 존 옷이 생겼단마시! 모냐 추석 때 며느리들이

요새 유행하는 이쁜 옷 안 있는가? 그것을 사다줬는디 당아 한 번도 못 입어봤어! 그랑께 그 옷이 입고 자픈갑구만!" 하신다.

"할머니! 기왕에 읍내에 나가시려면 고운 옷으로 예쁘게 입고 나가세요." 하였더니 마치 열여덟 살 아가씨처럼 들뜬 표정으로 변하신다.

"참말로 그라고 입고 가도 괜찬하까?"

"일하실 때는 아무렇게나 입더라도 읍내에 나가실 때는 예쁘게 하셔야지, 옷 아껴 놓으면 아무 쓸모가 없잖아요. 혹시 알아요? 예쁘게 하고 나가시면 믿음직한 남자 친구라도 생길지!"

할머니는 얼굴이 빨개지신다.

"내가 이 나이에 남자 친구가 생기문 멋하껏이여!"

한사코 손사래를 치시는 할머니는 아직도 소녀같이 수줍은 마음을 가지고 계신 분이다.

더 놀다 가랑께!

회천면 장목마을 우편물을 배달하다 마을 가운데쯤 살고 계신 할머니 댁 우편함에 우편물을 넣고 막 돌아서려는데 '덜컹' 방문이 열리더니 "아재! 우리 집에 머시 왔어?" 하고 물으신다.

"전화요금 고지서가 나왔네요."

"그라문 을마나 나왔는가 잔 봐주고 가~아!" 하셔서 오토바이를 잠시 세우고 "이달 전화요금은 7천5백 원이 나왔네요." 하였더니 "그랬어? 늙은이 혼자 사는 집에 무슨 전화세가 그렇게 많이 나와? 나는 별로 전화도 쓰지 않는데!" 하시자 "전화요금은 기본료가 있어서 조금만 써도 그렇게 나와요." 하는 순간 어두컴컴한 하늘에서 갑자기 굵은 빗방울이 떨어지기 시작한다.

'오늘 소나기 내린다는 일기예보도 없었는데 갑자기 무슨 비가 쏟아지지?'

얼른 비가 뿌리지 않는 처마 밑에 오토바이를 세워두고 잠시 할머니 댁 마루에 앉아 비가 그치기를 기다리면서, 차갑게 내리는 비의 무게를 견디지 못하고 빙그르르 원을 그리며 한 잎 두 잎 떨어지는 노란 은행잎을 물끄러미 바라보았다.

'가을은 이제 우리 곁에서 멀리 떠나가고 말았구나! 이 비가 그치면 차가운 겨울은 더욱 빨리 우리 곁으로 바짝 다가오겠지! 더군다나 어제 중부지방에서는 발목이 빠질 만큼 많은 눈이 내렸다는데!' 생각하고 있는데, 갑자기 "아재! 먼 생각을 그라고 하고 있어? 혹시 비 많이 와서 집에 못 갈 것 걱정하고 있는 거 아니여?" 하신다.

"아니요! 그냥 별 생각 없이 앉아 있어요."

"내가 보기에는 비가 오고 있응께 걱정하고 있는 것 같이 보인디 그래!"

"그것이 아니고 그냥 앉아 있다니까요! 날이 추우니까 방문을 닫고 계세요!"

"와따~아! 그래도 배깥에 손님이 있는디 문을 닫아불문 쓰간디! 아재! 걱정하지 말어! 비가 와서 못 가문 내가 방 한 개 주께 자고 가!"

"방을 주신다고요? 무슨 방을 주시려고요?"

"우리 집에 빈방이 두 개나 있어! 그랑께 비와서 못 가문 방에 불도 때주고 밥이랑 해주것잉께 걱정하지 말어! 알았제?"

"비가 와서 걱정하는 것이 아니라니까요!"

"그라문 머시 걱정이여? 혹시 배고픈가? 그라문 카만있어봐! 잉! 아까 누가 와서 멋을 주고 갔는디 여가 있구만. 이것 잔 자셔봐!" 하며 내민 것은 초코과자였다.

"이건 어디서 나셨어요? 혹시 가게에서 사오셨어요?"

"다리 아픈 사람이 언제 가서 사오것어? 금방 회천파출소에서 순경 두 사람이 왔대!"

"경찰관이 두 사람이나 왔어요? 왜요? 할머니 잡아가려고요?"

"늙은이 잡아다 으따 쓸라고 잡아가? 그것이 아니고 자원봉사자라고 남자 한 명 여자 두 명하고 같이 왔는디, 그 사람들이 우리 집 청소해준다고 그러드만, 집을 한 바퀴 뺑 둘러보고는 너머 깨끗해서 청소할 것도 없다고 나하고 한참 재미있게 놀다 심심하면 묵으라고 놔두고 가대!"

"할머니 연세가 어떻게 되시는데요?"

"내 나이? 올해 일흔여덟이여!"

"그런데도 그렇게 얼굴이 고우세요?"

"곱기는 머시 고와! 인자는 많이 늘거부렀제!" 하고 이야기를 나누고 있는데, 어느새 짙은 먹구름이 물러가고 밝은 햇살이 비치면서 소나기가 그쳐가고 있었다.

"할머니, 이제 비가 그치기 시작하네요. 저 바빠서 그만 가볼게요."

"아재! 쪼그만 지달려봐! 여그 사탕도 있응께 자시고 가! 아까 그 사람들이 사탕도 놔두고 갔어!"

"사탕은 할머니 심심할 때 잡수세요!"

"아이고! 머시든지 혼자 묵으문 맛이 읍드랑께. 그랑께 사탕 한 개 더 자시고 놀다 가랑께!" 하시는 할머니를 뒤로 하고 빨간 오토바이와 함께 다음 마을을 향하여 달려가는데, 더 함께 이야기하며 시간을 보내지 못해 정말 죄송하고 미안한 마음이었다.

빈 봉투로 온 부고장

회천 원서당마을 가운데 집 마당으로 들어서자 무슨 일인지 마을사람들이 모여 이야기꽃을 피우고 계신다.

"어야! 자네 마침 잘 왔네! 이루 와! 어서 이리 오랑께!"

"술은 보나마나 안 자신다고 하꺼이고, 이루 와서 음료수나 한 잔 하소."

"점심은 자셨는가?"

"지금 시간이 몇 신데 아직까지 점심을 안 먹었겠어요?"

"하기사 그라것네 잉! 일을 하다 보문 이라고 시간 가분지도 모른단마시."

"그런데 오늘은 무슨 일이 있어 이렇게 모여 계신가요?"

"촌에서 먼 일이 따로 있것는가? 오늘은 우리 밭에서 작업하고 있응께 새껏 묵을 시간에 이라고 쬐깐 쉬었다가 하자고 모타갖고 있네!"

"그래도 이번엔 쪽파 가격이 좋아 농사지은 보람이 있으시겠네요."

"자네도 생각해보소! 죽고 살고 농사지어갖고 가격도 읍고 그라문 으짜꺼인가? 그래도 가격이 어느 정도는 있어야 농사질 맘도 있고 그라제. 안 그라것는가?"

"물론 그러시겠지요."

"그란디 오늘은 또 멋을 갖고 왔는가? 존 것인가 나쁜 것인가?"

"저쪽 회동마을에서 부고를 보냈네요."

적재함에서 부고장을 꺼냈는데 이상하다.

"어르신! 이상하게 부고장에 알맹이가 들어 있지 않네요."

"그런가? 안 그래도 아까 친구들한테 전화가 왔드란마시. 나한테 부고를 안 보내기도 그랑께 기양 빈 봉투를 보냈는갑구만. 그나저나 참말로 써운하시!"

고개를 숙이신 어르신의 눈시울이 붉어진다.

"어야! 그란디 오늘 회동서 부고장은 을마나 보냈든가?"

"집집마다는 아니지만 다른 분에 비하면 상당히 많던데요."

"그래 잉! 그 사람도 놈 죽기 전에 마니 찾아댕기고 그래놔서 솔찬히 만하껐이시!"

"돌아가신 분하고는 얼마나 가까운 사이셨어요?"

"나하고 동갑쟁이 친한 친구란마시! 그랑께 이따가문(이따끔) 만나서 술도 한잔썩 하고, 으디 먼 디도 갈라문 늘 같이 댕기고 그랬는디, 머시 그라고 바쁘다고 갑자기 가분께 영 써운하구만!"

"그러면 이제 친구 분들은 얼마나 남아 계세요?"

"인자 마니들 가불고 서너 명도 안 남었제. 나도 낼이라도 하늘에서 부르문 '예에!' 하고 가야제 으짜꺼인가! 그란디 내가 죽기 전에 존 일 한 가지라도 더 마니 해야 하꺼인디, 으째야 쓸란가 몰것네!"

꺽정 말고 그냥 땡겨불어!

"여보세요! 김영님 할머니 휴대폰인가요?"

"그란디 누구여?"

"안녕하세요? 여기 우체국입니다."

"이~잉! 편지 아재구만! 그란디 으째 전화했어?"

"할머니께 택배가 하나 도착했네요."

"그라문 얼렁 갖고 오제 멋할라고 전화했어?"

"지금 갈 수 있는 것이 아니고 오후 1시쯤 할머니 댁으로 배달해 드릴게요. 그러니까 그때쯤 어디 나가지 마시고 집에서 기다리고 계세요, 아시겠지요?"

"잉! 알았어. 얼렁 갖고 와 잉!"

"예. 될 수 있는 대로 빨리 배달해드릴게요."

전화를 마친 후 오늘 배달할 우편물을 정리하여 빨간 오토바이와 함께 시골마을을 향하여 달려가는데, 하늘에 시커먼 먹구름이 몰려오기 시작하더니 금방이라도 비가 내릴 듯 사방이 어두컴컴해지면서 강한 바람까지 불어온다. 그래도 초겨울 시골 들판의 쪽파밭에는 오늘도 많은 아낙네들이 모여 쪽파 수확에 바쁜 하루를 보내고 있다.

오후 1시가 거의 가까워지면서 김영님 할머니 댁에 도착했는데 대문에 커다란 자물쇠가 채워져 있다.

'집에서 기다리신다고 했는데 어디 가셨을까? 혹시 마을회관에 놀러가셨나?' 회관으로 가보았지만 아무도 보이지 않았다.

'할머니들이 모두 쪽파밭에 작업하러 나가셨나?' 할머니께 전화를 걸어본다.

"저 집배원인데요, 할머니 댁 앞에 왔는데 대문에 자물쇠가 채워져 있네요. 지금 어디 계세요?"

"나~아? 지금 밭에서 파 작업하고 있어."

"오늘은 집에서 기다리신다고 해놓고 파 작업을 나가셨어요?"

"집에 카만히 앙거 있으문 멋하꺼시여! 일 있을 때 부지런히 한 푼이라도 벌어야제. 그라고 집에 있을랑께 여그저그 아프고 심심해서 못 있것어. 그래서 밭으로 나와불었어."

"그러면 택배는 어떻게 할까요?"

"오~오! 참! 택배 있다고 그랬제. 내가 깜박 이져불었네. 그라문 옆집 아무한테나 매껴놓고 가."

"옆집도 쪽파밭에 나가셨지, 요즘 집에서 노는 사람이 있겠어요?"

"그라고 본께 참말로 그라네 잉. 그라문 대문 안으로 땡겨놓고 가."

"그러다 물건이 깨지기라도 하면 어쩌시려고요?"

"깨질 것은 업응께 꺽정 말고 기양 땡겨부러!"

"택배의 물건은 가벼운데……. 지금 바람이 세게 부는데 이리저리 굴러다니면 어떻게 하지요?"

"별걱정을 다 해쌓네. 지가 굴러가드라도 마당 으디가 있것제 가문 우드로 가꼈이여? 그랑께 걱정 말고 그냥 땡겨불고 가! 알았제?" 하고 전화를 끊어버리신다.

라면 박스 절반 정도 되는 크기의 아주 가벼운 택배를 조심스럽게 대문 너머로 내려놓고 다음 마을을 향하여 달려간다. 그리고 서둘러 우편물 배달을 마치고 사무실에 들어서자마자 부슬부슬 비가 내리기 시작한다. 그 순간 마당으로 넘겨놓은 김영님 할머니 택배가 생각나 급히 전화를 해본다.

"여기 우체국인데요, 집에 들어가셨어요?"

"아니! 안직 일이 안 끝났어."

"지금 밖이 캄캄하고 비까지 내리는데 아직도 작업을 하고 계시다는 말씀이세요?"

"일이 어중간해서 한 짐에 다 끝내불라고!"

"그러면 택배는 어떻게 하셨어요?"

"택배? 지가 가문 으디 가것어! 거가 있것제!"

"지금 비가 오고 있는데 비 맞아도 괜찮겠어요?"

"괜찬헌께 걱정 말어!"

"안에 뭐가 들어 있는데요?"

"내가 쩐번에 우리 딸네 집이 갔다가 깜빡 이져불고 속옷하고 멋을 놔두고 와부렀는디, 그거 보낸 것이여. 그란디 비니루로 잘 싸갖고 보냈다 그라드만. 그라고 젖었으문 한번 뻘문 된께 걱정 말어. 그라고 전화해서 고마와 잉!"

불쌍한 고양이

11월 말이 가까워지고 있는데도 별로 추위가 느껴지지 않는 온화한 날씨가 계속되고 있지만 시골마을로 이어지는 농로 길 옆 한적한 곳에 서 있는 억새는 지난번 강하게 불어댄 찬바람에 곱게 빗은 하얀 머리를 모두 빼앗기고 앙상한 뼈대만 남은 호호백발 할머니로 변하여 오토바이가 지나가는 줄도 모르고 조용히 그 자리를 지키고 서 있었다.

회천면 서동 아랫마을 입구에 접어들어 우편물을 배달하면서 천천히 윗마을로 올라가고 있는데 할머니 한 분이 애잔한 표정을 지으며 "고양이가 치에 걸렸는디 불쌍하네!" 하신다.

"고양이가 덫에 걸렸어요? 지금 어디 있는데요?"

"거그 아래 안 있어?" 하며 손가락으로 고양이 있는 쪽을 가리키셔서 내려다보았더니 강아지 크기만 한 검은 고양이 한 마리가 노루 같은 산짐승 잡을 때 사용하는 큰 덫에 뒷발이 걸려 있었다.

"나비야! 그러니까 평소에 조심해야지, 어쩌다 이렇게 덫에 걸려 고생하고 있냐? 잠시만 기다려라!" 하고 손으로 덫을 풀려 하는데, 갑자기 고양이가 두 눈에 불을 켜고 날카로운 송곳니를 드러내며 '캬~~아~~악!' 독기 서린 외마디 소리와 함께 발톱을 세운 앞발로 사정없이 내 손을 후려치면서 덫에서 풀려나려는 듯 발버둥을 치고 있다.

"얌마! 조금 기다리면 내가 풀어준다니까 그러면 되겠냐?" 하였지만 고양이는 내 말뜻을 아는지 모르는지 더욱 사나운 기세로 소리를 지르며 몸부림을 친다.

'이러다 고양이 발에 한 대 맞기라도 하면 큰일나겠는데!' 하며 잠시 주위를 두리번거려 적당한 길이의 작대기 하나를 찾아 덫 한 쪽은 발로 밟고 고양이 발이 걸려 있는 쪽의 덫은 작대기로 누른 후 "나비야! 빨리 가거라! 그리고 다음부터는 덫에 걸리지 않게 조심하고!" 하였더니 풀려난 고양이는 쪽파밭 사이로 쏜살같이 달려가더니 어디론가 사라져버렸다.

"그녀석도 참! 아무리 바빠도 고맙다는 인사는 하고 가야지! 인사도 안 하고 가면 되겠냐?" 하며 모처럼 좋은 일을 했다는 흐뭇한 마음으로 윗마을 우편물 배달을 마치고 반대편 길을 통해 다음 마을을 향하여 달려가고 있는데, 방금 고양이를 풀어주었던 곳에서 영감님 한 분이 "어~이! 자네 이리 잔 와보소!" 하며 부르시기에 얼른 오토바이를 돌려 영감님 곁으로 달려갔다.

"무슨 일로 부르셨나요?" 하였더니 갑자기 험악한 인상으로 변하더니 "자네! 금방 여그 있는 고양이 풀어줬제?" 하신다.

"풀어줬는데 왜 그러세요?"

"아니 자네는 왜 시키도 안 한 일을 하고 댕긴가? 내가 언제 고양이 풀어주라고 시키든가? 엉!" 노발대발 야단이시다.

"어르신! 그게요! 저~어! 그러니까 저기 아랫집 할머니께서 '고양이가 불쌍하다!' 고 해서 풀어줬는데 뭐가 잘못되었나요?"

"이 사람아! 잘못되야도 많이 잘못되얏제! 내가 약에 쓸라고 몇 날 며칠을 지달리다 오늘 겨우 한 마리 잡었는디 자네가 풀어줬으니 인자 어짜꺼인가?"

"고양이를 약에 쓴다고요? 무슨 약에 쓰는데요?"

"내가 신경통하고 관절이 안 좋아서 약에 쓸라고 했는디, 자네 땀새 다 틀렸네! 다 틀려부렇서!"

"고양이를 약에 쓰려면 덫에 걸렸을 때 바로 처리하셔야지, 그냥 놔두니까 소리를 지르며 발버둥을 치는 바람에 너무 불쌍해서 할 수 없이 풀어주었는데요!" 기어들어가는 소리로 말을 하자, 갑자기 표정이 바뀌신 영감님께서 "그랑께 말이시! 나도 첨에 죽여볼라고 했는디 불쌍해서 안 되것드란 마시! 그래서 기양 거그서 죽어라고 놔둬부렇제!" 하며 맞장구를 치신다.

"그런다고 고양이가 금방 죽겠어요? 죽으려면 며칠은 기다려야지요. 그나저나 어르신 약이 없어졌으니 미안해서 어쩌지요?"

"할 수 없제! 으짜껏인가? 그것도 다 지 복이시! 오래 살라는 복(福)!" 하며 약은 없어졌어도 고양이를 풀어주어 아주 시원하다는 표정이시다.

겨울

술 한 그럭 떠다 주까?

회천면 모원마을 맨 윗집에 조그만 택배 하나를 배달하려고 마당으로 들어서자 할머니께서 활짝 웃는 얼굴로 반겨주신다.

"우메! 그새 내 약이 또 왔는갑네. 와따~아 한 달이 참말로 금방 가부네."

"그동안 안녕하셨어요?"

"그나저나 날이 안직은 춘디 편지 아재들은 참말로 고상되것네. 으째사 쓰까?"

"옛날에는 옷도 얇고 보온도 잘 되지 않아 추워서 고생을 많이 했는데요, 요즘은 옷들이 따뜻하게 나오니까 괜찮아요. 그런데 술은 담그셨어요?"

"수울? 으~응! 진작 담갔제~에! 그때 아재가 갖다 준 술로 모개(모과)주를 담갔어. 그라고 인자 솔찬이 되었응께 많이 우러났으껏이여. 근디 으째 물어봐? 한 잔 하고 시퍼서 그래?"

"아니요! 대낮부터 무슨 술을 마시겠어요? 오토바이 타고 다니며 편지 배달하는데 술 마시고 취하면 어떻게 되겠어요?"

"아니, 그래도 묵고 시푸문 말해. 내가 한 그럭 떠다 주께."

"정말 아니라니까요."

할머니가 한사코 '술 한 그럭'을 주고 싶어 하는 데는 이유가 있다.

비가 추적추적 내리던 며칠 전, 회령장터에서 모원마을을 향하여 천천히 달려가고 있는데, 허리가 금방이라도 땅에 닿을 듯 등이 굽을 대로 굽은 할머니께서 걸어가고 계셨다. 마치 어린아이를 업듯 보따리를 등에 진 할머니는 비가 오는데 우산도 쓰지 못한 채 땅만 바라보며 힘들게 걷고 계셨다.

"할머니! 이렇게 비가 오는데 왜 우산도 쓰지 않고 가세요?"

"오늘 장날이라고 영감 반찬 쨰깐하고 술 및 병 사갖고 온디 오살나게도 무겁네! 그란디 먼놈의 비가 이라고 와싸까? 징해서 못 살것네!"

"그러면 짐은 저를 주세요. 제가 마을에 가니까 실어다 드릴게요."

할머니가 건네주신 보따리는 제법 묵직한데 얼핏 보니 영감님 반찬거리에다 2*l*들이 소주병이 무려 다섯 개나 된다.

"비가 오는데 우산 먼저 쓰세요. 그런데 술은 무엇에 쓰려고 이렇게 많이 사셨어요?"

"우리 집 술이 다 떨어져부렇당께! 그래서 쨰깐 담가놀라고!"

"술은 담가서 어디에 쓰시려고요?"

"손님이 오고 그라문 그냥 맨 술 내놓기가 그럿드만. 그랑께 잔 담가놨다가 우리 영감도 한 잔썩 하고 누가 찾아오문 대접하고 그래야제!"

"그러면 나중에 술이 잘 우러나면 저 한 잔 주셔야 해요!"

"와따~아! 내가 술 한 잔 못 주것어. 열 잔이라도 디려야제!"

할머니 댁에서는 그 날 머리가 땅에 닿을 듯 그렇게 무겁게 지고 오신 술이 익어가고 있는 것이다.

이제 집에 오는 손님한테 '그냥 맨 술'을 내놓지 않게 되어서 그런지, 오늘따라 할머니 얼굴이 환하게 밝기만 하다.

고부간의 갈등?

보성읍 샛터마을 가운데 집 대문 앞에 빨간 오토바이를 잠시 세우고 조그만 택배 하나를 가지고 마당으로 들어서자, 할머니께서 김장을 하시려는지 볕이 잘 드는 양지쪽 창고 앞 커다란 고무통 속에서 소금으로 절여 하얀 속살이 드러나 맛있게 보이는 배추를 건져 수돗물로 잘 씻어 바로 옆 평상으로 차곡차곡 쌓다 말고 나를 보더니 "아이고! 안 그래도 지달리고 있었는디 내 약이 인자사 온갑구만!" 하며 반기신다.

"그동안 잘 계셨어요? 오늘은 김장하실 준비하느라 힘드시겠네요."

"해마다 하는 것인디 심들 거시 머시 있것서?"

"그래도 혼자 하려면 힘이 들지요. 올해는 며느리와 같이 김장을 안 하시나요?"

"으째 안 하간디! 내가 이라고 해노문 인자 우리 며느리가 와서 배추 쏙에 버무릴 것 준비하고 그란다 했응께. 이따 저녁때나 되문 오꺼시여!"

"그러면 배추는 내일쯤 버무릴 수 있겠네요. 기왕에 며느리가 오려면 할머니 힘이 조금이라도 덜 들게 일찍 와서 도우면 좋을 텐데 그러네요."

"우리 며느리도 일이 있응께 늦게 온다 그라제, 안 그라문 진작 와쓰꺼시여!"

"오늘은 무슨 일이 있다고 하던가요?"

"나는 잘 모른디 바쁜 일이 있다 글드랑께! 그래도 우리 큰며느리가 우리 집이 와서 참말로 고상 마니 했어!" 하며 갑자기 얼굴이 미안한 표정으로 바뀌신다.

"어떤 고생을 했는데 그러세요?"

"첨에 우리 아들이 지금 우리 며느리를 지 각시 될 사람이라고 데꼬 왔는디 내가 보기는 으째 센찬하디 센찬해갖고 '저거시 참말로 우리 며느리가 되꺼인가?' 싶드랑께! 그라고 또 '저거시 인자 우리 집 며느리라고 와갖고 소가지 읍는 짓거리나 하고 댕기문 으짜끄나?' 그라고 꺽정을 참말로 만이 했당께! 그란디 시집와서부터 지가 할 일을 척척 해내고 동네서 누가 일 잔 해주라고 그라문 그라고 잘한다고 칭찬을 해싼께, 우추고 도시서 산 사람이 촌 일을 그라고 잘한고 내가 놀래부렀단께!"

"정말 그렇게 일을 잘하던가요?"

"그랑께 말이여! 그라고 즈그 시아재도 지가 나서갖고 중매를 해서 장계를 보냈는디 지금 잘 살고 있응께 그라고 고맙드랑께!"

"그러면 할머니의 커다란 짐을 덜어드린 셈이네요."

"그라고 즈그 씨누도 누구를 통해갖고 도시 총각하고 선을 보이드니 지금은 쩌그 서울로 가서 잘 살고 있어! 그랑께 지금도 내가 생각해보문 '나는 참말로 복이 만한 사람이다!' 그 생각뿌니 안 든당께! 그래서 지금은 우리 며느리가 시킨 것은 머시든지 암말 안

하고 다 해부러!"

"그러세요? 그러면 할머니 댁에는 '고부간의 갈등'이라는 말은 없겠네요?"

"머시라고? 고뿌를 가꼬라고? 고뿌는 갖다가 으따 쓸라고?"

멍충한 영감탱이

차가운 겨울이 시작되고 있는지 어젯밤 내린 비의 무게를 이기지 못한 나뭇잎들이 한 잎 두 잎 도로 위에 떨어져 차곡차곡 쌓이는데, 지나가는 차가운 바람은 뭐가 그리 좋은지 계속해서 가로수를 흔들어 벌거숭이로 만들고 있었다.

회천면 만수마을 가운데 집에 현금이 들어 있는 등기를 배달하려고 대문을 열고 들어서자 햇볕 잘 드는 마당에서 쪽파를 다듬고 계시던 할머니께서 "우리 집에 머시 왔어?" 하며 반가운 웃음을 지으신다.

"서울에서 돈이 왔네요."

"그랬어! 우리 며느리가 내 생일이라고 째깐 보냈는갑구만!"

"언제가 생일이신데요?"

"낼이여! 그란디 올해는 애기들이 바빠서 못 오것다고 돈만 쪼깐 보내꺼인께 미역국 끼래서 동네 사람들하고 나눠 묵으라고 그라대!"

"그러면 이 돈으로 맛있는 음식 장만을 하셔야지요."

"아이고! 음석을 멋할라고 장만해! 즈그들이 내루와서 상이나 채려주문 사람들도 부르고 그라제만, 우추고 내가 장만해서 동네 사람들 부르껏이여!"

"그래도 일 년에 한 번 찾아오는 생일인데 그냥 넘기려면 서운하잖아요."

"작년에 사람들 오라 그래갖고 대접했응께 올해는 그냥 지내고 내년에는 또 걸게 장만해서 사람들 불러야제! 그란디 아저씨! 우리 집이 까스가 떨어져부렇단께!"

"그러면 가스 집에 연락해서 배달해달라고 하셔야지요. 혹시 연락처 모르세요?"

"아니~이! 그것이 아니고 우리 집이 가스통이 두 개여! 그란디 통을 바꿀라고 우리 영감이 아무리 해도 그것이 안 빠지네!"

"그것이 안 빠지다니요? 가스 연결 밸브를 말씀하시는 거예요?"

"까스통에서 멋을 빼갖고 다른 통으로 콕 찌르드만! 그란디 그것이 암만 해도 안 빠져!"

"가스통 연결 밸브는 일반 나사못처럼 왼쪽으로 돌리면 풀어지고 오른쪽으로 돌리면 잠기는 것이 아니고 반대로 돌려야만 풀어지고 잠기기 때문에 그것을 모르면 연결할 수가 없어요."

"그래서 아침밥도 못해묵고 화가 나서 영감한테 '그것도 못하냐?' 했드만 동네 사람한테 물어보로 간다고 나가드니 안직도 안 들어오고 있네! 아이고! 멍충한 영감탱이가 멋을 알아야 말이제! 암껏도 모른갑서!" 하고 투덜대신다.

"그것은 어르신 잘못이 아니라니까요! 가스통을 생산하는 회사에서 혹시라도 어린애들이 만져 사고가 나는 것을 방지하기 위하여 그렇게 생산하기 때문인데 어르신 탓만 하면 되겠어요?"

"그라문 아재가 통을 잔 바까주껴여?"

"예! 그렇게 할게요." 하고 할머니의 안내를 받아 가스통이 있는 곳으로 갔는데 연결 밸브는 이미 가스가 들어 있는 통으로 연결되어 있었다.

"어르신이 이미 바꿔놓으셨는데요!"

"그랬어? 영감한테 그것도 못하냐고 나무랬드니 누구한테 물어보고 나도 몰르게 바까놨구만!" 하시는 할머니의 얼굴에는 흐뭇한 미소가 떠날 줄을 모른다.

즈그 엄니한테 잘해야제!

회천면 도당마을 할머니 댁에 택배 하나를 배달하려고 대문 앞에 빨간 오토바이를 세우고 나서 "할머니~이!" 하고 빨간 오토바이로 '빵! 빵!' 소리를 냈더니 마당에서 기척이 들린다.

"누가 왔간디 나를 불러싸~아?"

"안녕하세요? 오늘은 할머니 약이 왔나 보네요."

"내 약이 왔다고? 아니 내 약은 엊그저께 왔는디 먼 약이 또 왔으까?" 할머니는 의아한 표정이시다.

"경기도 의정부 김영란 씨가 누구 되세요?"

"김영란이라고? 나는 몰르는 사람인디 누구까?"

"아무튼 이건 할머니께 온 택배니까 일단 받아보세요."

"아재! 그란디 거가 잔 있어봐! 이거시 멋인지 모른께 한번 뜯어보고 내 껏 아니문 도로 갖고 가 잉! 알았제?"

할머니는 마루에 앉아 택배 포장을 풀기 시작하신다.

"혹시 경기도 의정부에 아시는 분 안 계세요?"

"의정부에는 우리 딸이 살고 있는디 딸 이름이 아니여."

"따님 이름이 어떻게 되는데요?"

"우리 딸 이름 말이여? 거시기, 그랑께, 임선숙인디."

"그래요? 그런데 왜 모르는 사람에게서 택배가 왔을까요? 아마도 무슨 이유가 있으니까 보냈지, 생판 모르는 사람에게 보낼 수는 없지 않겠어요?"

"그랑께 말이여! 그란디 으짠다고 이것을 보냈는지 모르것단께."

할머니가 포장을 뜯자 비닐에 싸인 빨간 옷이 보인다.

"오~오! 인자 알것네, 알것어!"

"무엇을 알겠다는 말씀이세요?"

"옷을 본께 생각이 나그만. 우리 딸 친구가 내 옷 한나 사서 보낸다고 전화왔드만 그것인갑구만."

"예~에! 따님 친구가 옷을 보냈다고요?"

"먼자 은제 우리 딸이 즈그 친구라고 우리 집이를 데꼬 왔대. 그래갖고 우리 딸한테 '니는 느그 엄니가 건강한께 좋것다!' 자꼬 그래쌓대!"

"그럼 따님 친구의 부모님은 안 계신다고 하던가요?"

"아부지는 돌아가시고 엄니는 지금 치매가 있어갖고 으디 요양원에 있다 그라드만! 그래서 올여름에 감자도 캐갖고 한 박스 보내주고 가을에는 단감 따갖고 또 한 박스를 보냈드니 전화가 왔드란께! 옷을 한나 사서 보낼란다고!"

"그래서 뭐라고 하셨어요?"

"나는 옷 많이 있응께 느그 엄마나 사서 보내주제 그라냐고 그랬드니, 즈그 엄니는 병원에 있는디 옷이 먼 소용이 있냐고 그라드니 이것을 보냈는갑구만!"

"그런 일이 있었어요? 그나저나 잘하셨네요. 따님 친구에게 선물을 받으니 얼마나 좋아요?"

"그래도 나는 맘이 안 편하구만!"

"왜 마음이 편치 않으신데요?"

"즈그 엄니는 병원에 있다 그란디 나한테 잘하문 멋하겠이여? 즈그 엄니한테 잘해야제!"

"친구 엄마한테 잘하는 사람이 자기 부모님한테는 못하겠어요? 제 생각에는 할머니께서 감자랑 단감이랑 보내셨으니 보답으로 옷을 선물했을 거예요. 그러니 너무 부담 갖지 마세요."

"금메! 그라고 생각하문 그란디, 그거이 즈그 엄니 옷을 을마나(얼마나) 사서 입히고 자프문 그라까도 시프고, 또 나도 인자 더 늙어서 행이나 병원에 들어가문 우리 자석들은 속이 얼매나 짠허까 그것이 꺽정이랑께!"

아빠의 눈물

지난 12월 12일 오전 8시 20분, 광주 송정리역에서 조카의 결혼식에 참석하기 위하여 KTX 열차에 몸을 실었다. 열차가 서울을 향하여 달리고 있을 때 잠시 눈을 감았더니 지난 일이 떠오르기 시작하였다.

지난 7월 큰댁 작은 형님의 딸 결혼식이 끝나고 추석 때 형님을 만나 "조카 결혼시키고 나서 울지 않으셨수?" 물었더니 "야! 딸내미 결혼시키는데 울기는 왜 우냐? 오히려 보내고 나니 시원해서 좋더라!" 하는데 마침 옆에서 듣고 계시던 형수님께서 "아이고! 말은 저렇게 해도 얼마나 울었는지 아세요? 그래도 형님은 옆에서 잔소리하는 사람이 없어졌으니 아주 시원하실 거예요!" 하신다.

"잔소리하는 사람이 없어지다니요? 그게 무슨 말씀이세요?"

"아빠와 딸이 매일 싸웠어요!"

"예~에? 싸워요? 원래 아빠하고 딸은 사이가 좋은 법인데 무슨 일로, 그것도 매일 싸운답니까?"

"그렇게 좋아하는 술과 담배를 끊으라니 안 싸우겠어요?"

"정말 그랬어요? 그럼 누가 이겼는데요?"

"결국 담배는 끊었고 술도 옛날처럼 많이 마시지 않으니 딸이 이긴 셈이지요!"

"옛말에 '자식 이기는 부모 없다!' 하지 않았습니까? 그런데 조카 덕분에 그렇게 끊기 힘든 담배를 끊었으니 얼마나 좋아요? 그런 잔소리는 할 만하겠네요! 조카 때문에 형수님도 상당히 좋으셨겠네요?"

"내가 하는 말은 절대 듣지 않는데 딸이 하는 말은 잘 듣더라고요! 그러고는 딸에게 '제발 얼른 시집 좀 가거라!' 해놓고도 막상 시집을 보내고 나니 마음속으로 상당히 허전했던지 많이 울었어요!"

"그랬을 거예요. 어떻게 딸 시집보내고 나서 울지 않을 부모가 있겠어요?" 하고 이야기를 나누면서 슬쩍 형님 얼굴을 쳐다보았더니 어느새 눈시울이 붉어지신다. '오늘 딸 시집보내는 아랫동서는 과연 울지 않고 견뎌낼 수 있을까?' 생각하며 서울의 예식장에 도착하였더니 벌써 많은 축하객이 결혼식장을 가득 메우고 있었다.

시간이 되자 검은색 턱시도를 입은 늠름한 신랑이 입장하고 새하얀 드레스를 입은 꽃보다 더 예쁜 신부가 입장하면서 결혼식은 시작되었고 마지막으로 신랑이 신부에게 보내는 사랑의 노래가 울려 퍼지면서 행사가 모두 끝나 다시 집으로 돌아오기 위하여 준비하고 있는데 동서(同壻)가 "형님! 이렇게 만나기도 쉽지 않은데 오늘은 저의 집에 가서 하룻밤 주무시고 내일 내려가시지요!" 한다.

"딸 결혼시키느라 정신이 없었을 텐데 내가 자네 집으로 가면 오히려 더 방해되지 않을까?"

"무슨 말씀이세요? 그런 걱정 마시고 저의 집으로 가시게요." 하고 권하는 바람에 동서의 집으로 향하였다.

동서 집에서 상 하나를 차려놓고 이야기를 나누고 있는데 조카가 다가오더니 "아빠! 이것은 누나 편지인데 결혼식이 끝나면 읽어볼 수 있게 전해달라고 했거든요!" 하고 건네주고는 쏜살같이 제 방으로 달아나버렸다.

편지를 받아든 동서가 조용히 편지를 읽더니 눈에서 하염없이 눈물이 흘렀다.

"아니 무슨 편지인데 그렇게 눈물을 흘리는 거야? 오늘같이 좋은 날!" 하였더니 "형님! 오늘은 정말 울지 않으려고 마음먹었는데 수진이가 결국 나를 울리고 마네요!" 하며 편지를 내밀었다.

"사랑하는 아빠와 엄마! 어렵고 힘든 가정 형편에도 저를 이렇게 길러주신 아빠와 엄마에게 진심으로 감사 드립니다. (……) 사람들이 무어라고 하든 저에게는 아빠와 엄마가 이 세상에서 최고였으며 그 믿음은 오늘도 내일도 영원히 계속될 것입니다. (……) 오늘 저는 결혼식이 끝나면 부모님의 곁을 떠납니다. 그러면 무척 허전하시겠지요? 그러나 딸 하나를 잃어버렸다고 생각하지 마시고 더욱 늠름하고 잘생긴 아들이 하나 더 생겼다고 생각하세요. 그리고 성일 씨와 함께 아빠와 엄마를 위하여 더욱 열심히 노력하겠습니다."

이 세상의 딸 가진 부모들의 눈물은 언제까지 계속될 것인지, 그렇다고 딸 시집을 안 보낼 수도 없고…….

홍시의 추억

보성읍 두방마을 우편물 배달을 마치고 아랫길로 들어섰는데 할머니께서 기다란 막대기로 콩 다발을 두들기고 계시다 나를 보더니 "와따~아! 참말로 오랜만이네!" 하고 반기신다.

"안녕하세요? 그동안 잘 계셨어요? 정말 오랜만에 뵙네요!"

"안직 정년 안 했어? 나는 하다 안 보여서 인자 그만두고 집으로 들어가분지 알았네!"

"정년하려면 조금 남았어요. 그렇지 않아도 할머니 안부가 궁금해서 진작부터 몇 번 왔었는데 올 때마다 안 계셔서 자녀들 집으로 가신 줄 알았어요."

"오~오! 그랬어? 그랬는갑구만! 잉! 그란디 오늘은 암껏도 줄 것이 읍어서 으짜까? 머시라도 입맛을 잔 다시고 가야 쓰꺼인디!"

"괜찮아요! 그러면 오늘은 이만 가볼게요. 안녕히 계세요!" 하고 다음 마을을 향하여 천천히 달려가는데 아주 오래전 기억이 슬며시 떠오르기 시작한다.

그러니까 약 30여 년 전 아직 결혼도 하기 전 그때는 빨간 자전거를 타고 우편물을 배달하던 어느 늦은 가을날이었는데, 그날따라 배달할 우편물이 많아 점심 먹을 새도 없이 부지런히 배달을 하다 보니 어느새 오후 4시가 가까워지고 있었는데 갑자기 뱃속에서 '꼬르륵!' 소리가 들렸다.

'참! 아직 점심도 먹지 않았구나!' 하고 평촌마을에서 빵이라도 사먹으려고 가게 문을 두드렸으나 주인이 없는지 아무 대답이 없다.

'하필이면 이때 가게 문이 닫혀 있다니 이럴 때는 어떻게 하지?" 하고 잠시 망설였으나 뾰쪽한 생각이 떠오르지 않아, '안 되겠다! 그냥 참고 다음 마을로 가보면 무슨 수가 있을 거야!' 하고 두방마을로 향하였다.

마침 할머니 댁 앞을 지나가고 있을 때 할머니께서 잘 익은 빨간 홍시를 바구니에 가득 담아 마루에 놓아두고 "총각 이리 잔 와봐!" 하고 부르셨다.

"왜 그러세요?"

"이루 와서 홍시 잔 묵고 가! 어서! 홍시가 잘 익어갖고 아조 달고 맛있단께!" 하시는데 그 순간 눈이 번쩍 뜨이는가 싶더니 나도 모르게 마당에 빨간 자전거를 세워놓고 염치를 무릅쓰고 홍시 하나를 들어 입에 물었는데 그날따라 왜 그렇게 달고 맛있던지.

"내가 총각이라고 불러도 괜찬하까? 안직 장개는 안 갔제?"

"아직 결혼 안 했으니까 총각이라고 불러도 괜찮아요."

"그라문 애인은 있어?"

"아니요! 아직 없으니까 결혼을 못했지요."

"그래 잉! 이라고 이쁜 사람이 으째 안직까지 애인이 읍으까? 배가 마니 고팟든갑네! 어서 마니 묵어! 으째 그라고 묵는 것도 이라고 이쁜가 몰르겄네!" 하며 자꾸 더 먹으라고 권하더니 "내가 딸 있으문 우리 사우 삼었으문 좋것는디 딸이 읎응께 사우하잔 말도 못하것네!" 하신다.

"그러면 예쁜 아가씨 아시면 중매라도 하시면 좋지요."

"그랑께 말이여! 그란디 나는 중매를 할지 몰라!" 하며 자꾸 많이 먹으라고 권하시는 바람에 어른 주먹만큼 큰 홍시를 무려 여섯 개나 먹고 나니 그때서야 뱃속에서 그만 먹으라는 신호를 보내는 것 같았다.

"그렇지 않아도 배가 많이 고팠는데 정말 잘 먹었습니다."

"아이고! 홍시 몇 개 묵어놓고 그래싸! 담에도 또 묵고 싶으문 와서 묵어! 잉!"

그날 밤 화장실을 갔는데 아무리 힘을 주어도 변이 나올 생각을 않는다.

'아뿔사! 홍시를 너무 많이 먹어 변비에 걸렸구나!' 하고는 변을 보려고 그야말로 필사적인 노력(?)을 하다가 결국 약국에서 약을 사먹고 해결했는데 왜 그때 일이 지금도 잊히지 않는지!

"할머니! 지금도 그 홍시 주신 것 잊지 않고 있습니다. 그때는 정말 고마웠습니다. 늘 건강하세요!"

할머니들의 하루

좀처럼 올 것 같지 않았던 겨울이 갑자기 강한 바람을 몰고 찾아오더니 아예 자리를 잡아버린 듯 오늘도 차가운 날씨가 계속되고 있다.

회천면 율포리 새터에서 어제 주인을 찾지 못해 배달하지 못한 등기우편물 한 통을 배달하려고 마을 가운데 집 대문을 열고 마당으로 들어가자 따뜻한 햇살이 잔잔하게 비추는 양지쪽 마루에 할머니 세 분과 영감님 한 분께서 활짝 웃는 얼굴로 이야기를 나누고 계시다 "자네 왔는가? 오늘은 반가운 소식 갖고 왔제? 안 그래도 우리 아들이 아까부터 자네를 기다리고 있단께!" 하신다.

"어르신! 안녕하세요? 어제 아드님 이름으로 등기편지가 왔는데 번지가 어르신이 사용하는 번지가 아니어서 다시 가지고 갔거든요!"

"그랬어? 경현아! 얼렁 좀 나와 봐라! 여그 우체구에서 나왔다!" 하자마자 방문이 '덜컹' 열리면서 "아저씨! 오셨어요? 그렇지 않아도 기다리고 있었어요! 제가 편지를 받아야 일을 볼 수 있는데 어제는 아무리 기다려도 오시지 않더라구요!" 한다.

“그랬어? 사실 어제 우편물이 도착했는데 번지가 저쪽 김영현 씨 집으로 되어 있어서 그쪽 집을 갔는데 사람을 못 만나고 자네 집으로 왔는데 역시 집이 비어 있어 그냥 갔거든!”

“그랬어요? 원래 우리가 저쪽 집에서 살다 이 집으로 이사를 왔거든요. 그래서 가끔 그 집 주소로 우편물이 오기도 해요. 그런데 어제는 제가 하루 종일 아저씨를 기다리다 잠시 집을 비운 사이에 다녀가셨나 보네요.”

이야기를 나누고 있는데 할머니 한 분께서 내 얼굴을 찬찬히 보더니 “저 아저씨는 첨 본 아저씨네!” 하신다.

그러자 옆의 할머니께서 “머시 그래! 진작부터 우리 동네 댕기든 아저씬디!” 하자 “아니여! 나는 오늘 첨 본 아저씬디! 아저씨는 으서 왔소?” 하신다.

“아니란께! 진작부터 우리 동네 댕기든 아저씨랑게 그래쌓네! 우리 동네 댕긴 지가 솔찬이 오래되었는디 그래!”

“와따~아! 먼저부터 우리 동네 댕겨쌓드만 그래쌓네!”

“그래도 나는 첨 봤는디 그래! 그란디 아재는 으서 왔소?”

“아니 우체부 아저씨 으서 왔으문 멋할라고 그런 것을 물어봐!”

“나도 물어볼 만한께 물어보제! 어째! 그란디 왜, 당신이 나서 갖고 나한테 머라고 그래싸!”

“물어볼 것을 물어봐야제! 바쁜 양반한테 그런 것을 물어보문 되간디!”

“아니 내가 멋 좀 물어본디 으째 당신이 나서갖고 야단이여? 참말로 이상하네!”

“이상하기는 머시 이상해! 바쁜 양반한테 그런 것 물어보문 실례제! 안 그래?”

"그것이 으째서 실례단가? 우체부 아저씨 으서 왔냐고 물어본 것이 실례단가?"

"그라문 실례제 아니여? 자네가 이팔청춘 새 각시라도 되간디 그런 것을 다 물어봐! 그라고 젊은 남자 으서 왔으문 멋할라고 물어본단가? 참말로 별일이 다 있네!"

할머니들의 분위기는 점차 험악해지기 시작하더니 금방이라도 크게 싸울 듯 변한다.

"할머니~이! 지금까지 사이좋게 이야기를 나누시다 왜 갑자기 화를 내고 그러세요? 그러다 정말 큰 싸움 나겠네요!" 하자 영감님께서 빙긋이 웃으며 "그냥 놔두소! 날마다 노인들이 모타가꼬 할 일이 머시 있겠는가? 그랑께 저것이 저 노인네들 할 일이여! 날마다 모이문 쓸데없는 이야기하다 싸우고, 그래갖고 토라져서 말도 안 하고 그러다 서로 풀고 사이좋게 웃고 그라고 사는 것이 노인들 하루여! 알것는가?" 하는 영감님 말씀에 어느새 할머니들의 표정은 그동안 다퉈서 미안하다는 얼굴로 웃고 계셨다.

보고 싶은 얼굴

며칠 동안 계속해서 겨울답지 않은 따스한 날씨가 계속되더니 어제 오후부터 강한 바람이 불어오면서 차가워지기 시작한 날씨는 오늘 아침에 더욱 춥게만 느껴진다. '중부지방은 체감온도가 영하 20도에 가까울 정도의 강추위가 기승을 부리고 있다!'는 기상청의 일기예보를 들으며 '우리 대한민국이 좁은 국토를 가진 나라라고 하는데 남쪽과 북쪽의 기온 차가 이렇게 다를 수 있을까?' 하는 생각을 해본다.

회천면 화동마을 첫 번째 골목 끝 집에 우편물을 배달하려고 마당으로 들어서자 할머니께서 커다란 대야에서 소금에 절인 배추를 깨끗한 물로 씻고 계셨다.

"안녕하셨어요? 그런데 아직 김장을 못하셨나요?"

"잉! 쪽파밭에 잔 댕기다 으짜다 본게 이라고 늦어부렇네! 그란디 오늘은 멋을 갖고 왔어?"

"전화요금이 나왔네요!"

"그래~에! 그란디 아저씨 집이는 짐장 했으까?"

"저의 집은 일찍 했어요. 요즘은 김치 냉장고가 있으니 빨리 해도 시어질 염려가 없다고 하대요. 그런데 배추를 보니 상당히 많은데 무슨 김장을 그렇게 많이 하세요?"

"낼모레가 우리 하라부지 지사여!"

"어르신 돌아가신 지 벌써 일 년이 되었나요?"

"그랑께 말이여! 으차다 본께 금방 그라고 되야부렀네!"

"하긴 작년 이맘때도 상당히 추웠지요?"

"그랬제~에!"

"그런데 그렇게 김장을 많이 하셔서 어디에 쓰려고 그러세요?"

"우리 아들들이 즈그 아부지 지사 때 왔다 감서 갖고 갈란다고 준비를 잔 해노라고 그래서 이라고 많이 하고 있어!"

"그러면 김치는 누가 담으시게요?"

"쪼깐 있으문 우리 며느리들이 오꺼여! 그라문 나랑 같이 짐치에 넣을 쏘랑 준비해놨다 내일 낮에 담고 저녁에는 반찬 맹글어갖고 제사랑 모셔야제! 나 혼자는 못해!"

"그러면 정말 좋겠네요. 그럼 그만 가볼게요!" 하고 막 돌아서는 순간 "그란디 아저씨! 이것 잔 봐주고 가!" 하신다.

"무엇이 잘못되었나요?"

"잘못된 것이 아니고, 우리 집 보일러가 암만 돌려도 따땃한 물은 나온디 방은 만날 안 따숩단께! 그래갖고 엊저녁에도 찬방에 전기장판 깔아놓고 잣당께! 안 그래도 여그 아랫집 조카를 쨰깐 오라 그래서 손을 잔 봐주라 하꺼나 으짜끄나 했는디 마침 아저씨가 오신께 잘되얏네!" 하며 얼른 방문을 열고 보일러 제어장치를 가리키신다.

그래서 표시판을 보니 '목욕' 에 표시등이 켜져 있었다.

"할머니! 이것을 사용하실 때는 다른 버튼은 만지지 마시고 여기에 있는 '난방'이라는 표시등 있지요? 거기만 누르시면 되거든요. 아래쪽 '목욕'이라는 버튼을 누르시면 또 방이 차가워지니까 그것만 주의하시면 돼요! 아시겠지요?"

"나는 손도 안 댓는디 으째 불이 그쪽으로 가부렁으까?"

"손댄 적이 없어도 자신도 모르게 만지는 수가 있거든요. 그럴 때는 항상 이쪽 버튼을 누르시면 돼요."

"잉! 알았어! 와따~아! 얼렁 고쳐준께 고맙네! 안 그래도 애기들은 온다 그란디 방은 차디차고, 그라다 우리 손지들 감기라도 걸리문 또 '할메가 지름 애낄라고 방에 불도 안 때놨다!' 그라문 으짜껏이여?" 하더니 갑자기 얼굴이 어두워지며 "하라부지가 살았을 때는 이것저것 다 알아서 해주고 그랑께 나는 살림만 하고 살았는디, 인자 가불고 없응께 내가 다 알아서 할랑께 그것도 성가시네! 휴~우!" 하며 깊은 한숨을 내쉬신다.

"어르신이 보고 싶으세요?"

"으째 안 보고 싶것어! 그래도 미우나 고우나 우리 영감인디!" 하시는 할머니의 얼굴에는 한없는 그리움이 묻어나고 있었다.

어머니의 마음

"계십니까? 계세요?"

보성읍 성두마을의 가운데 집에 장정소포 하나를 배달하려고 주인을 불러보았지만 아무 대답이 없다.

'이상하다! 방에서 TV 소리가 들리는 걸로 봐서 분명 사람이 있을 것 같은데!' 하고 소포를 마루에 놓아두고 막 대문 밖으로 나오려는데 "아저씨! 우리 아들 옷 왔지요?" 하며 아주머니께서 어디를 다녀오시는지 급히 대문에 들어서며 묻는다.

"옷이 왔네요! 아드님 옷이 와서 서운하시겠어요?"

"아니에요! 남자는 누구든 다녀오는 곳인데!" 하며 쓸쓸한 미소를 지으며 대답하신다.

"아드님은 착실하고 야무지니까 잘 적응하고 이제 씩씩한 군인이 되어 돌아올 겁니다! 너무 걱정하지 마세요!"

"걱정은 안 하지만 요즘 날씨가 너무 추워서요. 아직 고생이라고는 해본 적이 없는 아인데 어떻게 잘하고 있는지!" 하며 무척 근심스러운 표정이시다.

"군대도 사람이 사는 곳이고 지금은 옛날하고 달라서 대우도 좋다고 하대요! 그러니 너무 걱정하지 마세요!"

"예! 잘 알고 있어요! 아저씨 고맙습니다! 수고하세요!" 인사를 나누고 대문을 나오는데 문득 30여 년 전 집배원을 처음 시작할 무렵의 일이 떠오른다.

그러니까 집배원을 시작한 지 한 달쯤 되었을까. 그때는 장정소포가 등기여서 도장을 받아야 했는데 보성읍 봉산리 오서마을에 소포가 하나 도착되어 무더운 여름, 빨간 자전거 뒤에 소포를 싣고 가 오서마을로 올라가는 입구에 자전거를 세워놓고 소포를 들고 수취인 댁에 들어가 "여기 소포가 왔는데 도장 좀 찍어주세요!" 하였더니 아주머니께서 나오더니 아주 힘없는 소리로 "우리 아들한테 옷 왔제라? 도장 찍어주라고? 잉! 알았서!" 하고 소포를 받아들더니 들릴 듯 말 듯 조용히 흐느끼는가 싶더니 "아이고~오! 아이고~오!" 하고 점점 큰소리로 울기 시작하신다.

"아주머니! 그만 고정하시고 도장을 좀 찍어주세요!" 하고 나지막이 말을 했더니 "잉? 도장? 알았어!" 하고 방으로 들어가 도장을 찾는 듯하더니 "아니, 도장이 으디 가고 읍다냐~아?" 하다 다시 마루에 있는 소포를 바라보더니 이번에는 소포를 부둥켜안고 "아이고~오! 불쌍한 내 아들이 군대 가서 을마나 고생을 해싼다냐? 아이고~오! 아이고~오!" 하며 대성통곡을 하신다. 그때 내 마음은 어떻게든 아주머니를 위로해서 진정을 시켜드리고 싶었는데 적당한 말이 생각나지 않아 가만히 옆에 서 있다 아주머니께서 어찌나 슬피 우시는지 나도 모르게 그만 눈물이 나오고 말았다.

한참 동안을 같이 울고 있었는데 아주머니께서 진정을 하셨는지 "총각 미안해! 내가 즈그 아부지도 없이 자식을 키왔는디 군대를 갈 때까지 농사일에다 멋에다가 고생만 그라고 시캐싸도 '나 못 하겄소!' 말 한마디 없이 일만 했는디 따땃한 쌀밥 한번 못 믹애서 보내고 난께 이라고 서럽네! 카만히 앙거 있어도 날씨가 징하게 덥고 땀이 이라고 줄줄 흘러싼디 군대 가서 을마나 고생을 해싼가 몰겄네!" 하며 도장을 찾아오시는 것이었다.

어머니와 동지팥죽

오늘은 휴일이어서 평소보다 조금 늦게 아침 식사를 하려고 주방으로 들어가니 집사람이 큰 냄비에 무언가를 보글보글 끓이고 있었다.

"식사준비가 끝났으면 됐지 또 무슨 음식을 만들고 있는 거야?" 하자 집사람은 알 듯 말 듯 미소를 지으며 "이따 가르쳐주께!" 한다.

"가르쳐주려면 지금 가르쳐주지 이따가는 무슨 이따가여! 사람 궁금하게시리!" 투덜거리며 여느때처럼 아침 식사를 마치고 컴퓨터 앞에 앉아 있는데 집사람은 주방에서 계속 음식 만들기에 열중이다.

그리고 점심 때가 되자 "식사하세요!" 하는 부름에 주방으로 들어갔더니 빨간 동지팥죽을 끓여 상에 내놓았다.

"아니 동짓날 지난 지가 언젠데 동지팥죽이야?"

"사실은 그젯밤 꿈에 시어머니를 만났어! 그런데 꼭 살아계셨을 때처럼 어머니가 거처하시던 큰방 아랫목에 앉아 평소에 즐겨 입던 옷을 깨끗하게 입고 다정스레 미소를 지으며 '큰어메야! 오늘이 동짓날인디 퐅죽을 끼래서 큰아베랑 애기들이랑 믹이제 그랬냐? 그라고 나도 묵고 싶은디 혹시 집이 퐅이 다 떨어져불고 읎냐?" 하시는 바람에 꿈에서 깨었는데, 꼭 현실에서 시어머니가 팥죽을 드시고 싶은 것처럼 생각되어 도저히 그냥 넘어갈 수가 없어 부랴부랴 쌀을 담그고 시장에서 팥을 사와 동지팥죽을 끓였다고 한다. 그리고 생전에 어머니가 거처하시던 큰방에 한 그릇 가득 상에 놓아드리며 "어머니! 많이 드세요! 제가 어머니께서 동지팥죽을 좋아하시는 줄 깜박 잊고 올해가 애기동지라 하기에 끓이지 않았어요! 정말 죄송합니다!" 했다고 한다.

그 이야기를 듣는 순간 '아! 그런 일이 있었구나!' 하며 문득 어린 시절이 생각났다.

모든 것이 부족하고 귀하기만 했던 1960년 대 초등학교 시절, 바람이 몹시 사납고 거칠게 불어대던 어느 추운 겨울날, 나는 보성읍 5일시장에서 보따리 장사를 하던 어머니의 손에 이끌려 팥죽 파는 허름한 판잣집을 찾아갔는데, 할머니께서 생전 처음 보는 김이 모락모락 나는 빨간 죽에 팥고물이 잔뜩 묻은 찰떡을 손으로 잘게 찢어넣더니 국자로 휘휘 저어 큰 그릇으로 한 그릇 떠주시며 "아가야! 많이 먹어라! 참 예쁘게 생겼구나!" 하며 인자한 미소를 지으며 머리를 쓰다듬어 주셨는데, 너무나도 가난했던 그 시절, 팥죽이 무언 줄도 모르던 내가 난생처음 먹어보던 순간 그때 그 맛은 이 세상 무엇하고도 바꿀 수 없는, 정말 혀까지도 삼키고 싶을 만큼 맛있는 팥죽이었다.

그러나 세월이 흐르고 갖가지 먹을거리가 많아진 요즘 팥죽은 있으면 먹고 없으면 마는 그저 좋아하지도 싫어하지도 않는 음식인데, 어머니께서는 살아계셨을 때 팥죽을 무척 좋아하셔서 가끔 끓여드리면 "아이고! 참말로 맛있게 잘 묵엇다!" 하며 행복한 미소를 지으셨는데 돌아가신 저 몇 년이 지난 지금도 팥죽이 드시고 싶어 집으로 찾아오신 것 같았다.

어머니는 이미 돌아가셨으나 아직도 늘 내 곁에 계신다는 생각을 왜 못했을까? 그리고 어린 시절 큰자식이 맛있게 먹던 팥죽을 기억하시고 아직도 좋아하는 것으로 알고 계신 건 아니었는지.

'큰자식이 아직도 어머니의 마음을 헤아리지 못하고 팥죽을 늦게 끓여드려 정말 죄송합니다. 내년부터는 정성을 다해 맛있는 동지팥죽을 끓여드리겠습니다, 부디 맛있게 드십시오! 어머니!'

나~아? 안 울어!

아침 식사를 하면서 TV를 켰는데 KBS TV '체험 삶의 현장'이라는 프로그램에서 군에 갓 입대한 신병들이 열심히 훈련받는 모습을 방영하고 있다.

'왜? 저 프로그램에서 군인들 훈련받는 모습을 방영하고 있지?' 하였는데 조금 있으니 국내 유명 연예인들이 신병들과 함께 훈련을 받고 있었고 훈련을 마친 뒤 위문공연과 맛있는 떡국으로 신병들을 위로하는 모습이 보였다. 마지막으로 신병들이 가족에게 보내는 메시지도 방송하였는데 진행을 맡은 박주아 아나운서 눈에 눈물이 글썽였다.

그런데 TV를 보던 집사람이 "혹시 우리 둘째 아들 나오나 잘 보지 그랬어?" 하기에 "이제 신병이라면 몰라도 오늘 군에서 제대하는 사람이 TV에 나오겠어?" 하다가 2년 전 둘째 아들이 군에 입대하던 모습이 떠올랐다.

2년 전 이맘때 강원도 춘천에 자리 잡고 있는 102보충대에서 입대했는데 그날도 전국에서 수많은 사람이 군에 입대하는 아들을 떠나보내기 위해 모여들었고 입소식이 끝난 뒤 많은 어머니들이 흐느끼는 모습을 볼 수 있었다.

벌써 2년이라는 세월이 흐른 오늘, 둘째 아들이 드디어 군에서 제대하고 집으로 돌아온다고 하니 '세월이 참! 빠르구나!' 실감하며 엊그제의 일이 가만히 떠올랐다.

지난주 회천면 도강마을 우편물을 배달하다 군에서 보낸 편지 한 통을 가지고 마을의 중간쯤에 살고 계시는 할머니 댁 마당으로 들어가 "오늘은 반가운 소식이 왔네요!" 하였더니 방문이 '덜컹!' 열리며 "반간 소식이라니? 그라문 우리 영길이가 펜지 보냈어?" 하며 고개를 내미셨다.

"네, 영길이가 편지를 보냈어요."

"그란디 머시라고 왔어? 어서 일거봐! 어서~어! 아이고~오! 애린 것이 을마나 고생을 많이 하고 있으까? 날도 징하게 춥고 그란디." 하시는 할머니 눈가에는 어느새 이슬이 맺히기 시작하였다.

"지금 울려고 그러시는 거죠? 그렇지요?"

"아니~이! 안 울어!"

"에이! 거짓말! 눈에서 눈물이 금방 떨어지려고 그런데 안 운다고 하세요?"

"아니여! 나 지금 안 운당께!"

"할머니가 울고 계시면 제가 편지를 읽을 수가 없어요. 그러니 울지 마세요!"

"알았어! 나 안 운당께!"

"그럼 들어보세요!"

'할머니 안녕하세요? 저는 오늘도 몸 건강히 훈련 잘 받고 있으니 제 걱정은 조금도 하지 마세요! 그리고 제가 없어도 식사는 항상 제때에 잘 드시고' 하였는데 어느새 할머니의 눈에서 하염없는 눈물이 흐르고 있었다.

"지금 울고 계시는 거죠? 그렇지요?"

"나~아? 지금 안 울어!"

"자꾸 그렇게 우시면 군에 있는 영길이에게도 안 좋아요. 그리고 제가 편지를 읽을 수가 없잖아요. 그러니 이제 울지 마세요! 뚝!" 하였더니 할머니의 입가에 미안하다는 듯 잔잔한 미소가 떠오르고 있다.

'요즘은 군에서도 집으로 전화할 수 있는 시간이 있기 때문에 할머니 목소리가 듣고 싶어 전화하려고 했는데 목소리를 들으면 눈물이 나올 것만 같아 차마 전화하지 못했습니다. 정말 죄송합니다. 다음에는 꼭 전화 드리겠습니다' 라고 편지를 읽고 있는데 "이~잉 그래~에! 아이고 애린 것이 그래도 할매를 생각한다고!" 하시며 또다시 눈에서 눈물이 흐르기 시작하였다.

"또 울고 계시는 거죠? 그렇지요?"

"나~아? 안 울어!"

"에~이! 거짓말! 그럼 지금 닦고 계시는 건 뭔가요?"

"아니여! 나 안 운당께 그라네!"

"자꾸 울지만 마시고 들어보세요!"

'그럼 휴가 받아 할머니를 만나는 그날까지 늘 건강하시고 안녕히 계십시오. 충성!' 하고 편지를 다 읽었는데 할머니께서 "아재는 아들 군대 보내고 안 울었어?" 하고 물으신다.

"왜? 남자라고 눈물이 없겠어요? 차마 눈물은 보이지 못하고 마음속으로만 울었지요."

싱거운 커피

날씨가 많이 추워질 거라는 기상청의 예보대로 이른 새벽부터 겨울철 특유의 차갑고 강한 바람이 불어오기 시작한다.

회천면 율포리 우편물 배달을 하면서 평소 친하게 지내는 할머니께 등기 한 통을 배달하려고 2층집 계단을 올라가 "할머니! 저 왔어요!" 하며 방문을 가만히 열었더니 "편지 아재! 어서와!" 하며 반갑게 맞아주신다.

"지금 뭐하고 계세요?"

"아침하고 점심 한뻔에 묵니라고!" 하시며 상도 펴지 않고 방바닥에 짜장면 그릇을 놓고 서너 번 젓가락질하다 내가 부르는 소리에 벌떡 일어나셨는지 바닥에는 그대로 그릇이 놓여 있다.

"지금 12시가 다 되었는데 이제 아침 식사를 하시는 거예요?"

"으짜다 본께 시간이 그라고 되얏네! 오늘은 누가 편지를 보냈어?"

"둘째 아드님이 용돈 보내셨네요!"

"그래~에! 또 싸인해줘야 한가?"

"물론 해주셔야지요."

"그라문 으따가 해야 돼?"

"여기다 하시면 돼요!"

"그란디 무장 눈이 안 보여서 큰일이네!"

"그래도 할머니는 연세에 비하면 건강하신 편이에요."

"그런가?" 하며 평소처럼 우편물 수령증에 이름을 쓰시며 묻는다.

"바람이 불어싼께 춥제?"

"아니요! 바람만 조금 세게 불 뿐 괜찮아요."

"그란디 시장하것는디!"

"저는 괜찮으니 짜장면 다 불기 전에 어서 식사하세요."

"내 꺽정은 말어!"

"그러다 짜장면이 불어 두 그릇 되면 어쩌시려고요?"

"금메 내 걱정은 마랑께! 두 그럭 되문 으짜간디! 늙은이 이도 안 존께 째깐 불어야 맛있어!"

"짜장면은 쫄깃쫄깃할 때가 맛있지, 불어터지면 맛이 없잖아요!"

"나는 이가 안 좋아! 그랑께 찔기문 맛이 읍서!"

"그럼 저 그만 가볼게요!"

"아저씨! 2층까지 댕길라문 다리 아프제?"

"괜찮아요! 여기는 시골이라 2층까지만 있는데 보성읍만 하더라도 5층 아파트가 있잖아요. 그곳에 배달하는 집배원들에 비하면 저는 아주 편한 거예요!"

"으째 아저씨는 생전 힘들단 소리를 안 해?"

"시골에서 편지 배달하는데 힘이 들면 얼마나 들겠어요?"

"그래~잉! 그란디 날도 춥고 그란께 커피 한 잔 자시고 가!"

"할머니~이! 지금 커피가 문제가 아니고, 저기 짜장면이 문제란 말이에요! 지금 퉁퉁 불어서 세 그릇 되려고 하잖아요!"

"와따~아! 내 꺽정은 마랑께! 내가 다 알아서 하꺼인께 어서 그리 앙거!" 하더니 가스레인지에 불을 붙이고 조그만 주전자에 물을 올려놓으신다.

"어서 식사하시라니까요~오! 지금 짜장면 다 불어서 네 그릇 되려고 하잖아요!"

"짜장면이 만해지문 더 좋제~에! 그라고 이가 안 좋은디 퉁퉁 불면 잘 씹어지고 을마나 조아?" 하더니 커다란 유리컵에 절반 정도 뜨거운 물을 부은 후 일회용 커피 한 봉을 터넣고 휘휘 젓더니 "으째 물이 좀 많은 것 같다!" 하고 맛을 보더니 "내가 컵에 물을 너머 마니 부섰구만! 커피가 쪼금 싱거운께 이것 잔 더 넣어야 쓰것네!" 하며 다시 일회용 커피 한 봉을 터서 절반 정도 유리컵에 쏟아넣은 후 다시 휘휘 저어 맛을 보신다.

"엉? 인자 커피가 쓰다~냐! 내가 너무 마니 넣다냐?" 하시더니 다시 유리컵에 뜨거운 물을 붓는다.

"아니? 뭐하고 계시는 거예요~오? 지금 짜장면이 다 불어터져 다섯 그릇이 되려고 하잖아요~오!"

"와따~아! 별 꺽정을 다 해쌓네! 그나저나 으째 커피가 이라고 싱거까? 이것 남은 것 다 넣부러야 쓸란갑네!" 하더니 봉지에 남아 있는 일회용 커피를 몽땅 유리컵에 쏟아붓고 나서 숟가락으로 휘휘 저은 후 맛을 보고는 고개를 끄덕끄덕 하신다.

"인자 간이 맞네! 잉! 인자 간이 마져! 어서 자셔봐!" 하며 내미신 커다란 유리컵에는 커피가 한 잔 가득 채워져 있었다.

밥은 묵고 가야제!

지난번 쏟아부은 눈이 아직도 녹지 않고 넓은 들녘에 하얗게 쌓여 있어 쓸쓸함만 가득한데 갑자기 '후두득!' 하며 꿩 한 마리가 하늘 높이 솟아올라 어디론가 멀리 날아갔다.

회천면 화당마을에 접어들었는데 할머니께서 골목길을 천천히 내려오고 계신다.

"안녕하세요? 회관에 놀러 가시나요?" 물었는데 대답은 하지 않고 "우리 집 편지는 읎제? 그란디 점심은 자셨으까?" 하신다.

"지금 오후 2시가 넘었는데 아직까지 안 먹으면 되겠어요? 그런데 할머니는 식사하셨어요?"

"아니, 아직 안 묵엇어!"

"왜요? 무슨 바쁜 일이라도 있으세요?"

"아니! 바쁜 일은 읎고! 그란디 으째 요새는 입맛도 읎고 그라네!"

"그렇다고 식사를 거르시면 되겠어요? 아무리 혼자 계시더라도 끼니는 거르지 말아야 하는데! 그러면 아침식사는 하셨어요?"

"아침밥도 안 묵엇어!"

"아침식사도 안 하시고 어쩌려고 그러세요?"

"재작년에 우리 하나부지(할아버지)가 가분 뒤로 이상하게 사람도 싫고 밥도 잘 안 묵고 싶고 그라네!"

"그러면 혼자 집에서 뭐하고 계세요?"

"그냥 태래비 쬐깐 보다, 바느질 잔 하다, 잠 오문 자고 그라제~에!"

"그러면 너무 적적하실 텐데 회관으로 놀러 다니지 그러세요?"

"금메! 회관도 옛날에는 날마다 댕겻는디 요새는 댕기기가 싫드란께!"

"그러면 어쩌시게요?"

"으짜기는 으짜껏이여, 그냥 혼자 있어야제!"

"지금은 어디 가는 길이세요?"

"여그 아랫집에 멋을 잔 물어볼라고 간디 사람이나 있는가 몰것네!"

"요즘 마을 어른들께서 회관에 계시지 집에 계시겠어요?"

"그라문 편지 온 것은 회관으로 갖다줘불제 멋할라고 집집마다 돌아댕겨?"

"그래도 우편물은 집으로 배달해드려야지, 회관으로 배달했다가 어르신들이 정신이 없어 잊어버리면 어떻게 하겠어요? 나중에 공과금 납부할 때 그것 찾느라 야단이실 텐데요."

"그래~잉! 그란디 멋을 잔 물어봐도 되까?"

"뭘 물어보시게요?"

"옛날에는 내가 사람도 좋아하고 놀기도 좋아하고 그랬는디 요새는 이상하게 사람들이 싫드란께. 그래서 지난번에 우리 아들하고 병원에 갔는디 의사가 '할머니는 심한 정도는 아닌데 우울증이 조금 있는 것 같아요.' 그란디 우울증이 머시여?"

"우울증이 있다고요? 저도 정확히는 잘 모르는데 옛날에 저의 선배 한 분이 갑자기 죽은 채 발견되었어요. 그래서 경찰관들이 수사를 하고 선배 부인이 혹시 독살한 건 아닌가 의심하기도 했는데 나중에 유서가 발견되고 병원 기록을 살펴보니 아주 심한 우울증을 앓고 있었는데 결국 '병을 이기지 못하고 자살했다!' 하더라고요. 그래서 아주 무서운 병이라는 것을 알게 되었어요."

"우메! 그래~에! 그라문 인자 우추고 해야 되야?"

"글쎄요? 제가 의사가 아니기 때문에 어떻게 하라고 말씀드리기는 곤란하지만 우선 마음을 편하게 가지시고 마을 사람들과 어울려 즐겁게 생활하다 보면 우울증도 좋아질 것 같은데 그렇게 하실 수 있겠어요?"

"동네 사람은 내가 다 알고 있는디 으째 못 어울리것어? 금방 어울리제!"

"그러면 지금 회관에 놀러 가시려고요?"

"회관에 가드라도 밥은 묵고 가야제! 안 그래?" 하며 다시 집으로 발길을 돌리신다.

부디 할머니께서 마을 사람들과 즐겁게 생활하여 우울증을 극복하셨으면 좋겠다.

카드! 카드가 읍서!

출근할 무렵부터 조금씩 내리기 시작한 하얀 눈이 빨간 오토바이 적재함에 우편물을 가득 싣고 우체국 문을 나설 때가 되자 함박눈으로 변해서는 마치 이 세상의 모든 것을 덮어버리려는 듯 거세게 뿌려댄다.

회천면 삼장윗마을로 접어들었을 때는 벌써 오후 3시가 넘어서고 있었는데 마을 골목길을 빠져나오려고 하는 순간 "아지! 아지!" 하는 소리가 들려 뒤를 돌아보았더니 언어장애가 있어 늘 어눌하게 말씀하는 할머니께서 급하게 달려오신다.

"무슨 일로 그러세요?"

할머니는 가쁜 숨을 몰아쉬더니 "아지! 우리 지브로!" 하신다.

'무슨 일로 그러실까? 혹시 집에 나쁜 일이라도 생긴 건 아닐까?' 불안한 생각을 하며 마당으로 따라 들어서는데 갑자기 바지 속주머니에서 꼬깃꼬깃 접힌 천 원짜리 열장과 만 원짜리 한 장을 꺼내 내게 건네신다.

"무슨 돈을 주시는 거예요?"

할머니 얼굴을 자세히 보니 근심이 가득하시다.

"무슨 걱정거리라도 생기셨나요?"

"카드! 카드가 읍서!"

"무슨 카드가 없다는 말씀이세요?"

"보흠카드 읍서! 읍서!"

"국민건강보험카드가 없어졌다는 말씀이세요?"

할머니는 금방이라도 눈물이 터져나올 듯한 얼굴로 그동안의 사연을 더듬거리는 말씨와 손짓으로 이야기하신다.

엊그제 보성읍내에 5일장이 서던 날, 시장에서 필요한 물건도 사고 병원에 가서 몸 여기저기 아픈 곳 주사라도 맞고 약도 사야겠다는 생각으로 건강보험카드를 챙겨 가셨는데 어쩌다 보니 카드가 없어져버렸다는 것이다.

그래도 병원에 가볼까 하다, 말도 잘 못하고 글씨를 써서 보여줄 수 있는 것도 아니어서 그냥 돌아오고 마셨단다.

"늘 가시던 단골의원으로 가시지 그랬어요?"

"으짜다가 한 달에 한두 번 간디 나를 알아보것어?"

"건강보험카드가 없어도 주민등록증을 보여주면 치료받을 수 있는데요."

할머니가 그대로 집에 돌아와서 사람들한테 물어보니 순천이나 광주로 가야 잃어버린 카드를 재발급받을 수 있다고 하더란다. 그런데 거기까지 가려면 차비도 많이 들 것이고 당신은 어디로 찾아가야 할지도 잘 모르니 한참을 궁리한 끝에 '편지 아재'한테 시키면 좋겠다 싶어서 내가 오기만 손꼽아 기다리고 계셨단다.

"그러면 방금 주신 2만 원은 순천까지 다녀오라는 차비인가요?"

"나를 생각해서 잔 갔다 와! 그란디 성가셔서 어찌까 잉!"

"보성읍에도 건강보험공단 지사가 있으니 거기서도 재발급받을 수 있어요!"

"그란디 돈을 을마나 줘야 쓰까?"

"돈은 안 주셔도 돼요. 그리고 내일 아침에 제가 공단에 가서 재발급받아 갖다드릴 테니 이제 아무 걱정하지 마시고 이 돈으로 맛있는 음식이나 사드세요!"

돈을 다시 손에 쥐어드리자 그제야 안심이 된다는 듯 활짝 웃는 얼굴로 고개를 끄덕이신다.

사람을 만나면 언제나 말보다 먼저 활짝 웃는 표정으로 반겨 맞아주시던 할머니가 잃어버린 건강보험증 때문에 그동안 얼마나 마음고생이 심하셨을까 생각하니 정말 마음속 깊이 짠해 온다.

거가 있응께
징역살이하는 것하고 똑같드만!

"오늘은 강한 바람과 함께 곳에 따라 많은 눈이 내리겠으며 기온도 많이 떨어져 아주 차가운 겨울 날씨가 예상되오니 외출하실 때는 두툼하고 따뜻한 옷을 준비하시는 것이 좋겠습니다"라는 일기예보가 적중했다.

오늘 배달해야 할 우편물을 정리하여 빨간 오토바이와 함께 회천면 화곡마을 입구에 들어서자 강풍을 타고 하얀 눈이 이리저리 휘날리기 시작하였다.

화곡마을 첫 번째 집 마당으로 들어가 빨간 오토바이 적재함에서 전기요금 고지서를 꺼내들고 토방에 올라서는데 마당이며 마루가 깨끗하게 정돈되어 있다.

'도시 아들집에 가신 할머니께서 돌아오셨나? 지난번엔 집이 비어 있어 마당에 잡초며 마루에 먼지가 수북하였는데……' 생각하며 "할머니이! 어디 계세요?" 큰소리로 불러본다.

"뉘기여?"

지금까지 뭘 하셨는지 추위에 빨개진 얼굴로 뒤꼍에서 돌아 나온 할머니가 밝게 웃으며 반기신다.

"이~잉! 편지 아재구만! 오랜만이네! 그란디 멋을 갖고 왔어?"
"아드님 댁은 잘 다녀오셨어요? 오늘은 전기요금이 나왔네요."
"내가 한두 달간 집을 비여가꼬 전기세도 쬐깐 나왔으껏이여. 으디 잔 봐!"
"요금이 4천2백 원 나왔네요. 그런데 이렇게 추운데 뭐하고 계세요?"
"사람이 없응께 풀들이 말도 못하게 질어서 그것 잔 닦달하니라고!"
"몸이 안 좋아 서울 아드님 댁에 가셨다면서 지금은 좀 좋아지셨나요?"
"서울 빙원에 한 달 동안 입원해 있응께 금방 좋아지드만!"
"그런데 하필 이렇게 추울 때 오셨어요? 기왕에 올라가신 김에 좀 더 계시다 날씨가 풀어지는 봄에나 내려오시지 않고요?"
"아이고! 말도 말어! 거가 있응께 꼭 죄도 없는디 징역살이하는 것하고 똑같드만!"
"왜요? 모처럼 며느리가 해준 식사 하시고 따뜻한 방에 앉아 계시면 여기보다 훨씬 더 편할 것 같은데 그러세요?"
"그것은 편한디, 으디 놀러갈 데도 없고 젤로 발걸음을 못한께 죽것드란께!"
"도시 아파트 단지에는 경로당이 있다던데 그곳으로 놀러 가지 그러셨어요?"
"이참에 아들네가 이사한 아파트는 새로 짓어가꼬 안직 경로당이 문을 안 열었어! 그라고 으디 놀라간다고 나가가꼬 질이나 이져불고 못 찾아들어가문 으짜껏이여? 그래서 날마다 방에만 있는디 꼭 징역 사는 것 같드랑께!"

"그러면 아드님 가족들이 아침이면 모두 출근한다는 말씀이세요?"

"아침 일찍 아들이 직장에 출근한다고 나가고 나문, 그담에는 손지들 학교 간다고 나가제. 며느리도 맞벌이한다고 나감시로 '엄니! 멋 잡수고 싶은 것 있으문 이리 전화해가꼬 시켜 드씨요!' 하고 나가불문, 하루 종일 누구하고 말할 사람이 있는가 으짠가. 그래갖고 도시 사람들은 우추고(어떻게) 산가 몰겄어!"

"그럼 다시 내려오니 좋으세요?"

"인자 편코(편하고) 좋제에! 아무리 내 집이 작고 혼차 살아도 유제(이웃)에 놀러갈 디도 있고, 이라고 여그저그 돌아댕김서 일도 하고 그라문 하루가 우추고 간지도 모르고 가분디, 도시서 하루 지낼라문 꼭 죄도 없이 징역 사는 것 같응께. 우리 같은 사람은 못 살 것드만!"

"방이 추울 텐데 보일러는 돌리셨어요?"

"내가 내려간다고 한께 아들이 같이 와서 지름도 넉넉하게 받아놓고 설에 식구들하고 내려올란께 따땃하게 때고 있으라고 그라대!"

이제 징역살이에서 풀려나신 할머니는 환한 표정으로 웃고 계셨다.

으디만치 왔어?

"할머니! 여기 우체국인데요, 따님께서 신발을 보내셨네요. 이따 오후 2시쯤 댁으로 배달해드릴게요. 그때쯤 어디 나가지 마시고 집에서 기다리고 계세요!" 하고 전화를 끊은 다음 오늘 배달할 우편물을 정리하여 빨간 오토바이와 함께 우체국 문을 나섰는데 요즘 들어 계속되는 추운 날씨 때문인지, 시골마을로 향하는 도로가의 가로수들은 옷을 모두 벗어버린 채 앙상한 가지를 늘어뜨리고 지나가는 겨울바람과 맞서 싸우는 듯 '위~~윙!' 휘파람 소리를 내고 있는데, 마을 입구 양지쪽에 서 있는 조그만 매실나무 가지에는 어느새 봄이 왔음을 알리는 듯 조그만 꽃눈이 하나둘 솟아나고 있었다.

'차가운 겨울이 아무리 우리 곁에 오래 머물고 싶어도 이미 찾아오는 봄을 결코 막아내지 못하는가 보구나!' 생각하는데 갑자기 휴대전화 벨소리가 울리기 시작한다.

"즐거운 오후 되십시오! 류상진입니다."

"아재! 지금 으디만치 왔어?"

"누구에게 전화하셨어요?"

"우체구 아재한테 전화 걸었는디!"

"그러면 누구신데요?"

"나~아! 여그 은항이여! 은항!(서당리 은행마을)"

"아~아! 할머니세요? 그런데 왜 전화하셨어요?"

"아니~이! 우리 딸이 보낸 신발 갖고 온다 그래서 으디만치 왔는가 궁금해서 해봤어!"

"여기는 묵산마을인데요 할머니 마을까지는 아직도 1시간 30분은 더 걸릴 것 같은데 어떡하지요? 무슨 바쁜 일 있으세요?"

"바쁜 일은 업는디 그냥 궁금해서 해봤단께! 그랑께 천천히 와!" 하며 전화는 끊겼다.

'할머니께서 왜 전화를 하셨지? 바쁜 일이 있어 전화를 하셨을까? 그렇다면 서둘러야겠는걸!' 생각하며 부지런히 이 집 저 집 우편물을 배달하고 있는데 얼마쯤 시간이 지났을까? 또다시 휴대전화 벨이 울리기 시작한다.

"네~에! 즐거운 오후 되십시오! 류상진입니다."

"아재! 여그 은항이여! 그란디 우리 집 올라문 안적 멀었어?"

"제가 지금 원서당마을에 와 있거든요. 그러니 앞으로 20분 정도만 기다리시면 되는데 급한 일이라도 있나요?"

"급한 일이 있는 것이 아니고, 내가 으디를 잔 나갔다 올라 그란디 아재 온 것 보고 갈라고 암만 지달려도 안 와서 해봤어!"

"그러셨어요? 조금만 더 기다리시면 되는데!"

"아니~이! 그냥 으디만치 왔는지 궁금해서 해봤응께! 천천히 와!" 하며 전화는 끊겼다.

'할머니께서 딸이 보내준 새 신발을 신고 어디를 가려고 하시는 걸까? 마을에 놀러가려면 새 신발은 필요가 없는데! 그러면 보성

읍내로 나가려고 그러실까? 참! 그러면 잠시 후에 읍내 나가는 버스가 있는데 그 버스 타시려면 지금 마을 앞 버스정류장으로 나가셔야 하는데 그럼 안 되겠는걸! 시간이 조금 걸리더라도 신발을 먼저 배달해드리고 다른 곳 우편물을 배달해야겠다!' 하며 얼른 할머니 댁으로 달려가 대문 앞에 오토바이를 세우고 있는데 "아재! 도장 여깄어!" 하며 할머니께서 활짝 웃는 얼굴로 대문을 열고 나오신다.

"이건 따님이 보낸 택배네요." 하며 할머니를 바라보니 나들이 옷차림이 아니시다.

"어디 나가신다고 하더니 나들이할 차림이 아니네요!"

"내가 은제 으디 간다고 했어? 회관에 놀러갔다 온다 그랬제!"

"그랬어요? 저는 어디 나가신다고 해서 새 신발 신고 보성 읍내 나가실 줄 알고 버스 타고 가시라고 부지런히 달려왔거든요!"

"아니여! 버스는 안 타고 회관에 갔다 올라 그래!"

"그러면 그냥 가시지 왜 전화는 하셨어요? 할머니가 안 계셔도 소포는 집에 넣어두면 되는데!"

"그래도 아재가 선물을 갖고 온다 그란디 집을 비우문 쓰간디. 고생한 사람 얼굴이라도 한번 보고 고맙다고 하고 가야제!"

손자의 생일선물

보성읍 외현마을 가운데 골목길을 올라가고 있는데 "이리 와서 커피 한 잔 하고가~아!" 하고 할머니께서 부르신다.

"오늘은 조금 바쁘니까 다음에 마실게요."

"와따~아! 암만 바쁘다고 커피 한 잔 마실 시간도 읍서? 지금 물 끼리고 있응께 금방 한 잔 마시고 가문 조꺼인디!" 하고 권하시기에 잠시 마루에 걸터앉았다.

"설 명절은 잘 지내셨어요?"

"잉! 아들들은 그저께 다 즈그 직장으로 간다고 가고 인자 나만 남었어! 그란디 설은 잘 쇠얏어?"

"예! 저도 덕분에 잘 지냈어요."

"식구들은 다 모이고?"

"식구들이래야 저의 애들하고 동생 가족뿐이니 얼마 안 돼요."

"딸들은 읍고?"

"저의 여동생 말씀이세요? 여동생들이야 시집으로 가지 저의 집으로 오겠어요?"

"하기사 그라것네 잉!" 하며 어느새 커피를 한 잔 내오셔서 마시고 있는데 이미 개봉된 조그만 택배 박스가 눈에 들어온다.

"이건 엊그제 제가 배달해드린 택밴가요?"

"잉! 그것이여!"

"그런데 무엇이 들었던가요? 혹시 비싼 옷이라도 들었던가요?"

"옷은 무슨 옷! 그것이 안에 들어갖고 있응께 내갖고 봐!" 하신다.

그래서 박스 뚜껑을 열었더니 마치 조그만 크리스마스트리와 같은 모형이 들어 있다.

"이것이 뭔가요?"

"그것이 멋이냐고? 엊그저께가 내 생일이여! 그란디 쩌그 부산에 있는 우리 손지가 나 생일날 선물한다고 애기들 댕긴 데가 으디여? 유치원이든가? 어린이집이라든가? 거그서 맨들어갖고 보냈다고 그라대!"

"그랬어요? 손자의 선물을 받았으니 기쁘시겠네요?"

"아이고! 기쁘기는 머시 기뻐! 그것을 보내노코 손지가 전화를 했드랑께!"

"전화가 왔으면 보나마나 할머니 생일 축하한다고 왔겠지요?"

"그랬으문 괜찮하게?"

"그러면 무어라고 하던가요?"

"아들이 부산서 살고 있응께 경상도 말로 '할무이요, 지가 보낸 선물 맘에 들었습니꺼?' 하대! 그래서 '잉! 영 맘에 들고 조타!' 그랬드니 '그라문 지가 지금부터 영어로 무엇을 쫌 물어볼랍니더 대답하이소!' 하드라고! 그라드니 꼬부랑 말로 머시라고 막 해싼디 먼 소린지 알아묵을 수가 있어야제! 그래서 '아야! 나 니가 한 말 한나도 못 알아묵것다. 그랑께 좋게 우리 말로 해라!' 그랬드니

'이상하네에! 우리 아빠하고 엄마는 잘 알아묵는데 와 할머니는 못 알아묵습니꺼?' 그라드란께. 그래서 '나는 영어를 안 배와서 모른께 그냥 우리나라 말로 하란마다!' 그랬드니 '지가 보낸 선물 어디가 맘에 들었습니꺼?' 그래서 '별도 이쁘고 꽃도 이쁘고 다 이쁘다.' 그랬드니 '지가 보낸 것은 꽃이 읎는데 무슨 꽃이 이쁘다고 그러십니꺼?' 글드랑께! 그래서 '화분도 이쁘고 인형도 이쁘고 그란다.' 그랬드니 '그라지 마시고 맘에 드는 것 한 가지만 말씀하이소!' 그라고 할메를 볶아싼디 성가셔서 혼났단께!" 하신다.

"손자가 몇 살이나 먹었는데요?"

"인자 여섯 살 묵엇어!"

"그런데 영어를 어디서 배웠을까요?"

"요새는 애기들 댕긴 데 안 있어? 유치원인가? 거그서 갈친다고 그라대!"

"하긴 요즘에는 조기교육이 중요하다고 어린이집에서도 영어를 노래처럼 만들어 쉽게 배울 수 있도록 하고 있더라고요."

"암만 그래도 애기들은 애기들인디, 너머 빨리 영어를 갈쳐도 괜찬한가 몰르것대!"

새끼돼지 외출소동

보성읍 동암마을 우편물 배달을 다 마치고 빗가리마을 근처 공터로 다가서려는 순간 휴대폰 벨이 울려서 잠시 오토바이를 멈추고 전화를 받았다.

"여보씨요! 거그 아침에 전화했든 우채구 아재여?"

"그런데 누구십니까?"

"나여, 여그 자세여."

"아! 자세마을 김기례 할머니세요?"

"잉! 그란디 택배가 온다 그래서 지달리고 있는디 안직도 안 와서 먼 일이 있는가 시퍼서 전화했어."

"제가 지금 빗가리마을에 왔거든요, 그러니 넉넉잡고 10분 정도만 기다리시면 되겠네요."

"그라문 알았응께 서둘지 말고 찬찬히 와, 알았제?"

"예, 알았습니다. 되도록 빨리 배달해드릴게요."

전화를 끊었는데 그 순간 어디선가 '꿀! 꿀!' 소리가 들린다.

'어? 이게 무슨 소리지? 왜 돼지 소리가 들리지?'

주위를 살펴보아도 조용하다.

'이상하다? 내가 잘못 들었나?'

그런데 막 빨간 오토바이에 올라타려는 순간 또다시 '꿀! 꿀!' 소리가 들린다.

'이상하네! 내 귀가 잘못되었나? 이 근방에는 돼지 키우는 농가도 없는데…….'

오토바이를 잠시 세워놓고 다시 한번 귀를 쫑긋하고 있는데 도로가의 도랑 근처에서 바스락바스락하는 소리가 들린다. 그래서 살금살금 가보았더니 하얀 새끼돼지 한 마리가 꿀꿀거리며 도랑에 쌓여 있는 마른 낙엽을 뒤지고 있다.

"야! 너! 왜 거기에 들어가 있냐?" 물어도 쳐다보지도 않고 여전히 낙엽만 뒤지고 있어 우선 돼지를 도랑에서 끄집어내서는 소 먹이로 쓰려고 쌓아놓은 짚풀 더미 옆에 내려놓았다.

"너의 집은 어디냐? 주인 이름은 알고 있냐?"

"꿀! 꿀!"

"참! 이렇게 답답할 수가 있나! 그럼 어떻게 주인을 찾아주지? 자세마을 할머니께서 딸이 보내준 선물을 눈이 빠지도록 기다리고 계실 텐데……. 돼지야, 어떻게 해야겠니?"

"꿀! 꿀!"

"어떻게 하지? 새끼돼지를 그냥 놔두고 가? 그러면 칼바람이 부는 차가운 겨울 날씨에 얼어 죽을 텐데 그럴 수도 없고……. 그렇다고 주인이 누군지도 모르는데 찾아오도록 마냥 기다릴 수도 없고……. 에잇, 안 되겠다! 우선 돼지를 오토바이 적재함에 싣고 가서 주인을 찾아보자." 하고는 돼지를 들어 적재함에 넣으려는 순간 할머니의 택배가 나를 빤히 쳐다본다.

'아이고! 안 되겠다. 만약에 돼지가 실례라도 한다면 택배는 물

론이고 다른 우편물까지 오물로 범벅이 될 텐데…….'

할 수 없이 다시 내려놓고 적재함에 들어 있는 노끈으로 새끼돼지 다리를 나무에 묶어두고 동암마을로 향하는데 약 1km쯤 떨어진 곳에 돼지농장이 보인다.

'아! 새끼돼지가 나온 곳이 바로 저기였구나!' 하고 농장에서 주인을 불렀지만 인기척이 없어 마을 사람들이 모여 있는 회관에서 "혹시 여기 돼지농장 주인 오셨나요?" 여쭤보았다.

"으째 물어싸?"

"저쪽 빗가리 근처에 새끼돼지 한 마리가 있어서 데려가라고요!"

"써글노무 되야지새끼가 은제 거그까지 가부렀다냐? 안 그래도 한 마리가 읍서졌다고 되야지 쥔네가 시방 찾고 난리여! 내가 전화하꺼잉께 아재는 바쁜께 얼렁 가서 일 봐!"

"그러면 제가 새끼돼지 있는 곳에 가 있을 테니 빗가리 쪽으로 빨리 오라고 하세요!"

"잉! 알았응께 꺽정하지 말고 거그 가서 지달리고 있어."

다시 새끼돼지가 있는 곳으로 와보니 그때까지 얌전하게 앉아 있었다. 잠시 후 농장 주인이 부리나케 달려왔다.

"돼지야, 너도 안심이지? 이제 함부로 밖에 나오지 말고 건강하게 잘 자라라! 알았지?" 했더니 알았다는 듯 "꿀! 꿀!" 하며 고개를 끄떡거린다.

나도 홀가분한 마음으로 할머니가 기다릴 선물을 싣고 부지런히 자세마을을 향하여 달리기 시작했다.

50원 때문에

"오늘 남부지방은 강한 바람과 함께 눈을 동반한 상당히 매서운 추위가 예상되니 나들이하실 때 두툼한 옷 준비하시는 것 잊지 마시기 바랍니다"라는 일기예보가 있었지만 내가 우편물을 정리하여 빨간 오토바이와 함께 시골마을을 향해 출발할 때만 해도 구름 사이로 간간히 밝은 햇살이 비치면서 추위를 느끼지 못했는데 오후에 접어들자 하늘에 짙은 먹구름이 가득 채워지고 '휘~이~ 윙!' 강한 바람이 불더니 한겨울의 매서운 한파가 시작되었다.

'배달할 우편물이 얼마 남지 않아 조금만 있으면 좋은데 벌써 추워지는구나!' 하며 회천면 화동마을 우편물 배달을 거의 끝내고 나니 차가운 바람은 더욱 거세게 몰아치고 하늘에서는 천천히 어둠이 내리면서 함박눈이 뿌려지고 있었다.

빨간 오토바이와 함께 우체국으로 돌아오려고 화동마을 앞 기다란 농로 길로 막 접어들었는데 누군가 "아저씨~이!" 하고 부르는 소리가 들려 뒤돌아보았더니 마을 할머니 한 분이 추위에 빨개진 얼굴로 부르르 떨면서 나를 부르고 계셨다.

'이렇게 추운 날씨에 무얼 부탁하려고 저러고 계실까?' 하고 급히 할머니 앞으로 다가서며 "무슨 부탁하시게요?" 물었더니 아주 미안한 얼굴로 "그것이 아니고 어지께 내가 50원 안 준 것 있제? 그것 받아가라고!" 하신다

"예~에? 아니 돈 50원 갚으려고 이렇게 추운데 떨고 계셨단 말이세요?"

"와따~아! 심바람 시킨 것도 미안한디 안 주문 되간디! 그랑께 어서 받어가부러!"

"아이고! 할머니도 참! 어제 제가 50원 안 받아도 된다고 했잖아요! 그런데 이렇게 추운 날씨에 기다리고 계시다 감기라도 들면 어쩌려고 그러세요?"

"그래도 줄 것은 줘부러야 씨연하제~에!"

그러니까 어제 오후의 일이다. 화동마을 우편물 배달을 끝내고 건너편 외딴집으로 가려는데 "아저씨! 편지 한 장 부쳐줘!" 하며 할머니께서 100원짜리 동전 두개를 내미시기에 "편지는 어디 있는데요?" 하였더니 "참! 내 정신 좀 봐! 집에다 놔두고 돈만 갖고 왔네! 우리 집 알제? 내가 얼렁 발걸음을 못한께 아저씨가 가서 갖고 와! 우리 솔녀가 잊어불지 말고 오늘 꼭 부치라고 했응께 안 부치문 나는 큰일나!" 하신다.

"그러면 편지는 어디에 두고 오셨는데요?"

"우리 집에 가문 현관문 있어! 그 문 열어봐! 그라문 그쪽 으디가 있으껏이여!"

"알았습니다." 하고 천천히 걸어 할머니 댁 현관문을 열었는데 편지가 보이지 않았다.

"아무리 찾아봐도 편지가 없던데 어디에 두셨어요?"

"거그다 놔뒀는디 으디 갔으까? 이상하네! 참! 내가 그것을 갖

고 댕기다 거그다 뒀는갑구만! 거시기 현관문 앞에 쪽파 묶는 끈 들어 있는 박스 있어! 그 박스에 찾아봐! 거가 있으껏이여! 그라고 걸어 댕길라문 다리 아픈께 오토바이 타고 가! 알았제?" 해서 이번에는 오토바이를 타고 할머니 댁으로 향하였는데 아무리 찾아도 편지가 보이지 않았다.

"아무리 찾으려고 해도 못 찾겠던데 도대체 어디 두셨어요?"

"그래~에? 이상하네! 내가 거그 으따 뒀으껏인디!" 하더니 이번에는 주머니 여기저기를 뒤지기 시작하더니 "편지가 여가 있네! 내가 이라고 정신이 없단께! 그란디 을마를 줘야 되야?" 하신다.

"250원인데요!"

"250원이라고? 그란디 200원뿐이 안 되네! 으째야 쓰까?"

"편지 한 장 보내려고 저를 몇 시간이나 기다리셨어요?"

"몰라! 점심밥 묵고 한참 지달렸응께!"

"그러면 오래 기다리셨으니까 50원 깎아 드릴게요!"

"그라문 쓰간디, 심바람 시킨 것도 미안한디!"

"돈 50원 안 받아도 괜찮으니 그런 건 걱정하지 마세요!" 하였는데 할머니께서는 기어이 50원을 갚으려고 추위에 떨면서 나를 기다리고 계셨던 것이다.

머시 복잡하다고
죽것네 살것네 야단이냐 잉!

오늘 배달할 우편물을 정리하다가 검정 비닐봉지에 싸여 있는 조그만 택배 하나가 눈에 들어왔다. 기표지의 주소란에 '전남 보성읍 쾌상리 20번지 김영금'이라고 수취인 이름이 적혀 있었다.

'김영금 씨? 처음 들어보는 이름인데 누굴까?'

아무리 생각해도 떠오르지 않아 할 수 없이 우편물을 정리하여 우체국 문을 나섰는데 도롯가의 응달은 지난번 내린 눈이 채 녹지 않아 빙판길이 되어 있었다.

평촌마을 가운데쯤 대문 앞에서 오토바이로 '빵! 빵!' 소리를 내자 할머니께서 얼른 대문을 열고 나오더니 활짝 웃는 얼굴로 반기신다.

"와따~아! 날도 징하게 추운디 고상허네~에!"

"안녕하세요? 그런데 혹시 할머니 댁에 김영금 씨라는 분이 살고 있나요?"

"그것은 으째 물어봐?"

"택배가 하나 왔는데 주소는 할머니 댁으로 되어 있는데 저는 처음 듣는 이름이라서요."

"영금이는 우리 시째 며느리여."

"그래요? 그러면 며느리가 할머니와 함께 살고 있나요?"

"잉! 같이 살고 있어."

"아드님들은 모두 도시에 나가 있지 않나요? 그런데 왜 며느리만 할머니와 함께 있어요?"

"그것이 아니고 먼자까지는 도시서 즈그들만 살았는디, 은제 한번 아들하고 며느리가 왔다 감시로 '아부지! 암만 생각해도 지금 댕기는 회사는 전망이 읍써 안 되것응께 인자 그만두고 여그 와서 농사짓고 살라요!' 그라대. 그랑께는 즈그 아부지가 '심들고 전망 읍쓰믄 그만두고 내루와라!' 그러드만. 그러고 나서 다 정리해갖고 와불엇어. 그랑께 완전히 귀농한 것이제."

때마침 마당에서 아이들이 웃는 소리가 들려온다.

"손자들인가 봐요. 아주 귀엽겠네요."

"잉, 그란디 저 소리는 우리 외손지들 소리여!"

"예~에? 그럼 외손자도 여기에 와 있다는 말씀이세요?"

"우리 딸 손진디 아토핀가 멋인가 안 있어? 그것이 있어갖고 애기들이 밤이문 몸땡이를 긁니라고 잠을 못 잔다고 그라대. 그래서 '아야! 그라지 말고 우리 집이다 델다 놔봐라! 그라문 더 나스꺼이다.' 그랬드니 또 둘이를 우리 집이다 델다 놨어."

"그러면 따님은 뭐하시는데요?"

"딸은 쩌그 장흥에 있는 학교서 근무하고 있는디 애기들을 여그다가 놔두고 왔다 갔다 해."

"그러면 갑자기 식구들이 많이 늘어난 셈이네요."

"늘어나도 을마나 되간디! 천상 다 우리 식구들인디!"

"옛날에는 어르신과 단 두 식구 살다 갑자기 식구가 많아져서 좀 복잡하시지요?"

"아이고! 옛날에는 지금보다 훨썽 더 째깐한 집이서 새끼들 다섯이를 다 믹이고 갈치고 시집 장개 보내고 그랬는디, 인자 집도 크고 그란디 복잡하문 을마나 복잡하껏이여! 괜찬해! 그란디 우리 딸은 애기들 둘 키움시로 힘이 드네 마네 야단이드랑께!"

"그래서 뭐라고 하셨어요?"

"이 써글것아! 나는 옛날에 이보다 더 째깐한 집이서 느그 성제 다섯이를 다 믹이고 갈치고 그랬는디, 애기 둘 키움시로 머시 복잡하다고 죽것네 살것네 야단이냐 잉! 그랬드니 '그때는 그때고 지금은 지금이제 으째!' 글드랑께!"

오물오물하문 쫀득쫀득 맛있어!

보성읍 노산마을 가운데 집 마당으로 들어서자 한쪽에 걸려 있는 한뎃솥에 불을 때고 계시던 할머니가 매운 연기 때문에 연신 눈물을 닦으면서도 환한 웃음으로 반기신다.

그리고 금방 삶았는지 바구니에는 김이 모락모락 피어오르는 고구마가 한가득 담겨 있다.

"우메! 방가운 아재가 오셨네."

"오늘은 할머니 댁 전화요금이 나왔네요."

"그새 전화세 나올 때가 되앗써?"

"그러게요. 세월 정말 빠르지요?"

"그랑께 말이여! 으째 그라고 내란 것은 빠지도 안 하고 때가 되문 잘 나와싼고."

"그런데 웬 고구마를 이렇게 많이 삶고 계세요?"

"인자 날이 따땃해진께 진감자가 썩을라고 그란당께. 그것들도 봄이 될라고 그라문 물컹물컹해짐서 싹이 날라고 글드랑께. 이라고 미리 쌀마서 몰려야제 인자 쪼깐 더 있으문 썩어부러."

"요즘 날씨에 말리기가 쉽지 않을 텐데 어떻게 말리려고 그러세요?"

"건조기가 있응께 한 이틀만 몰리문 되야. 옛날에 읍쓸 때는 한 보름씩도 더 몰리고 그랬는디 요새는 을마나 편한지 몰라! 전에는 비라도 오고 그라문 방으로 갖고 들어가서 불 때서 몰리다가 또 배깥으로 끄집고 나왔다가 그래갖고도 잘못되문 쉬여불기도 허고 곰팡이도 피고 그랬당께!"

"그럼 곰팡이가 피어오르거나 쉬어버린 고구마는 어떻게 하셨어요?"

"우추고 하껏이여. 그냥 어런들 몰르게 되야지나 묵으라고 주든지, 안 그라문 헛간 재에다 안 보이게 묻어불든지 한디. 그라다가 어런들한테 들키문 '귀한 음식 함부로 내분다!' 고 혼이 나고 그랬제~에!"

"그때는 정말 힘드셨겠네요."

"그랑께 말이여. 그때는 나만 그란 것이 아니고 이 집이고 저 집이고 다 그라고 살았어. 그란디 요새는 동네서도 누가 잘 안 몰리드란게!"

"귀찮으니까 그렇겠지요. 그리고 요즘에는 말린 고구마가 아니라도 맛있는 과자가 얼마나 많은가요. 그런데 삶은 고구마는 말려서 어디에 쓰실 거예요?"

"인자 잘 몰려놨다가 애기들 오고 그라문 싸주고 또 마을회관에 노인들 갖다주문 조아라고 하드만."

"마을 어르신들은 이가 없으실 텐데 잘 드실까요?"

"이것은 짱짱하게 몰린 것이 아니고 몰랑몰랑항께 입에 넣고 오물오물하문 쫀득쫀득 맛있다고 영 좋아하드랑께!"

"도시에 있는 자녀들도 이걸 좋아할까요?"

"잉! 엊그저께 일요일 날 애기들이 와갖고 한 보따리를 싸갖고 갔어! 이것이 사탕가리 같은 양념이 한나도 안 들어가고 그냥 몰린 것이라, 이것을 묵으문 변비도 읎써지고 애기들 간식용으로 최고라고 우리 며느리가 질로 좋아라고 하드랑께."

할머니는 어느새 말린 고구마를 검정 비닐봉지에 담아 손에 쥐어주신다.

"이것은 아재 껏잉께 집이 갖고 가서 자셔 잉!"

이런 일은 첨이여!

보성읍 두방마을 가운데 집에 택배 하나를 배달하려고 빨간 오토바이는 잠시 대문 앞에 세워놓고 마당으로 들어서며 "할머니! 어디 계세요? 저 왔어요!" 하자 방문이 열리면서 할머니께서 마루로 나오더니 "우메! 우리 아재가 하다 안 보여서 인자 그만둔 지 알았는디 참말로 오랜만에도 왔네!" 하며 활짝 웃는 얼굴로 반기신다.

"그동안 잘 계셨어요?"

"잘 있었는지 못 있었는지는 몰라도 그냥 그라고 살고 있어! 그란디 오늘은 먼일이여? 생전 편지 오문 배깥에 통에다 넣고 기양 가불드만!"

"혹시 이 책 주문하신 일 있으세요?" 하며 택배를 보여드리자 갑자기 얼굴이 창백해지더니 "우메! 그것이 참말로 와부렀는갑네! 이 일을 으째야 쓰까?" 하며 안절부절이시다.

"왜 그러세요? 혹시 무슨 일이 있었나요?" 하고 묻자 책을 가리키며 "그것 안 있어? 그것 다시 보내불문 어차까? 나 그것 한나도 소용읎는디 으찬다고 늘근이한테 그런 것을 보내싼가 몰것네!"

하신다.

"이 책이 필요 없으면 다시 반송할 수 있으니 걱정하지 마시고 무슨 일이 있었는지 말씀해보시겠어요? 혹시 안 좋은 일이 있었나요?" 물었더니 잠시 숨을 고르신 할머니께서 천천히 설명을 시작하신다.

"그란께 엊그저께 저녁때나 되었는가 으쨌는가 우리 집이 전화가 왔어!"

"뭐라고 왔는데요?"

"목소리는 절문 남자 같은디 '여보씨요! 거그 박점례 집이요? 우리는 박씨들 족보를 맨든 사람들인디 할머니가 필요할 것 같은께 한 개를 보내껏잉께 그리 아씨요!' 글드랑께!"

"그래서 뭐라고 하셨어요?"

"그란디 그때 마당에 동네사람들이 와서 머시라고 해쌌께 먼 소리가 먼 소린지 잘 몰르것서서 '알았소!' 그라고 끈었는디 난중에 생각해본께 안 되것드랑께! 내가 성이 박가(朴家)제만 임씨들한테 시집을 와서 수십 년을 살았는디 박씨 족보가 먼 필요가 있것서!"

"그래서 어떻게 하셨는데요?"

"쩌그 장흥 장평에 우리 친정 조카가 살고 있어! 그래서 그리 전화를 해갖고 '아야! 나 고모다. 그란디 나한테 박씨들 족보를 보낼란다고 전화가 왔드란마다. 혹시 거그서 나한테 보내라고 그랬냐?' 그라고 물어봤단께!"

"조카 분께서는 뭐라고 하시던가요?"

"내가 멋할라고 고모한테 족보를 보내라고 한다요. 그라고 고모님이 족보가 필요하문 임씨들 껏이 필요하제 박씨들 껏은 아무 필요가 읍는디 그리 보내라고 하껏이요! 그랑께 꺽정도 말고 혹시 그런 것이 오고 그라문 도로 보내부씨요!' 글드랑께!"

"그러면 책값은 얼마를 달라고 하던가요?"

"몰라! 그란디 누구한테 들은께 20만 원이나 주라고 그란다고 그라네! 근디 이것 도로 그짝으로 보낼라문 돈을 을마나 줘야 되까?"

"할머니께서 필요 없으시면 다시 반송한다고 해도 돈은 받지 않아요."

"그래~에! 그라문 고맙제~에! 나는 이라고 시운지는 몰르고 그 책을 도로 안 받는다고 하문 우추고 하까? 꺽정을 수도 읍이 마니도 했네! 아이고! 고맙소 잉!"

감사의 말

어르신들 감사합니다. 오래오래 사세요!

지난번 모 TV 방송국에서 방영할 프로그램 촬영을 하면서 인터뷰 시간에 PD가 물었다.

"시골마을에 우편물을 배달하면서 마을 어르신들께 봉사를 많이 하셨다고 들었는데 특별한 이유가 있습니까?"

"마을 어르신들 조금 도와드리는데 무슨 이유가 있겠습니까? 무엇을 물어보거나 부탁하시면 그냥 지나칠 수 없다 보니 자연히 가까워지고, 친해지고, 그래서 지나가는 길에 들러 안부를 묻거나 도와드렸을 뿐 특별한 이유는 없습니다."

"어르신들을 도와드리려면 기술이 필요하겠는데요?"

"할머니들께서 할 수 없는 형광등을 바꿔 끼운다거나, 따뜻한 물은 나오는데 방이 차면 메인 스위치를 '목욕'에서 '난방'으로 바꾼다거나, 보청기 배터리를 갈아 끼운다거나 하는, 아무나 할 수 있는 아주 소소한 것을 도와드렸을 뿐, 경운기 같은 농기계를 수리하는 것도 아닌데 무슨 기술이 필요하겠습니까?"

"우편물을 배달하면서 가장 안타까웠던 점은 무엇입니까?"

"시골마을 사람들은 거의 저의 가족인데 어느 날 갑자기 어르신이 돌아가셨다는 부고를 가져와 배달해달라면, 그분께서 마을 어귀에서 꼭 저를 기다리며 웃고 계실 것 같아 그게 제일 가슴이 아프더라고요. 물론 사람은 언젠가 한 번은 가야 하지만 갑자기 돌아가셨다는 이야기를 들으면 제일 마음이 아프더군요."

"시골마을을 돌아다니다 보면 가끔 선물도 받으실 것 같은데 특별히 기억에 남는 선물이 있습니까?"

"날이 굉장히 추웠던 어느 겨울날, 회천면 화당마을 입구에 들어서자 할머니께서 저를 부르시더니 양쪽 호주머니에서 밀감 두 개씩 네 개를 꺼내주시더라고요. 그래서 '이게 무슨 밀감인가요?' 물었더니 '딸이 친정에 오면서 한 박스 사갖고 왔는데 아재가 생각나서 가지고 왔다!' 하시는데, 참! 아무리 제가 생각나더라도 날씨가 그날은 정말 엄청 추웠는데 밀감 네 개를 가지고 마을 입구에서 벌벌 떨며 저를 기다리셨을 할머니를 생각하니 그보다 더 귀한 선물이 어디 있겠습니까?"

"이제 정년이 얼마 남지 않았다고 들었습니다. 소감이 남다를 것 같은데요?"

"시골마을이란 부모님이 살고계신 고향과 같은 곳입니다. 그런데 그곳을 두고 떠난다는 것이 어떻게 서운하다는 말로 정리가 되겠습니까? 시골 어르신들은 저에게 행복한 마음으로 집배를 할 수 있도록 해주셨을 뿐 아니라 제가 살아가는 즐거움을 주신 아주 고마운 분들인데 부디 늘 건강하셨으면 하는 바람입니다."

"이제 정년을 하시면 무엇을 하실 계획입니까?"

"겨울 같은 농한기에는 마을회관에 어르신들이 많이 모여 계시는데 그분들이 드실 만한 마땅한 간식이 없는 것 같더라고요. 가끔 집에 있는 고구마나 떡 같은 것을 가지고 와서 나눠 드시는 것을 보았는데, 그보다 좀 딱딱하지 않고 노인들이 좋아할 만한 간식거리가 없을까? 생각하다 어느 날 5일시장을 가보니 뻥튀기를 팔고 있었는데 그 순간 '아! 저거다!' 하는 생각이 들었습니다. 그래서 정년 후에 뻥튀기 기계를 한 대 장만해서 차에 싣고 전국의 시골마을로 돌아다니며 무료로 뻥튀기를 튀어드리고 아울러 마을의 전설이나 미담 또는 재미있는 이야기, 자랑거리를 수집하여 사진과 함께 잘 정리한다면 제가 살고 있는 보성군만 해도 책 한 권은 넉넉하지 않을까요? 문제는 뻥튀기라는 게 쉽게 할 수 있는 것이 아니고 기술이 필요할 것 같아 확실히 배운 후 해보려고 합니다."

"가족들에게 하시고 싶은 말씀도 있을 것 같은데요?"

"요즘은 그렇지 않지만 옛날에 집배원은 그리 좋은 직업이 아니었습니다. 그런 직업을 가지고 있는 아버지를 자랑스럽게 생각하고 훌륭하게 자라준 두 아들 종구와 종철이 그리고 며느리 세영이에게 고맙다는 말을 하고 싶습니다. 결혼한 후 지금까지 아무 불평 없이 묵묵히 뒷바라지를 해준 집사람에게도 진심으로 감사하다는 말을 전하고 싶습니다."

1975년 7월, 보성우체국이라는 열차에 승차하였을 때만 해도 저에게는 정년이 없을 줄 알았는데 40여 년이라는 세월이 쉬지 않고 달려 2015년 6월 30일을 끝으로 저만의 종착역에 도착할 것입니다. 그리고 제가 내린 후에도 열차는 더욱 힘차게 밝은 미래를 향하여 달려갈 것입니다.

그동안 끊임없는 성원과 협조를 아끼지 않으신 보성우체국 국장님과 영업과, 우편물류과, 두 과장님과 지도실장님, 노조지부장님, 동료직원 여러분들께 진심으로 감사의 말씀을 드립니다.

2015년 5월

류상진

편지 아재 류상진의 우리 동네 사람들

밥은 묵고 가야제!

초판 1쇄 발행 2015년 6월 15일 지은이 류상진 발행인 박지홍
발행처 봄날의책 등록 제311-2012-000076호(2012년 12월 26일)
주소 서울 은평구 연서로21길 5-4(갈현동) 전화 070-7570-1543,
팩스 070-7570-9880 E-mail springdaysbook@gmail.com
기획·편집 박지홍 디자인 공미경 인쇄 제책 한영문화사

ISBN 979-11-86372-01-2 03810

이 도서의 국립중앙도서관 출판시도서목록(CIP)은 서지정보유통지원시스템
홈페이지(http://seoji.nl.go.kr)와 국가자료공동목록시스템(http://www.nl.go.kr/kolisnet)에서
이용하실 수 있습니다(CIP제어번호: CIP2015015467).